徳 間 文 庫

蒼林堂古書店へようこそ

乾　くるみ

徳 間 書 店

目次

林雅賀のミステリ案内

★古書店が舞台という性格上、「林雅賀のミステリ案内」では、入手困難な本を取り上げることもございます。あらかじめご了承ください。

蒼林堂古書店へようこそ

1　秘密結社の集い

1

蒼林堂《そうりんどう》古書店は、扇《おおぎ》町商店街から西に折れた脇道の左手に、ひっそりと店を構えている。

開店時刻は午前十時で、営業の終了は午後六時。定休日は毎週月曜日である。

北を向いた店の入口には、アルミサッシの引戸が四枚並んでいるが、中央の二枚は固定されていて動かない。その引戸二枚の手前を塞《ふさ》ぐように、店の外に均一本の棚が設置されている。左右の引戸のガラス部分には、マスターがパソコンで自作した店のポスターが貼《は》られている。どちらも同じもので、《蒼林堂古書店　ミステリ専門》と大きく書かれた下には、《買取も致します　単行本・雑誌・ノベルス・文庫本　絶版本歓迎高額査定》と、こちらはやや控えめな文字で印刷されている。

十一月二十四日、日曜日の午後一時前。大村龍雄《おおむらたつお》はいつもと同様、表の均一棚の本をチェックしてから、蒼林堂古書店へと足を踏み入れた。

一間半《いっけんはん》という間口の狭さに対してかなりの奥行きがある、いわゆる「鰻《うなぎ》の寝床」型の店内は、背中合わせになった中央の本棚の列で、左右に大きく二分されている。幅一メートルに満たない狭いトンネルのような通路が左右に二本、並行しているような構造である。

大村は左側の通路の途中にあるノベルス本のコーナーで、適当に本を一冊選んだ。最終ページ右上隅に鉛筆で書き込まれた値段をまずは確認。二百円と、ちょうど手ごろな値段だった。今日はこの本と決めて、天井までの造りつけの本棚に挟《はさ》まれたトンネルを奥へと進む。

全長六メートルほどのその通路を抜けた先には、四畳半ほどの開けた空間があった。左手の壁はそれまでと同様、一面の本棚に覆われているのだが、右手にはなぜかカウンター席が設けられている。脚の長い回転椅子が四脚置かれ、あたりには珈琲《コーヒー》の香りがほのかに漂っている。古書店の深奥部に突如として出現するこの喫茶スペースには、初来店者の誰もが驚く。

カウンターの内側には、ノートパソコンで何やら作業をしているマスターがいた。

人の気配を感じて顔を上げ、大村の姿とその手にある本を確認して、にっこりと微笑《ほほえ》んだ。

「いらっしゃいませ」

このマスターは林雅賀《はやしまさよし》といって、年齢は三十九歳。大村とは高校が一緒だった。最初は東京で官庁勤めをしていたのだが、それと並行して、大学時代に所属していたミステリ研の人脈がらみで舞い込んできた書評や文庫解説などの仕事も、こっそりとしていた。その副業が発覚して職場で問題視されたのを機に、思い切って辞表を提出。それと同時に、元は自転車屋だったというこの建物を買い取って、地元の棗《なつめ》市に帰ってきたのが約五年前のこと。さらに店舗部分の改装などに約半年間を費やし、満を持して開店したのが、この喫茶スペースのある奇妙な形態の、ミステリ専門の古書店だったのだ。

大村はマスターに本の代金二百円也を支払った。百円以上の売買をした客には一杯の珈琲がふるまわれ、さらにカウンター席が空いてさえいれば何時間でも居座れるというのが、この店のルールである。店の経営がインターネット上の取引でほぼ賄《まかな》われており、わざわざ店舗まで足を運んでくれたお客さんには特別なサービスをしたいというマスターの思いと、さらには喫茶店の経営もしてみたかったという趣味的な理由から、そういうシステムが出来上がったのだという。大村は毎週日曜日、昼時になると自宅マンションから徒歩五分の扇町商店街に出て昼食を取り、その後はここに寄って午後を過ごすのが習わしとなっていた。何でもいいから本を一冊買って、カウンター席に陣取り、まずは食後の珈琲を一杯いただく。それから購入した本を時間をかけて読み終えると、それを再度店に売ってから帰宅するのである。この店の古書の買取価格は（本にもよるのだが）売値のおよそ十分の一。店にとってはその差額にあたる、売値の九割が丸儲《まるもう》けになる計算だが、たった百八十円でカップ一杯の珈琲と数時間の読書を満喫できるのだから、大村にとっても損はない。

その日は、四つあるカウンター席のひとつが、すでに先客によって塞がれていた。大村も顔見知りのその相手は柴田五葉《しばたごよう》といって、現在は高校一年生。すぐそこの商店街にある柴田電器店の息子である。自宅が近所にあるのに、わざわざここで本を読んでいくのは、この店の雰囲気が好きだからだと、聞いたことがあった。彼も大村と同様、この場で本を読み切って店に返して（売って）ゆくタイプの常連客である。

「大村さん、こんにちは」

柴田が読んでいた文庫本から顔を上げ、笑顔で挨拶《あいさつ》をしてくる。小柄で童顔だが女の子にもてそうな顔立ちをした少年は、普段から愛想が良く、学校の成績も良いという話であった。

「はい、お待たせ。龍《た》っちゃん、いつも悪いね」

「そいつぁ言わねえ約束よ」

そんなやりとりとともに、珈琲のカップがカウンターに出される。柴田少年からひとつ間を置いた椅子に腰を下ろし、大村はカップに口をつけた。気分が落ち着いたところで、おもむろに本を読み始める。

読書中の客二人も、パソコンで仕事中のマスターも、そのまま三十分間ほど、完全に各自の世界に没頭していた。その沈黙を破ったのは、表の引戸が開けられる音だった。東側の通路には誰もいない。マスターが音のした方向に顔を向け、すぐに作り笑顔で会釈をした。彼の位置からは西側の通路が見通せるのだ。大村は彼の表情で、新しく来た客が誰なのかを察した。

2

茅原《ちはら》しのぶは、ほんの三十秒ほどで通路を抜け、喫茶スペースに姿を見せた。

「あ、こんにちは大村さん。五葉くんもこんにちは」

彼女は今年の春に初来店して以来、月に一、二度のペースで来店するようになった常連客である。まだ二十四歳と若く、いつ会っても溌剌《はつらつ》としているのが、大村からすれば羨《うらや》ましい。外見もモデルのように美しい彼女は、今春からひいらぎ町で小学校の先生をしているという話だった。平日は授業があるので、ここに来られるのは日曜日だけ。なので大村も柴田も、彼女が来店するときにはたいていここにいて、ほぼ毎回顔を合わせていることになる。ただし彼女は会計を済ませた後、珈琲を飲みながらマスターや大村たちとひと時の雑談はするものの、そのまま店に居続けることはなく、折りを見て帰るのが常であった。もちろん購入した本はそのまま家に持ち帰る。そういった点が大村や柴田とは違っていた。

毎回じっくりと時間をかけて十冊前後の本を選んでゆく彼女が、今日は通路を抜けてくるのがやけに早いなと思ったら、その手にはまだ文庫本が一冊だけという状態だった。そのまま折り返して東側の通路に入ってゆくのかと思いきや、そういうわけでもなく、つかつかとカウンターに歩み寄ると、マスターのパソコンの横にその一冊を差し出した。

「こんにちは、雅《まさ》さん。これ、お願いします」

「あれ、今日は一冊だけですか？」

マスターにしてみれば当然の疑問ではあったが、やはり失言の類《たぐい》にはなるだろう。

しのぶは少しむっとした表情になったが、しかしすぐに気を取り直した様子で、

「それで、ちょっとお聞きしたいんですけど、これ、面白いですか？」

彼女がカウンターに載せたのは、石沢英太郎《いしざわえいたろう》の『ヒッチコック殺人事件』（徳間文庫）だった。

「お、懐かしいな。……いや、僕が初めて石沢英太郎を読んだのが、この本だったんですよ」

「……面白いかどうかをお聞きしてるんですけど」

「いや、面白いといえば面白い……かどうかは、まあ、読み手にもよりますけど。意外な真相とか派手なトリックとか、そういうのを期待して読まれると、ガッカリされるかもしれません。でもさすがは短編の名手と言われていただけあって――あ、ちなみにこれ、短編集ですよ」

「わかってます」というしのぶの声には、すでに苛立《いらだ》ちの色が滲《にじ》んでいた。

同好の士が顔を合わせて、共通の趣味を話題にしているのだから、もっと和気藹々《わきあいあい》としたムードになってもいいはずなのに、そうはならないのが、この二人の面白いところである。二人が会話をしていると、しのぶがまずイライラし始めて――店主はそれを意に介さず淡々と会話を続けるのだが、それがまたしのぶをイライラさせて――

という悪循環に、必ずといっていいほど陥《おちい》ってしまうのである。

半年前、彼女が初めて蒼林堂に姿を見せたときのことを、大村は思い返していた。喫茶コーナーの存在に驚きつつ、店内を一通り見て回った彼女は、マスターのいるカウンターにつかつかと歩み寄って、目を輝かせながら自己紹介をしたのである。

「あの、わたし、茅原しのぶです」

名刺まで取り出してみせたのだった。それに対してマスターは、要領を得ないまま、

「は、はあ。そうですか。どうも」と答える。その瞬間、彼女の表情から喜色がすっと消えた。

「あの……憶えてらっしゃいません？　ネットで何回か本を注文したことがあるんですけど」

「あ、そうですか。それはどうも。ありがとうございます」

マスターは憶えていなかったらしい。しのぶは露骨にがっかりした表情を見せたが、やがて気を取り直した様子で言葉を継いだ。

「こんなふうにお店を構えてやってらっしゃるとは思ってませんでした。インターネットだけだと思ってて……。林さん、ですよね？」

「ええ。林雅賀です。そこにいるのは京助《きょうすけ》です」

「え？　あ、きゃっ。……びっくりした」

　茅原しのぶの目の前の回転椅子の座面に、一匹の黒猫が丸くなっていた。林雅賀が知り合いから引き取ってきた店のマスコット的存在――いや、店の主《ぬし》のような存在である。

「可愛らしい猫ちゃんですね。……それであの、林さん、雑誌で書評の連載をされてますよね。わたしあのコーナーのファンなんです。文庫の解説もされてますよね。それも買いました」

「あ、それは……どうも」

　カウンターを挟んだ二人の、相手に対する温度の違いっぷりは、傍《はた》から見れば大した見世物であった。大村は思わず、そのときも隣席にいた柴田少年と顔を見合わせ、「面白いね」と目で語り合ったものである。

　それから今日までの半年間、二人の間では同様のことが何度も繰り返されてきた。マスターの人見知りは解消されたが、それでも会話は嚙《か》み合わず、ここまで来るともはや、二人は元から波長が合わない同士だったとしか言いようがない。なのに茅原しのぶはいまだに、来店すると毎回必ずこうしてマスターとの会話を試みるのである。

　今も二人の会話は続いている。自分の好きな本の話題になると、マスターは途端に饒舌《じょうぜつ》になる。

「――そうですか。『カーラリー殺人事件』、本当に面白いんですけどね。まあ、読んだことがない作家の場合、とりあえず短編集で様子を見て、っていうのも、ある意味では正解だと思いますが。短編集だとちなみに、これよりももっと世評の高い――表題作が推理作家協会賞の短編部門を受賞している、『視線』っていう本も、たしか文庫のコーナーにあったと思いますけど……どうされます？」

「いえ、これにします。タイトルに惹《ひ》かれましたので」

「……ヒッチコック、お好きなんですか？」

「ええ。〈サイコ〉とか〈鳥〉とか――」

するとマスターは「だめだめ」と言うように首を振り、

「たしかにその二本が、世間一般で言うところの代表作でしょうが、ただそれについては、山口百恵《やまぐちももえ》の代表曲が〈いい日旅立ち〉と〈秋桜《コスモス》〉だって言われるのと同じぐらい、個人的には違和感があるんですけど。宇崎竜童《うざきりゅうどう》と阿木燿子《あきようこ》の路線が、やっぱり山口百恵の持ち味でしょう、という感じで」

「カーの代表作が『皇帝の嗅《か》ぎ煙草《たばこ》入れ』だと言われるようなものですか」

「うーん。それともまた違うような気がしますけど――」

「おいマサ、とりあえずお会計をしてあげて、しのぶさんに珈琲を出してやれよ」

見かねた大村が割って入る。二人の会話が迷走し始めたときには、大村か柴田のどちらかがタイミングを見計らって、その会話に割り込むのが、誰にとってもベストだということが、最近わかってきたのだ。茅原しのぶは瞬間的に迷惑そうな顔を見せるが、二人きりで会話を続けるのはもう無理だという、その限界が、傍から見ていてわかるのだからしょうがない。

「なあマサ、もしおまえがヒッチコックの映画のベストを選ぶとしたら、どれにする?」

珈琲を淹《い》れ始めたマスターの背にそう問いかける。ミステリの知識ではマスターには及ばない。ひょっとすると茅原しのぶにも負けているかもしれない。しかし映画に関することならば自分がトップだろうと、元映画少年の大村は自負している。

しばらくの間があって、ようやく答えが返ってきた。

「難しい質問だなあ。あえて選ぶとしたら……そうだな、〈北北西に進路を取れ〉かな」

「そうか。俺は〈知りすぎていた男〉がベストだけどな」

「ああ、〈知りすぎていた男〉もいいよな。たしかに。……とまあ、そういう会話をしてたりするんですよ。その小説の中で、登場人物たちが」

珈琲のカップを茅原しのぶの前に置きながら、マスターが話題を石沢英太郎の『ヒッチコック殺人事件』に戻そうとする。

「あと登場人物たちが、ヒッチコックの映画を何本見たか、僕は十五ヒッチだ、私は三十ヒッチだとかって言って。ちなみに僕は、たぶん二十五ヒッチぐらいだと思います。映画は普段あまり見ないのですが、ヒッチコックに関しては一時期、はまっていたことがあって」

「俺は三十ヒッチぐらいかな」と大村が口を挟む。「ところでヒッチコックの映画って、すごい小規模な謎の組織が出てきたりすることが多いと思わないか。さっきお互いが挙げた〈北北西〉にしても〈知りすぎていた男〉にしても、あと〈暗殺者の家〉とかでも、謎の組織が出てくるんだけど、それが実はけっこう家内制手工業レベルっていうか、家族でやってます、みたいなのが多くて。いちおう大きな組織の支部って設定なんだろうとは思うけど、じゃあその組織って何なんだと」

「政治的な結社というか、スパイ組織というか」

「まあ、要するに秘密結社ってことなんだろうけど。ちなみに小説でもそうなんだけど、海外の作品に比べて、国内だとそういうのってけっこう少ないだろ。あれって何なんだろう」

「海外だと、フリーメーソンっていう組織が実際にありますからね」と茅原しのぶが話題に参加してきた。「日本にはそれに該当するような組織はないんじゃないかしら」

「フリーメーソンの日本支部は実際にありますけどね」とマスターが言うが、

「そういうことじゃなくって。文化っていうか、フリーメーソンが、じゃあ日本の何にあたるのかって考えると、政治組織でも宗教団体でもないし、趣味のクラブでもない。でも宣誓して入会して、会員がお互いに協力しあうような、そんな組織が日本にあるかってことなんですけど。互助会とかもちょっと違うし。ちょっとじゃなくて全然か」と言ってぺろりと舌を出す。

「そうか。言われてみれば、フリーメーソンって何なんだろうね」と大村が言い、独り言のように続けた。「昨日のあれも、もしそういった秘密結社みたいなものだったとしたら……」

「何の話？」と柴田少年が興味津々の様子で聞いてくる。

3

「いや、実はつい昨日のことなんだけど、ちょっと妙な集団と遭遇して——」

大村は東京本社勤務時代に馴染《なじ》みになった居酒屋があった。よくあるチェーン店などではなく、昔の味をずっと守り続け、その一店舗だけで営業を続けている、アットホームな雰囲気の店である。大村が棗支社に戻ってからも、東京出張の仕事というのがたまにあり、その折りにはできるだけその店に足を運ぶようにしている。東京本社の連中と飲みに行く場合が多いが、一人で飲みに行くこともある。

金曜からの東京出張で一泊した大村は、土曜日の仕事が早く退《ひ》けたこともあって、昨日、久しぶりにその店ののれんをくぐった。午後五時過ぎという早い時刻だったが、奥の大きなテーブルには十数人の団体客がすでに入っていた。それが年齢も性別もまちまちな集団で、店内が静かな間は、いやでも彼らの会話が耳に入ってくる。ほとんどが他愛ない雑談のようなものだったが、ところどころに、気になる会話が混じっていた。

「ところでAさん（名前は忘れてしまったのでアルファベットで代用。以下同様）、次回はどうします？」

「次回も当然やりたいと思ってますけど、場所はまた違うところにしたいよね。……すいませーん。いまBさんから、次回をどうするか、聞かれたんですけど、とりあえず場所は同じじゃつまらないんで、違うところにしたいと思ってるんですけど、まだ何も考えてないんで、ここが良いって思う場所があったら、教えていただけませんか」

というAさんの呼びかけに対して、寄せられた回答の、その全ては記憶していないのだが、「日比谷公園」「港の見える丘公園」「花やしき」「後楽園ゆうえんち」などの名前が挙がったこと、誰かが「皇居」と言ったのに対して「おいおい」とツッコミが入ったことは、はっきりと憶えている。

二十代の若者もいれば七十代と思われるお年寄りもいる。中では三十代四十代の男性がやや多いか。女性は四人ほどいて、若いOLふうの女性もいれば、大村と同年代の主婦らしき女性もいる。この集団はいったいどういう集まりなのか。大村は次第に興味を惹かれ始めた。

「発想の転換でビルとかは？　たとえばデパートとか……？」

「うーん、そういう建物関係だと、地面に穴を掘ってとかできないから、意外と仕掛ける場所が少ないんじゃないかと思うし、警備とかも厳しそうだし……」

その会話の中に、彼らの正体がわかるような、何か決定的なキーワードが出てこないかと、途中からは耳をそばだてるようにして聞いていたのだが、ちょうどそのころから店が混み始めてきて、やがて彼らの会話は店内を覆うざわめきの中に埋没し、聞き取れなくなってしまう。

　大村が入店してから一時間ほど後、夕方の六時を過ぎたところで、その集団は会計をして店を出て行ってしまった。結局彼らが何者だったのか、何について話していたのかは不明なままである。馴染みの店員が通りかかったところをつかまえて、何か知らないかと聞いてみたのだが、自分は何も知らない、予約無しでふらりと入ってきた団体客であり、おそらく全員が初来店だったのではないか、とのことだった。

「――というわけなんだけど、場の雰囲気からして、職場の集まりでも、親戚の集まりでもないことは確実で、もうちょっとお互いにこう、よそよそしいっていうか、まだお互いのことをよく知らない同士っていうか、そんな感じで。だから同窓会でもなければ町内会でもない。あるいはどこかの宗教団体の信者の集まりといった感じでもない」

「年齢も性別もバラバラな集団っていうと、普通に考えたら、趣味の集まりでしょうか」と、最初に発言したのは茅原しのぶだった。「たとえばカルチャースクールの生徒さんが、そのまま居酒屋に移動して打ち上げをしていたとか」

「趣味の集まりなら、オフ会ってのも、考えられなくない？」

　柴田少年のその説に、茅原しのぶも納得の表情を見せながら、

「ちなみに、AさんとかBさんとかの呼び方って、実際にはどうだったんです？　ほら、オフ会っていうと、たとえばフランソワさんとか将軍様とか、えって思うような名前で呼び合ったりしてるイメージがあるじゃないですか？　ハンドルネームっていうんでしたっけ？」

「うーん、たしか普通に大村さんとか茅原さんとか、そういう苗字《みょうじ》で呼ばれてる人もいたし、あとはマサさんとか龍っちゃんとか――つまり俺らが普段から呼び合ってるような呼び名みたいな感じで、いかにもハンドルネームって感じの人はいなかったんだけど、でも絶対にそうじゃないとも言えなくて、結局、どっちとも言えないって感じだったかな」

「ちなみに龍っちゃん、その居酒屋の名前は？」

不意にそう聞いてきたのは林雅賀である。今までずっと会話に加わらず、パソコン作業の続きをしていた中での、唐突な発言であった。質問の意図も不明だったが、

「《くまのみ屋》って店だけど」

漢字表記かひらがな表記かも含めて説明する。そこで少し妙な間があいてしまったが、

「問題はやっぱり、場所の話だよね」と、少年が話の軌道を元に戻した。「次の場所

をどこにするか。次回ってことは、じゃあ前回ってのもあって、候補の挙がり方からすると、そのときは公園のような場所だった。しかも穴を掘って何かを埋めたりした。そのへんは、会話の内容から想像できます。その上で、皇居はさすがにないない、みたいな会話とか、あとデパートは仕掛ける場所が限定されてて警備も厳しい、みたいな会話から考えられるのって……。大村さんは最初、秘密結社的なことも考えてたみたいですけど、テロリストの集団が次の標的について話し合っていたっていう想像は、さすがに極端ですよね」

もし彼らがテロ集団であり、どこかの公園に爆弾を仕掛けた直後だったとしたら。土曜日に仕掛けられた爆弾は、まだタイマーが作動していないだけかもしれない。せっかく大村が重要な会話を漏れ聞いていたのに、真相を見抜けず、被害を未然に防ぐことができなかった。そんな事態を心配していたのだが、さすがにそれはないと考えても良いだろう。

「だよな。でも他に何が考えられる？」

マスターは仕事を続けているので、残りの三人で仮説を検討してゆく。集団の正体が仮にオフ会だったとして、では彼らは何について話していたのか。警備の状況を気にしながら、公園で穴を掘ったり何かを仕掛けたりした、その目的とは。

「ケメルマンの『九マイルは遠すぎる』よりもヒントは多いのに、答えが出せない。やっぱり現実の問題はミステリと違って、簡単に答えが出せないものが多いってことなのね」

茅原しのぶがそう言って音を上げた直後だった。林雅賀が自信満々に告げたのである。

「僕にはわかりましたよ。その集団が何について話をしてたのか」

「まさか」と他の三人は異口同音に言った。

4

「正解を先に言いましょう。彼らが集まったのはたぶんオフ会で正解だと思います。Aさんというのが幹事で、その彼が、親睦《しんぼく》のためのリクリエーションとして、どこかの公園で宝探しのゲームを主催したんです」

オフ会の親睦のためのリクリエーション。宝探しのゲーム。条件的には、彼らの会話にぴたりと当てはまる。

「ちょっと待って。……やけに断定的に言うじゃないですか、マスター」

柴田少年が指摘すると、マスターは「ばれたか」と言って、ノートパソコンを一八

○度回転させた。茅原しのぶの正面に液晶画面が向けられている。大村と柴田は席を立って、横からその画面を覗《のぞ》き込んだ。

11月24日（日）

昨日は m-sato さん主催の居酒屋オフに参加してきました。

東京駅で横浜から来たモロ☆さんたちと合流し、八重洲で一緒にお昼を食べてから、午後一時に上野公園の西郷隆盛像の前に集合。昼のイベントは四つのチームに分かれて宝探し。これが楽しかった。私はきたろーさんと村田さんのお二人と同じチームになりました。暗号文の書いた紙が各チームに配られて、一つを解いたらまた次のヒントが渡されてって感じで全部で四枚。私は全然戦力にならず、途中で休憩したりして、チームの足を引っ張っちゃいました。成績は四チーム中の三位（きたろーさん、村田さん、すみませんでした）。

それから品川に移動して、いよいよ居酒屋巡りの始まり始まり。まず一軒目は《くまのみ屋》っていう居酒屋さん。幹事の m-sato さんも入ったのは今回が初めてだって言ってましたが――

文中の《くまのみ屋》という部分に色が着いている。検索でこのキーワードが引っかかりましたという印である。つまりマスターは《くまのみ屋》という店名で検索して、この日記を見つけたというわけだ。

「ずるいよね、こんなの」と柴田少年が文句を言う。

「でもまあ、秘密結社のテロの計画じゃなかったってわかって、龍っちゃんもこれで安心できたということで」

「……やっぱり日本に秘密結社はないか」と大村が言うと、

「作ればいいじゃん」と柴田少年が目を輝かせて言う。「ここ、秘密組織のアジトみたいじゃん。ボク前から思ってたんだ」

「それこそ、ヒッチコックの映画に出てくる家内制手工業の結社みたいだけどね。そうするとメンバーは、俺と柴田くんとマスターと――」

「わたしも入れてください」と茅原しのぶが手を挙げる。

「じゃあ四人で。ところでいったい、何の結社なんだ?」

「それは当然、ミステリ愛好家の結社でしょう」

四人でそんな話をしていると、大村のすぐ後ろで不意に猫の鳴き声がした。

「あ、そうか。京助を忘れてた。お前も仲間に入りたいよね。じゃあ改めて、四人と一匹で結成します。蒼林堂秘密結社」

柴田少年はそう宣言すると、身を屈《かが》めて黒猫の顎《あご》の裏を撫《な》で始めた。

「会長は京助にしよう。何たってこの店の主だからな」とマスターが言うと、京助は目を細めて満足げな顔をしてみせた。

林雅賀のミステリ案内——1

ヒッチコックと推理小説

映画監督のヒッチコックは、小説作品を映画化することが多かった。いくつか有名な例を挙げると、〈レベッカ〉がデュ・モーリア**『レベッカ』**（新潮文庫）を、〈断崖〉がフランシス・アイルズ（アントニー・バークリー）**『レディに捧げる殺人物語』**（創元《そうげん》推理文庫、別題『犯行以前』）を、〈裏窓〉がウィリアム・アイリッシュの短編**「裏窓」**（創元推理文庫『アイリッシュ短編集3 裏窓』に収録）を、〈見知らぬ乗客〉がパトリシア・ハイスミス**『見知らぬ乗客』**（角川文庫）を、〈めまい〉がボワロー＝ナルスジャックの**『めまい』**（パロル舎、別題『死者の中から』）を、それぞれ原作としている。

逆にヒッチコック監督の映画に影響を受けたミステリ小説というのも存在する（あるいは原作小説のほうに影響を受けたのかもしれないが、ここではその区別は特にしない）。泡坂妻夫《あわさかつまお》の**『花嫁のさけび』**（ハルキ文庫）は、新妻として夫の家に入った若い女性が、死別したという前妻の影をそこかしこに見るという話で、設定は〈レベッカ〉によく似ている。そこからどうオリジナルな筋

めまい
ボワロー＝ナルスジャック・著
太田浩一・訳
パロル舎

花嫁のさけび
泡坂妻夫・著
ハルキ文庫

を展開させているかに要注目。同じく〈レベッカ〉を下敷きにしているのが今《いま》邑彩《むらあや》の『ブラディ・ローズ』（創元推理文庫、別題『悪魔がここにいる』）で、主人公の女性が二人目ではなく三人目の花嫁というのがミソ。そのアレンジが、いったいどんな結末に繋《つな》がるのか、興味を持って読んでいただきたい。

今邑彩はその他に、〈裏窓〉に材を取った『「裏窓」殺人事件　tの密室』（光文社文庫）という作品も発表している。ヒッチコック作品（あるいはアイリッシュの原作）にはなかった密室の謎を盛り込んだところに、著者の自負心がうかがえる。

石沢英太郎の短編集『ヒッチコック殺人事件』（徳間文庫）の表題作では、〈見知らぬ乗客〉が重要な役割を果たす。石沢作品は、ミステリとしての筋立てはわりとストレートだが、犯罪に至るまでの人物の心理を描き出すのが巧《うま》く、そういう点がヒッチコックの作家性とよく似ている。もし二人が同国の同時代人だったとしたら、石沢英太郎原作のヒッチコック作品などもあり得たのではないか。そんなことも夢想したくなる。

（「本とも」２００９年１月号掲載）

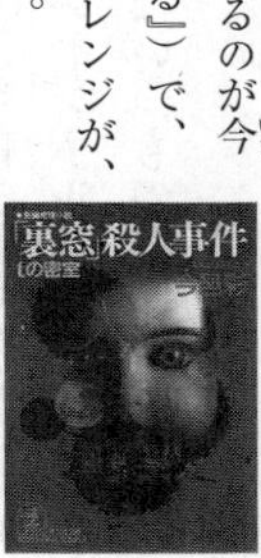

「裏窓」殺人事件
tの密室
今邑彩・著
光文社文庫

ヒッチコック殺人事件
石沢英太郎・著
徳間文庫

2　アルプスの朝陽

1

十二月二十二日、日曜日。年末商戦で活気づく街も、一年間頑張ってきた日本人への最後のご褒美《ほうび》のような年の瀬の三連休も、バツイチで独身の大村龍雄《おおむらたつお》にとっては、ただ寂しさを増すばかり。

連休二日目の昼食を、扇《おおぎ》町商店街の中村屋で済ませた後、彼はいつものように角を折れて、脇道沿いにある蒼林堂《そうりんどう》古書店へと足を運んだ。高校時代の元同級生が数年前にオープンした、ミステリ専門の古書店である。店に入ると、戸口をしっかりと閉めて、まずは寒風をシャットアウトする。本棚に囲まれた狭いトンネル状の通路で本を適当に一冊選び、奥の喫茶スペースに辿《たど》り着くと、そこにはいつもの仲間が待っていた。

「いらっしゃいませ。……やっぱり来たか、龍《た》っちゃんも」

「こんにちは大村さん」

カウンターの内側にはマスターがいて、いちばん奥の回転椅子には高校一年の柴田《しばた》五葉《ごよう》くんが座っている。ここだけは外界の喧《かしま》しさとは無縁に、いつもどおりの時間が流れている。大村は安堵《あんど》の息を吐いた。その息が白くならないぐらいの暖気が喫茶スペースに満ちている。そして鼻をくすぐる珈琲《コーヒー》の香り。

「やっぱりいいね、この店は」

会計を済ませて本を自分のものにし、大村は柴田少年からひとつ置いた椅子に腰を下ろした。この店では百円以上の売買をした客には珈琲を出しており、そのために専用のカウンター席までもが設けられている。席には何時間でも居座り続けて良いというルールもある。大村と柴田はほぼ毎週、日曜日毎《ごと》にこの店に来て、買った本をこのカウンター席で最後まで読み切ると、再び本を店に戻して（売って）から帰るのが常であった。在庫状況が変わらないのに、売値と買取価格の差額が純益として入ってくるので、店側としてもありがたいと、マスターが言ってくれているのが、なおさら大村の居心地を良くしている。

珈琲を飲んで気分が落ち着いたところで、すぐには読書に取り掛からず、大村は二人を相手にちょっとした雑談を試みた。

「連休中でも営業は欠かさない。ありがたいねえ」

「寂しい男が吹き溜《だ》まる場所だからね。こういう日こそ開けておかないと」

「ほっとけマサ。お互い様だろ」

「今年は雪はまだなのに、寂しい男がこんなに吹き溜まって」

「だからおまえ自身もそこに入ってるんだってば」

マスターの林雅賀《はやしまさよし》とはそんな軽口も叩き合える仲である。

「柴田くんは、こんなとこにいて良いの？」

「え、どうして？　期末テストはもう終わってますし」

「そうじゃなくて。今年のクリスマスは平日だから、この連休はその代わりって位置づけだよね？　世の中的には。高校生ぐらいだと特に、ほら、彼女と一緒に過ごしたいだとか」

大村としては、からかうつもりはまったくなかったのだが、

「いませんよ、そんな相手」と少年は頰《ほ》っぺたを膨《ふく》らませて、「ボクはまだそういうの、早いと思ってますから。人生焦ってる他の連中と一緒にしないでください。むしろ大村さんとかマスターとかのほうが、やばいんじゃないですか。たしかもう四十で

すよね」

思わぬ反撃に遭《あ》ってしまった。とんだ藪蛇《やぶへび》である。いちおう「まだ三十九だけどね」と小声で付け足した後は、雑談を早々に切り上げて、先ほど買い上げた本を読むことに専念する。

大村がその文庫本を三十ページほど読み進んだところで（彼の読書スピードは、四六判・ノベルス・文庫のいずれであってもほぼ一ページあたり一分なので、読書開始から約三十分後ということになる）、これまた常連客の一人である、茅原《ちはら》しのぶが姿を現した。濃い緑色のコートと赤いマフラーという完全防寒の態勢で、右手にはトートバッグと文庫本を一冊、左手には紙袋をひとつ提《さ》げている。

「こんにちは。うわー、暖かーい」

笑顔でうっとりと目を閉じ、暖気を肌で感じている彼女は、今春から小学校の先生を始めたという二十四歳。小学生の相手をさせておくのが惜しいような、目鼻立ちの整った美人で、体型もモデルのようにすらりとしている。就職のために東京から転居してきたのは今年の春先で、この店にデビューしたのが四月のこと。以来月に一、二度ほどのペースで来店するようになった彼女の存在は、蒼林堂古書店にとっては、はきだめに飛来するようになった一羽の鶴というか、あるいは戦場に咲く一輪の薔薇《バラ》の花というか（それは少し違うか）。若い女性のミステリファンというだけでもありがたいのに、彼女はマスターが副業としている書評の類のファンなのだという。

空いている回転椅子に荷物を置き、脱いだコートとマフラーを胸に抱えてあたりを見回していたが、掛ける場所が見つからない。マスターが気を利かせてカウンターの上を片付ける。

「すみません」と言って脱いだ衣類をそこに載せ、続いて文庫本一冊をマスターに手渡して「これなんですけど、値段――」と言いかけたときに、彼女の肘《ひじ》が触れたのか、載せたばかりのコートとマフラーがはらりと床に落ちてしまった。大村が椅子に座ったまま右手を伸ばしたが、あと少しのところで届かない。しのぶが「すみません」と言いながらしゃがみ込んで、自分でそれらを拾い上げる。彼女が来た途端に場が賑《にぎ》やかになったと言えば聞こえはいいが、単にどたばたと落ち着きのない雰囲気になってしまっただけとも言える。

毎回十冊ぐらいの本を一気に買ってゆく印象が強い茅原しのぶだが、マスターに手渡した文庫本は先月の来店時と同様、今回も一冊きりだった。そこでマスターが「一冊だけですか」と失言しなかったのは、前回の教訓が活かされていると言えた。しかし最終ページを確認したマスターの表情は曇っている。問題の本は東野圭吾《ひがしのけいご》の『ある

閉ざされた雪の山荘で』（講談社文庫）であり、しまったなあ、という表情を見せたマスターが、

「百円でいいですよ」

「ホントですか、良かったー」

　衣類を畳んでようやくカウンターに置き直した茅原しのぶは、喜色を満面にたたえて、トートバッグから財布を取り出した。どうやらマスターが値段を付け忘れたまま、その本を棚に並べていたらしいと、傍《はた》で見ていた大村はそう推察したのだが、しかし しのぶは財布を胸に抱えて何かを待っている。マスターも彼女が百円を支払ってくれるのを待っている。一瞬の妙な間があり、そして二人は同時に自分の勘違いに気づいた。

「あ、もしかしてこれ、茅原さんがウチの店に——？」

マスターが慌《あわ》てている。しのぶは今日、古本を買いに来たのではなく、どうやらその本を店に売りに来たらしい。

「あ、じゃあ雅《まさ》さんが今言った『百円』って、その値段で買い取ってくれるっていうつもりじゃなくて——？」

　表情からさっと喜色が消えたのを見て、マスターが慌てて、

「いえいえ、本当だったらそれよりもっと高い売値をつけたいと思ってたところなんですが、書き忘れたのは自分のミスだから——そう思ったんで、百円でいいやと思っただけで——いいですよ。買いますよ、百円で」

「ホントですか。わー嬉しい。珈琲が出なかったらどうしようと思ってたんですよ」

店から本を買う場合だけでなく、店に本を売る場合でも、取引金額が百円以上に達した場合には、客は珈琲のサービスを受けることができる。しのぶも珈琲には目がないらしく、来店時には毎回、美味《おい》しそうにカップに口をつけている。殊《こと》に寒風をついて訪れた今日の場合は、身体がいつも以上に温かい珈琲を欲していただろう。持ち込んだ一冊の文庫本に百円の値段がつくかつかないかは、彼女にとって重大事だったのだ。

そんなふうに理解したつもりになっていた大村だったが、今日の場合はさらにもうひとつ、珈琲が彼女にとって必要とされていた理由があったのだ。

「じゃーん」

茅原しのぶが紙袋から取り出したのは、扇町商店街にあるマルシェというケーキ店の箱だった。それをカウンターに置きながら、彼女は歌うように抑揚《よくよう》をつけて言った。

「メリー・クリスマス」

2

箱の中には六つのケーキが行儀よく並んでいた。色とりどり、形もとりどりで、箱を開けたときの見た目がまず楽しい。上から見て、ミルフィーユとフルーツタルトは三角形（正確に言えば扇形か）、レアチーズとモンブランは円形、苺のショートとチョコレートケーキは長方形。三角・丸・四角の組み合わせは、チビ太のおでんだけでなく、こんなところにもあったのだ。

「好きなのを選んでください」

男三人が「せーの」で好きなものを指差したところ、重複がなかったので、大村はレアチーズ、マスターはミルフィーユ、柴田少年はモンブランをそれぞれ獲得。マスターが食器棚からケーキ皿とフォークを四つずつ取り出してカウンターに並べる。

「こういうことになった以上は、龍っちゃんと柴田くんにも、珈琲のおかわりをサービスします」

熱々の珈琲の入ったカップも改めてカウンターに並べられた。しのぶは箱の中に手を突っ込んで、各自の皿にケーキを取り分けている。自分用の皿には苺のショートを載せたところで、

「二つ目が欲しい人は？　早い者勝ちですよ」

と声を掛けたのだが、男三人は遠慮しているのか、誰の手も挙がらなかった。代わりにと言えるのかどうか、奥のほうから黒猫の京助《きょうすけ》が鳴きながら現れた。マスターが自分のケーキの一部を小皿に移して床に置く。

「猫ってケーキ食べるんですか？」と柴田少年が聞くと、

「論より証拠」とマスターが言って、自分の足元を指差す。大村がカウンターに身を乗り出すようにして確認すると、京助は本当にミルフィーユの生クリームを美味しそうに舐《な》めていた。

「あ、そういえば、本の代金をお支払いしていませんでした」

マスターがそう言って、百円玉をしのぶに手渡しながら、

「でも、どうしたんですか。本を売るなんて。初めてじゃないですか」

「ええ。実は本棚でダブってるのを見つけたんです」

「なんだ」とマスターは笑顔を見せて、「もしかして、内容が気に入らなくて売りに来たんじゃないかと、心配してました」

「そんなことないですよ。間違って二冊買っちゃうぐらい、東野さんの本は好きですし、特にそれは面白かったと思います」

「よかった」と、まるで作者の代理人のような安心のしかたをするマスター。「この作品は特にアレがね。……この中で読んでない人は？」

大村は既読だったが、柴田少年が勢いよく手を挙げる。こういう場面では、未読者がしっかりと意思表示をしないと、ネタをバラされてしまう危険性があるのだ。

「そうか。じゃあ、ぼかして言いますけど、僕はとにかくこの作品は、すごいと思いましたね。あの一行というか、あの一文字というか、アレが出てきた瞬間、これはとんでもない作品だぞと思ってゾクゾクしました」

「わーわー」と声を出しながら、両手で耳をぱふぱふしていた柴田が、その動作を止めて、「タイトルからすると、吹雪の山荘ものですよね。じゃあボク、次はそれ、読んでみようかな」

「厳密に言うと、雪も降ってないし、閉ざされてもいないんですけどね」としのぶが説明をしたところで、柴田少年がまた耳を塞《ふさ》ごうとしたので、「あ、大丈夫、五葉くん。これはネタバレじゃないから。最初にそう書いてあるの。吹雪の山荘ものの舞台劇を作るために、若い役者が七人、山荘に集められる。そこで何日間かを過ごすようにっていう脚本家の指示があって、で、一人、また一人といった感じで、役者が山荘からいなくなっていく。でもそれがだんだん、これは本物の事件かもしれないぞっていう感じになってくる。そんな感じの話。だから外は雪じゃないし、季節も冬じゃなくて……えーっと？」

「四月でしたよね、たしか」とマスターが記憶力の良いところを披露《ひろう》する。「四月十日からの四日間だったと思います。お、自分の誕生日から始まってる、と思った記憶があります」

「雅さん、四月生まれなんですか」と、しのぶが妙なところに反応する。話しかけられたマスターは、ぷいと横を向いて、

「柴田くん、器用だね」と言う。見れば、柴田少年がモンブランを、中央に載った栗を落とさないように、上手にまわりだけを削り取って食べていたのである。

「秘技・栗残し、なんちゃって」

「何か、地球上の奇妙な風景、みたいなテレビ番組で、それに似た形の塔がにょきにょき生えてる景色を見たことがあるぞ」

くだんのテレビ番組では、その土地は大昔、砂岩の大地に岩が点在しているだけの状態だったのが、岩のガードのない部分は風雨に浸食されて、結果、岩を載せた塔のような形だけが残ったという説明が、なされていたように記憶している。

「これ、好きだから最後まで残してるんですからね、茅原先生。いらないなら食べち

ゃうわよ、とか言って、横から食べちゃわないでくださいね」

「どうしてわたしが。そもそも届かないじゃない」

しのぶは困ったような笑顔を見せる。たしかに彼女の言うとおりで、しのぶが座っているのはカウンターの反対の端。横取りを心配するにしても、もっと近くに座っている大村に対してすべきだと思うのだが、

「女の人って、平気でそういうことするじゃないですか」

どうやら少年は過去に、そんなふうに思い込むようになった具体的な経験をしていたらしく、やおら語り始めた。

3

「ボクの誕生日、十月なんですよ。で、小学生のころって、仲の良い子を自宅に招いて、お誕生会とかやったりしたじゃないですか――」

柴田五葉が小学三年生のときのこと。当時、同級生の愛理《あいり》ちゃんとキララちゃんという二人組の女子と仲が良かったので、その二人を自宅に招いてお誕生会を開いた。

キララちゃんは引っ込み思案な性格で、幼稚園からずっと同じクラスだった愛理ちゃんの背中にいつも隠れるようにしていた。愛理ちゃんはまるでお姉さんのように、

いつもキララちゃんの面倒を見ていた。

柴田家は扇町商店街で電器店を営んでいる。昼間は両親とも店に出ているので、お誕生会は子供たちだけで行った。クラスで仲良くしている女の子が二人来ると言うと、母親はマルシェのモンブランを人数分買って冷蔵庫に用意していた。五葉少年は自分でそれを皿に盛って、子供部屋に運んで行った。

「このマルシェのモンブラン。ボク、そのころからずっと好きだったんで、何かのお祝い事があると、ボク、いつもこれを母親にねだって買ってきてもらってたんですよ」

ケーキの皿を三つテーブルの上に並べ、次にジュースのコップを台所で用意して戻ってくると、キララちゃんの前に出したモンブランの形が崩れているのに気づいた。頂上の栗を含んだ部分がごっそりと削り取られていたのだ。

キララちゃん、もう食べてるんだ、ちょっと行儀悪いなと、内心で思ったものの、さすがにそれは口に出さない。ジュースを配って、改めて食べようとしたときである。

五葉少年は、キララちゃんが取り上げたフォークが、未使用のぴかぴかな状態であることに気づいた。同時に、愛理ちゃんの手にしたフォークが、かすかに汚れていることも。

「——だから彼女は、ボクが見てない間に、キララちゃんの栗を横取りしてたんですよ。いつもはお姉さん気取りで、引っ込み思案な性格の友達の世話をこれだけしてますよ、みたいな顔をしてたくせに、陰ではそうやって、気の弱い友達の物を横取りして当然みたいな顔をしてたなんて。それがすごいショックだったんですよ。当時のボクにとっては。親友だと思っていた同じクラスの女の子同士の関係が、実はそんなだったなんて」

庇護者《ひごしゃ》のつもりが、いつの間にか支配者になっていた。そういうことも、子供の世界では簡単に起こり得るのだろう。

沈黙を破ったのは、マスターの林雅賀だった。

「どうですか、茅原さん。小学校の先生としてお聞きしますが、もし茅原さんが担任をされているクラスの男子生徒が、柴田くんが今言ったようなことを報告してきたら、どうされます。先生の目から見ても、同級生の面倒をよく見ている優等生のように見えていた女の子が、実は陰でそういうことをしていたと知らされた場合には」

茅原しのぶは少しの間、考えをまとめていたが、

「愛理ちゃん、でしたっけ。その子と二人きりで会って、まずは男の子が言ってたことが本当のことかどうか、確認します」

回答として、まずは妥当なもののように思えたが、マスターは「いやいや」というように首を振る。

「その前に確認しておくべきことが、ひとつあると思います。学校にもよるのでしょうが、今は各家庭に調査票のようなものを配って、記載してもらって回収して、情報を集めてるところも多いんじゃないでしょうか」

そのヒントで茅原しのぶにはピンとくるものがあったらしい。

「あ、まさか……。アレルギー？　……そうじゃなくて？」

「いや、今の柴田くんの話だと、まわりのクリームの部分は残されていたようですから……あれも栗を使ってますよね。それを平気で食べていたとしたら、たぶんアレルギーじゃなくて、味が嫌いなわけでもなくて、ただ固形の栗が苦手だった。そういうことだったんじゃないでしょうか。今ではアレルギーだけじゃなくて、子供の苦手な食べ物も、学校側が質問票を出して、把握しておくところがあるようです。……ちなみに、僕が子供のころの話なのですが、ある日、兄弟で天津甘栗《てんしん》をひたすら食べていたんですね。そうしたらいちばん下の弟が、割った栗の中に白いちっちゃな虫が入っているのを見つけて、こんなのが入ってたって言って見せてきて、僕はその瞬間、自分が今まで食べてきた栗の中にも同じように虫が入っているのがあったかもしれない、それを気がつかずに食べてしまっていたかもしれないと思って、その後は殻に虫が食った穴があいてないかどうか、あと殻を割った中身にも同様に穴があいてないかどうか、神経質なぐらい慎重に確認しながら食べたという経験があります。もしかしたらキララちゃんもそれと同じような経験をしていて、それで塊のままの栗はどうしても食べれなくなってしまっていたのではないでしょうか。……で、そんな好き嫌いがあるのを、親友で世話好きな性格の愛理ちゃんは知っていた。柴田家のお誕生会でモンブランが出された。キララちゃんの嫌いな栗が載っている。どうしよう。せっかく出してくれたケーキが嫌いとは言えない。柴田くんが席を外した隙《すき》に、私が食べてあげると言って、横から栗をすくってぱくっと口に入れた。そういうことだった可能性も、あるんじゃないでしょうか」

「え、でも……」柴田少年は首をひねる。「たしか次の年だったと思うんですけど、キララやっぱりボクのお誕生会があって、そのときは愛理ちゃんはもう転校してて、キララはその年もウチに来てくれたはずなんですけど、で、やっぱりモンブランが出たはずなんですけど、キララは残さずに全部食べてたように思うんですけど……」

　ということは結局、元の話に戻ってしまうのか。親友のふりをしながら、実は相手の物を平気で奪っていた少女の話で正解だったというのか。しかしマスターはまだ頑張ろうとする。

「だとしても、その一年間で苦手な物を克服した、という可能性がまだ残っています。特に自分が好きな男の子の好物だとわかった場合には、苦手な気持ちを克服して、自分も好きになろうと努力した、その結果、翌年には一人でモンブランを食べられるようになっていた。その可能性があります」

「そんな、まさか……。ボク、もしそうだったとしたら――」

柴田少年が唇を震わせて言葉を途切れさせた。いずれにせよ七年も前のことなのだ。

4

「結局、本人には確かめようがないのかな。愛理ちゃんは転校しちゃったたって、さっき言ってたように思うんだけど」

大村が訊《たず》ねると、柴田少年はひとつ頷《うなず》いて、

「たしか四年生に上がる前だったと思うんですけど、家族でスイスに移住しちゃったんですよ」

「スイス！　それはまた――」

「親の海外赴任とかだったら、また日本に帰って来てたりすることもあるのかしら

……？」

しのぶの質問に、柴田は首を左右に振る。その素振りだけでは、わからないと言っているのか、帰って来ていないと言っているのか、判断がつかなかった。

「それで、庇護者を失ったキララちゃんは……？」

「うん」柴田少年の顔が少し元気になる。「最初はボクも、大丈夫かなって思ってたんですけど、愛理ちゃんに去られて、このままじゃいけないって思ったんでしょう。だんだん自分の殻から出てくるようになって、友達もできてきたんで、結果的にはそれで良かったってことになりましたけど」

「同級生の庇護者の存在が、却《かえ》って本人の自立心の妨《さまた》げになっていることもあるんですよね。そのへんが難しいところです」

茅原しのぶが教育者の顔になって言う。そこに大村が、

「キララが立った、キララが立った……ってとこか。あ、愛理ちゃんはスイスに行ったんだよな。そうするとまさに、アルプスの少女・愛理ってことになるじゃん」

大村としてはうまいことを言ったつもりだったのだが、誰も笑わなかったし、柴田少年からは白い目で見られてしまった。その柴田が補足する。

「キララはその後、自立どころか、どんどん逞《たくま》しくなっていって、今では西高の女子

バレー部でレギュラーとして活躍してますよ。一年生なのに」

「女子バレー部か。じゃあ柴田くんよりも背が高いとか」

大村がついそんなふうに口にすると、少年は口を尖《とが》らせて、

「女子って、筍《たけのこ》みたいに身長がすくすく伸びるから嫌なんだ」

柴田の身長は一六〇センチを少し下回っている。高校一年生にしては小さいほうだろう。やはり本人もそのことは気にしているようだった。マスターの林雅賀も一六〇センチと小柄である。その二人よりは、茅原しのぶのほうが、ヒールのぶんを差し引いても、何センチかは高いのではないか。逆に大村は、身長一八二センチ、体重八二キロとかなりの巨漢である。

「そうか。でもキララちゃんと今でも交流があるんだったら、聞いてみれば？　愛理ちゃんが意地悪をしてたのか、それともキララちゃんを庇《かば》っていたのか」と大村が提案すると、

「うん。そうする」と少年は素直に頷いた。

「……ところで茅原先生、もし今日、ボクらが来てなかったら、どうするつもりだったの？　ケーキ六つも買っちゃって」

「当然、ひとつはマサにあげて、残りは全部一人で食べちゃうつもりだったんでしょ

う？」

　大村がそう言ったのも無理のない話で、気がついてみれば、ケーキの箱にあと二つ余っていたはずの、チョコレートケーキとフルーツタルトが、いつの間にやら消えていたのである。その名残とおぼしきビニールとアルミホイルは、茅原しのぶの皿の上にあった。

「見てごらん。そしてケーキはどれもなくなった……」

「そんなのクリスティも書かないですってば」柴田少年がくすくすと笑いながら、

「茅原先生は、嵐の山荘とかじゃなくて、お菓子の山荘とかのほうが好きっぽいですよね。ヘンゼルとグレーテルと茅原先生、みたいな」

「そして山荘がなくなった」

「もうー」と、しのぶは笑顔で握りこぶしを構えてみせる。

「いちおう確認したんでしょ」

　そのとき、ひどく落ち着いた声でマスターがそう発言したのだが、意味がわからずに、大村たちは「は？」と首をひねる。

「店の前まで来て、表のガラス戸から、龍っちゃんたちが今日もここにいるということを確認して、それからケーキを買いに行った。そうじゃないんですか？」

「あ、はい。そうです」しのぶは素直に認めた。「それで男の人の場合、生クリームがダメっていう人もいるし、チョコがダメっていう人もいるし、そうやっていろいろ考えているうちに、この六種類があればどれかひとつは大丈夫だろうって思って、それで六つ買ってきたんです。……そうですね。自分がそうやって考えたんだから、さっきの、キララちゃんが栗がダメだったっていう可能性も、真っ先に思いつくべきでした」

「そういえば、表から見たときに――」

大村は店の構造を頭の中で思い描いていた。この喫茶スペースの手前には、本棚に囲まれたトンネル状の長い通路が二本あり、店の外側から見た場合、右のトンネルの向こうにはカウンターの内側が、左のトンネルの向こうにはカウンターの外側が見える。それは良い。右のトンネルからはマスターの姿が、左のトンネルからは大村の姿が確認できたはずだ。しかし表側から見て大村よりも奥に座っていた柴田の姿は、巨漢の大村の陰になって、視認することができなかったのではないか……。

「――だから柴田くんがいるかいないか、しのぶさんにはわからなかった。あるいはいないと思った。だからこそ、一人に二つずつの計算で――」

「それは違うぞ、龍っちゃん」とマスターが断言する。

「ええ」と茅原しのぶも頷いて、「だって五葉くんがいなかったら、大村さん、いちばん奥の席に着いているはずでしょ」

言われてみれば、まさにそのとおりであった。柴田少年を直接目にすることができなくても、大村の座っている位置から、少年がいることは推理が可能なのであった。

「そういえば、モンブランって、アルプスの山ですよね」

マスターがそう言って、自分の背後の床のあたりを指差す。

「地球が丸いので、この方向ということになりますか。時差は八時間。そろそろアルプスに朝陽が差すころですね」

柴田少年の様子を横目で窺《うかが》うと、彼はマスターの指のさらに先、遠い異国の風景を、幻視しているような顔をしていた。

林雅賀のミステリ案内――2

邪魔が入らない場所

推理小説のひとつの典型として、外部と隔絶した空間に集められた人々の間で殺人事件が起こるというのがある。

アガサ・クリスティー『**そして誰もいなくなった**』（ハヤカワ文庫）は、絶海の孤島に集められた十人が次々と殺されてゆき、最後にはタイトルのとおり誰もいなくなってしまう。では最後の一人が犯人だったのかというと、それほど単純な話ではない。限られた人数の中に確実に犯人がいる。次には自分が殺されるかもしれない。そんなサスペンス味溢《あふ》れる筋立ての中に、犯人当ての本格ミステリとしての結構をも備えた、古典的名作である。

綾辻《あやつじ》行《ゆき》人《と》の『**十角館の殺人**』（講談社文庫）は、その名作を踏まえて書かれた、現代の古典とも言うべき作品である。やはり孤島に渡った人々の間で連続殺人事件が起こり、最終的に誰もいなくなってしまうまでの経過を描いているのだが、読者は問題の一行を読んだ瞬間、あっと声を上げることになる。

歌《うた》野《の》晶午《しょうご》の『**生存者、一名**』（祥伝社文庫）も、絶海の孤島を舞台にしたミ

そして誰もいなくなった
アガサ・クリスティー・著
清水俊二・訳
ハヤカワ文庫

十角館の殺人
綾辻行人・著
講談社文庫

ステリだ。タイトルにあるように、最終的には誰か一人だけが生き残ることになる。読者は連続殺人の謎解きとは別に、最終的に誰が生き残るのかも予測しながら読むべし。

森博嗣《もりひろし》の『**そして二人だけになった**』（新潮文庫）では、誤作動で出入口が鎖《とざ》されてしまった核シェルター内で連続殺人事件が発生する。最終的に生き残った二人が誰と誰なのか、読者の予想が当たることはまずないだろう。

人里離れた山中に一軒だけ建てられた館は、猛吹雪や嵐などに見舞われると、それだけで外部と隔絶した空間が即席に出来上がる。さらに土砂崩れなどがあれば、隔絶の期間は数日間延長される。孤島や核シェルターを用意する場合と比べれば、比較的お手軽な（リーズナブルな？）舞台設定と言えよう。

東野圭吾『**ある閉ざされた雪の山荘で**』（講談社文庫）は、タイトルとは違って、雪も積もっていないし閉ざされてもいないという変化球の舞台設定が特徴。驚愕の一行が終盤に用意されている。柴田よしき『**ゆきの山荘の惨劇**』（角川文庫）は、単に「ゆきの山荘」という名前の建物が舞台というだけでなく、ちゃんと土砂崩れで山荘が孤立するのでご安心を。人語を解する猫探偵正太郎の初登場作品でもある（ちなみにウチの飼猫も、こいつは人語を解するのではないかと思うときがたまにある）。

（「本とも」２００９年2月号掲載）

ある閉ざされた雪の山荘で
東野圭吾・著
講談社文庫

ゆきの山荘の惨劇
猫探偵正太郎登場
柴田よしき・著
角川文庫

3　都市伝説の恐怖

1

扇町《おおぎ》商店街から一本入った脇道沿いにある蒼林堂《そうりんどう》は、ミステリ専門の古書店である。店の奥には四畳半ほどの広さの喫茶スペースがあり、百円以上の売買をした客には、一杯の珈琲《コーヒー》がふるまわれるというサービスを、四年半前の開店時からずっと続けている。

ミステリ専門の古書店に来店する客は当然、ミステリが好きな人間である。ならば珈琲でも飲みながら、同好の士と一言二言、会話を交わすのも楽しいではないか。オーナー兼マスターの林《はやし》雅賀《まさよし》が（人見知りする性格のくせに）開店時にそう考えて、この奥の住居部分に作るはずだったダイニングキッチンを店舗と共用の造りにして、この喫茶スペースを実現させたのである。

松も取れた一月半ばの日曜日。寒風にときおり雪の混じる、あいにくの天気だったが、大村龍雄《おおむらたつお》が午後一時過ぎに蒼林堂古書店を訪れると、奥の喫茶スペースにはマスターの他に、もうひとつ馴染《なじ》みの顔があった。扇町商店街の柴田電器店の息子で高校一年生の、柴田五葉《しばたごよう》くんである。家よりもこの店のほうが居心地がいいと言って、来店時にはこのカウンター席で長っ尻《ちり》をする。買った本をここで読み切って、店に戻して（売って）から手ぶらで帰宅するというスタイルは、大村とも共通しており、したがってマスターも含めたこの三人は、日曜日ごとにほぼ毎週、ここで長時間顔を合わせていることになる。

「いらっしゃいませ」

「うう寒い。おうマサ。また来てやったぞ」

マスターの林雅賀は、高校時代の同級生なので、大村はいつもこんなふうに気軽に接している。

「大村さん、こんにちは」と柴田少年も本から顔を上げる。

「ういーっす。……今日はこれ、よろしく」

そう言って、棚で適当に選んできた一冊の本をマスターに差し出した。会計の間に何となく、柴田少年の読書の進み具合を確認し、どうやら三十分ほど前に来たなと見当をつける。

大村は招福亭《しょうふく》という店で昼食を済ませたばかりである。扇町商店街で昼食をとった後はここに来て、まずは食後の珈琲をいただくというのが、日曜日の午後のパターンになっていた。

しかし今日の喫茶スペースには、妙に甘い香りが漂っている。

「いったい何を作ってるんだ」と大村が訊ねると、

「お正月なんで、特別におしるこをサービスで出そうかなと思って、作ってみたんだけど。龍っちゃんはおしるこ大丈夫？ 食《た》べられる？」

珈琲はまた別に出るという。食事を済ませた直後だったが、

「いいねえ。ちょうど温かいものが欲しかったんだ」

「お餅《もち》は二つでいい？」

大村が頷《うなず》くと、すぐに手鍋がコンロにかけられる。五分後には、おしるこのお椀《わん》と箸《はし》が大村の前に出されていた。ごま塩の小瓶もちゃんと添えられている。

一口すすって味を確かめてから、ごま塩を少し振りかける。

「いいね。お正月気分が味わえる。次はお雑煮《ぞうに》でもいいぞ」

「食べ物はさすがにね」マスターは残念そうな顔をする。「おしるこは、ほら、自動販売機の『あたたかーい』に入ってたりするから。缶入りのやつが。だからいちおう

飲み物と言えないこともないかなと思って、出すことにしたんだけど」

「だったらおでんは？　秋葉原では缶入りのおでんが自動販売機で売ってるらしいぜ」

いつものようにくだらない会話をしていると、その横で、

「茅原《ちはら》先生、来ないかなあ」と柴田少年が独り言のように呟《つぶや》く。「せっかくおしるこがあるのに。ねえ師匠、おしるこのサービスはいつまで？」

「今日でおしまい」と、マスターは無表情で答える。

少年の言う『茅原先生』とは、茅原しのぶのことである。彼女もこの店の常連客だが、大村や柴田よりは来店の頻度が低く、最近ではほぼ月に一回のペースである。小学校の先生を始めてまだ一年目の二十四歳。大村やマスターからすれば十五歳も年下という若さで、けっこうな美人、おまけにスタイルも良く、性格も明るいと良いことずくめなのだが、どういうわけかマスターは彼女のことを苦手としている様子である。

それにしても柴田少年は、いつからマスターのことを師匠と呼ぶようになったのだろう……。

大村がおしるこを食べ終えるのと同時に、マスターが淹《い》れたばかりの珈琲を出してくる。このへんの呼吸はさすがである。

「そういえば」と大村はふと思いついたことを口にした。「なあマサ、もしおまえが誰かと結婚したら、その相手も昼飯抜きってことになるのか？　で、もし子供が生まれたら、その子はここで飯を食うことになるのか？」

　キッチンスペースをこうして店舗と共有にしている以上、何か考えがあるのかと思っていたのだが、

「あ、それは……考えてなかった」という身も蓋《ふた》もない答え。

「でもそんな心配はしなくても――」

「いや、わからんぞ。俺たちだってまだ三十九だし、これから何があるか。たとえば、しのぶさんが突然、わたしと結婚してくださいって話になるかも。可能性がないとは言えないぞ」

「うわー」と柴田が複雑な表情をする。「茅原先生、何となくそんな感じ、してるもんね。……師匠と先生かー。でももしそうなったら、結婚して子供が生まれて跡取りができて……。うわー、それってあんまり、ボクにとっては嬉しくないかも」

「何、柴田くん、ここの跡継ぎとか狙《ねら》ってんの？」

　大村がびっくりしてそう訊ねると、

「ええ。さっき、師匠が引退するときには、ボクがここを居抜きで買い取って、店を

継がせてくださいって話してたんです」

「あそこの電器店はどうするの？」

と聞くと、少年は元気のない顔をして、

「ああいう『町の電器屋さん』って、もっと品揃《しなぞろ》えが良くてもっと値段が安い大型量販店には、どうやったって敵《かな》いっこないんですもん。うちの父さん、おまえはこの店をあてにすんな、家業はもうないものと思ってちゃんと就職先を探せって、いつもそう言ってます」

「そうか。大変だな……」

「で、さっき師匠に、最初は養子にしてくださいってお願いしたんですけど、それはさすがにダメだって。あーあ、ボクに兄弟がいたらなあ。だから将来、ここを居抜きで買い取るっていうのを目標にして、その資金を稼ぐために、いい会社に入って、そのためにはいい大学に入って、そのためにはもっと勉強して、いい成績取らなきゃダメだって話になって」

「……何にしろ、将来の目標ができたってのは、いいことだ」

「ですよね」と少年は満面の笑みを浮かべる。彼が現実社会の厳しさを知るのは、もう少し先のことになるだろう。

2

雑談を切り上げて読書に取り掛かってからわずか五分後。大村がプロローグを読み終えるのとほぼ同時に、先ほど話題に出ていた茅原しのぶが、蒼林堂古書店に姿を現した。マスターと大村たちに向かって、まずは新年の挨拶《あいさつ》を済ませた後、

「すみません。これ、お願いします」

そう言ってカウンターに載せたのは、藤本《ふじもと》泉の『時をきざむ潮』(講談社文庫)だった。本を受け取ったマスターは、最終ページを確認して、ほっと安堵《あんど》の表情を見せる。どうやら今回はちゃんと値段が書き込んであったようだ。しのぶも財布からコインを取り出して支払いの準備をしている。

「茅原先生、今日はおしるこがあるんですよ。ボクたちみんな食べました。先生も食べますよね」と少年が声を掛けると、

「本当ですか」しのぶの表情がぱっと輝いた。「雅《まさ》さんが作ったんですか。すごい。わたしにも、よろしくお願いします」

会計を済ませて、大村の右隣に座ったしのぶが、おしるこの支度を始めたマスターの背中に向かって話し掛ける。

「雅さんはこの本、読まれてますか」

「ええ」と声だけが返ってくる。作業の手は止めない。

「どういうところが良いのか、お薦《すす》めしていただけません？」

「何ていうのかな……。乱歩賞の受賞作なんですけど、藤本泉《せん》って、独特の感性みたいなものがあって――」

「え、藤本センって読むの？」大村は驚きのあまり、つい横から口を挟《はさ》んでしまった。

「俺、今までずっと藤本イズミだと思ってた。読んだことあるのに」

「へー」と柴田少年も知らなかった様子。

マスターは調理の手を止めずに、

「藤本泉の特徴と言えば、天皇を中心とした中央集権国家に与《くみ》しない『エゾの民』が地方で共和国を築いていて、国家権力に一泡吹かす、という構図を繰り返し描いたことでしょうか。そういえば前に、石沢英太郎《いしざわえいたろう》の『ヒッチコック殺人事件』をお買い上げいただいたじゃないですか。あれ、読まれました？　あれに関門海峡の潮の流れがどうのこうの、みたいな短編が入ってませんでした？　その藤本泉の作品も、タイトルに『潮』っていう字が入っているように、大潮とか満潮干潮とか、そういうのが事件に関係してくるんですよ。一年の中である特定の一日の、ある特定の時間だけ、どーっとものすごい勢いで潮が流れてくる場所があって、車がその波に飲み込まれてしまってっていう。……はい、おしるこ」

茅原しのぶの前にお椀と箸、ごま塩の瓶が置かれる。

「……この、ごま塩は？」

「それはお好みで。この辺ではおしること一緒にごま塩を出すのが当たり前なんです」

しのぶはしばらく逡巡《しゅんじゅん》していたが、やがて覚悟を決めた様子で、お椀の上でごま塩をひと振りしてから口をつけた。

「あ、何か、いいですね。……言われてみれば、お赤飯もそうですし、あんパンも塩漬けの桜とごまが表面に付いていたりするから、小豆《あずき》料理とごまとお塩って、基本的に合うんですね」

「おしるこにごま塩っていうのは、たぶん棗《なつめ》市のローカルな文化だと思うんですけど――」

「え、そうなの」と柴田少年が驚いた表情を見せる。

「藤本泉にとっては残念なことに、現実には国家権力は日本国内の全土に力を及ぼしていますが、でもこういった文化面でのローカリティは、各地に根強く残っているというわけです」

マスターがうまいこと元の話に繋《つな》げる。

「方言とかもそうですよね。その地方独特の迷信とか昔話とか、しきたりとかも、まだ各地にちゃんと残っています」

「横溝正史《よこみぞせいし》も、やっぱり岡山もののほうが良いですよね」と、そこで柴田少年がミステリファンらしい発言をする。「警視庁の等々力《とどろき》警部も悪くないけど、やっぱり岡山県警の磯川《いそかわ》警部の出てくる話のほうが、全体的にアベレージが高いっていうか」

「たたりじゃー」大村は左右の人差し指を角《つの》の形にして、柴田少年の不意をついて襲い掛かるふりをする。

「……そういうローカリティを、横溝以降の作家がどれだけリアリティを持って描いてきたか、描けてきたかっていうのが、最近の僕の関心事なんですよ。そういった意味で、藤本泉の作品というのは、ひとつ押さえておきたいところですね」

拡散しかけた話を、マスターがきれいにまとめた。

3

「そういえば、みなさんにお聞きしたいことがあったんですが」

おしるこを食べ終えた茅原しのぶの前には、今は珈琲のカップが出されている。それを一口飲んで、うっとりした表情を見せた後、ふと思い出したという感じに、彼女は語り始めた。

「みなさんはサンタって、何歳ぐらいまで信じてました?」

「小学校の……低学年ぐらいかなあ」

「ま、それぐらいだな」

大村とマスターは図らずも同じ答えだったが、

「ボクは五年生ぐらいまで信じてて、友達にバカにされたっていう苦い思い出があります」

柴田少年はそう言って唇をとがらせる。

「で、それが?」マスターが話の続きをうながすと、

「わたしは、ひいらぎ町小学校で、三年生のクラスの副担任をしています。冬休みに作文の宿題を出したんですけど――」

しのぶはそこで、バッグから大判の手帳を取り出すと、中ほどのページを広げてカウンターの上に置いた。

「金曜日が始業式で、子供たちから作文を回収しました。わたしが採点することにな

ったんですけど、中にちょっと扱いに困るものがあって、それでみなさんに助言をいただきたくて、手帳に書き写してきました。タイトルは『サンタ』です」

サンタはどこから来るのでしょう。エントツなんてどこの家にもありません。うちにもありません。おとうさんに聞いたら、エントツから来たのはむかしで、いまはかべをとうりぬけて入ってくる。ぼくはほんとかどうかたしかめることにしました。クリスマスの夜ねるまえに、いすをドアの前においてねました。いすの上にパズルをおいた。たくさんのピースをあまらないようにつめこむのがむずかしくて、おとすとすごい音がします。もしサンタがドアから入ってきたら、いすをころがしてパズルがおちて大きな音がして起きることができる。でも朝までねてました。おかあさんが起こしにきて、いすをたおしてパズルの音で起きました。つくえの上にプレゼントがおいてありました。サンタはかべをとうりぬけた。おとうさんの話は正しいです。

茅原しのぶの手書き文字は、まるで活字のように綺麗で読みやすく、大村はあっという間に最後まで読み終えた。

「なるほど、密室の謎だ」というのが大村の感想で、

「早業殺人のパターンだね。殺人じゃないけど」と柴田少年も目を輝かせる。マスターだけは冷静に、

「壁を『とうりぬける』じゃなくて『とおりぬける』ですね」

「そこかよ！」と大村は内心で突っ込みを入れる。

「そうですね。そういった誤字とかは赤で直しを入れてから返しますけど、でもすごいと思いません？　相手が本当にドアから入って来るか来ないか確認するために、ドアの前に――ここにはちゃんと書かれてませんけど、たぶん内開きのドアですよね、これ。その前に椅子を置いて、しかもその上にパズルを置いて――このパズルって、大人がやってもなかなか完成しないアレですよね？　もし落としてバラバラにしちゃったら元通りにできないって効果もあって、そこまでこの子が考えてたかどうかはわかりませんけど、そういう罠《わな》を仕掛けておいて、話の真偽を確認するっていう知恵が、何より素晴らしいと思うんです。そのアイデアもそうですし、それを作文にしてちゃんと読み手に伝わるように書いたところも」

「たしかに」と大村は同意する。「親は困ったでしょうが」

「そこです」とマスターが柴田少年のほうを手で示して、「柴田くんは先ほど、これ

は早業殺人のトリックだと言ってましたよね。母親がそんな罠が仕掛けられていると は知らずにドアを開けたら、そんなふうにガラガッシャンとなって、慌てて机の 上にプレゼントを置いたら、子供が目を覚ます前に間に合った、というふうに。でも もし僕が親の立場だったら、そんなふうに朝起こしに行くついでにプレゼントを置い ておくというのは――もしその日に限って早起きしていたら――クリスマスという特 別な日の朝だから、そんなふうに早起きしている可能性もかなり考えられますよね。 で、もし実際にそうなってしまったらアウトですから……。もちろん親の都合で、朝 しか置きに行けないという家もあるでしょうし、この作文だけではたしかなことは言 えないのですが――」

「夜中にプレゼントを置きに行ったんだとしたら？」

大村はそう言って、マスターの話の続きをうながした。

「この子の親が夜中に、眠っている子を起こさないようにそっとドアを開ける――開 けようとする。すると内側から何かで塞《ふさ》がれていることに気づく。そのまま強引に押 し開けると、途中でガシャンとパズルが落ちて音を立てる。でも幸いなことに子供は 目を覚まさなかった。部屋に入って机の上にプレゼントを置いて――ドアの外から椅 子を元の位置に戻すトリックは、ドアの隙間《すきま》から紐《ひも》などを入れて、よくある物理トリックで何とかなります。でもバラバラになった、はめ込み式のパズルが元通りにできない。結局、ちゃんとはめ込まれていない状態で椅子の上に置いたままにして——子供が早起きしてそれを発見してしまえばアウトですが、その場合にはもう仕方がない。でもそうはならなかった。その場合に賭けて、母親が朝起こしに行くときに、わざと椅子を倒して大きな音を立てて、目を覚ました子供に、部屋がそれまでの間、密室だったことを確認させるようにした。そんなことだったんじゃないかなと」

「なるほど」と大村は得心する。そこでふと、しのぶが最初に言っていた前置きを思い出して、「ところで、この作文のどこが問題なんですか? 扱いに困るというのは?」

「実は明後日、作文を子供たちに返すときに、見本となるようなものについては、子供たちの前で朗読したいと思っていて、この作文も、先ほども言いましたように、内容も面白いですし文章もよく書けてますし、できれば紹介したいと思っているんですけど、でも子供たちの中にはもう、サンタなんて実在しないと知らされてる子もいるわけです。だから……」

4

「なるほど。下手にこの作文を紹介して、サンタの実在・不在論争に発展してしまっては困る。ま、サンタが実在しないと知っている大人は、この作文を読んだとき、この子の親の困惑や対処法まで想像して、そこまで含めて面白いと思うけど、まさかそういう読み方を子供に教えるわけにもいかないですしね」

「そうですね。やっぱりこの作文、朗読しないことにします」

というわけで、しのぶの心は決まったようだった。

「子供に限らず、わたしたちって、都市伝説のようなものをすぐに信じてしまいがちですが、そういうのって、たいてい怖い話だったりするじゃないですか。サンタさんって、そういう中で唯一と言っていいほど、善良な都市伝説だと思いません？」

「そういえばボク――テキリマの事件って、あったじゃないですか」

柴田少年が不意にそんな話題を出す。テキリマ――手切り魔とは、県内で二人の被害者を出した連続殺人鬼に付けられた通り名である。若い女性を惨殺した上、両手首を切断して持ち去るという凶行を繰り返した犯人は、まだ捕まっていない。

「あの事件について、ボク、具体的なアパート名や個人名まで名指しした形で、犯人はあいつだ、みたいな噂話《うわさばなし》、前に聞いたことがあったんです。でもいまだに犯人、逮捕されてないですよね。だからあれも、都市伝説みたいなものだったのかなと」

するとと茅原しのぶが、ふと思い出したという顔で、

「そういえば、今回の作文で『中身の入った赤い手袋』っていうのが出てきて、わたしも最初、その事件のことを連想してドキッとしたんですけど――」

しかし続きを読んだところ、手袋というのは実は五本指靴下のことで（その児童は最初、五本指靴下を見たことがなくて、手袋だと思い込んでいた）、単にそういう形状の靴下に、クリスマスプレゼントの『中身』が入っていたというだけの話。

「うーん、それって、書き方によっては、ホラーっぽく思わせておいて、実はこんなオチでしたって、バカミスっぽく仕上げることもできそうですよね」

柴田少年がどこか楽しそうな反応を見せたのと対照的に、マスターは眉間《みけん》に皺《しわ》を寄せて、

「その『赤い手袋』の作文ではないんですか？　次のページにも、何か作文らしきものが書いてありますよね」

マスターの言うとおりで、開いて置かれたままのしのぶの手帳をよく見ると、右ページのさらに次、当該ページの裏側に、何か文字がたくさん書かれている様子が裏か

ら見て取れた。

「ええ。実はもう一個、書き写してきた作文があるんですけど――」と少し迷っている様子だったが、「決めました。ちょっと待っててください。固有名詞のところを塗り潰《つぶ》します」

男三人が目にしたのは、次のような文章だった（しのぶが鉛筆で塗り潰した箇所も、よく見ると消した字が読み取れる）。

はつ夢はよく一ふじ二たか三なすびと言います。うちの父は舟がすきで、二年まえに家ぞくで北海道に舟でりょこうしました。まい年正月に、だから舟の絵をまくらの下に入れてねます。そうするとえんぎのいい夢を見られるそうです。あやもふじ山の絵をまくらの下に入れてねれば、いいはつ夢が見られるよと言われたのですが、ふじ山の絵が見つからなかった。たかも、なすびも同じです。だから元旦に、村田くんと北川くんと、北川くんのお兄さんと四人で、しかま神社にはつもうでに行きました。帰り道みんなで林の中に入っていって、あやのはだかを見られました。とてもびっくりしました。わたしは何だかわからなかったけど、北川くんのお兄さんがそう言ってました。夢だったらよかったのに。

「これは……」と大村は言葉に詰まる。この作文は、女子児童から発信されたSOSではないか。最後の『夢だったらよかったのに』という一言が痛切である。

「この『北川《なんとか》くんのお兄さん』というのは、何年生かわかりますか？」と柴田が聞くと、「六年生です」という回答。

マスターは手帳を自分のほうに向けると、ノートパソコンを開いて、キーをカタカタと打ち込み始めた。

「あ、ちょっと、困ります」と茅原しのぶが言うのに対して、

「ネットに流したりしません。すぐに消します。ちょっと確認したいことがあって」と断ってから、「これ、原稿用紙でほぼ一枚ですよね。僕らからすると、原稿用紙一枚ってすごく短いって感覚があって、文庫解説でも、十枚って言われたのに書いてみたら十五枚ぐらいあって、削って削ってようやく十枚にまとめられた、みたいなことって多いんですけど、小学生のときには、原稿用紙一枚ってのがすごく長くて、作文の時間なんかに、どうやってこの升目《ますめ》を全部埋めようかって、途方に暮れていたのを思い出します」

喋《しゃべ》りながらも手は休めずに、あっという間に文章を打ち込み終えたマスターは、手

帳をカウンター席の三人に向け直して、

「僕が気になったのは、前半の舟の話です。初夢の話を書くのに船旅の話を入れたのは、さっき言ったように原稿用紙の升目を埋めるため――字数稼ぎのためだと思いますが。……ところで話は変わりますけど、この子の苗字、もしかしたら辻さんとか、あるいは辻っていう字が入る苗字なんじゃないですか？」

「まさか！」と茅原しのぶの顔色が変わる。「生徒の個人情報がネットに出てるとか？」

「いえいえ、違います。今回は検索とかはしてません。単にこの作文から類推しただけですが――当たってました？」

「ええ」と答えた後、しのぶはしばらく逡巡している様子だったが、最終的に「中辻《なかつじ》、という苗字です」と答えた。

「ありがとうございます」と礼を言ったマスターは、

「要するに、二点しんにょうが苗字に使われてるんじゃないかなと。僕みたいにミステリ読者だと、二点しんにょうと言われると、ぱっと思い浮かぶのが綾辻《あやつじ》さんの『辻』の字ですから。いや、それはともかく。苗字に二点しんにょうの漢字が入っていて、それが癖になっていて、いつもしんにょうの点を二つ打ってしまう。そういう子がこの作文を書いたとしたら……。

話を戻すと、ここ、船旅の話で字数を稼いでますよね。でもそれが初夢の話にすぐに戻る。縁起の良い夢を見るために、宝船の絵を枕の下に入れるという話は、よく耳にします。舟が好き『だから』舟の絵を枕の下に入れるんじゃなくて、『宝船』の絵を枕の下に入れる――だからここは、『だから』じゃなくて『たから』って書いてあったんじゃないかと、まずはそんなふうに思ったんですよ。ではなぜ余計な濁点がついてしまったのか――原稿用紙と同じように一行二十字で組んでみたら、ちょうど『た』の字の右隣に『道』という漢字がありました。書き順どおりに書くと、先につくりを書いて――『道』の場合には『首』を書いてからしんにょうを書く。子供ですから、つくりから先に書くと字のバランスが崩れて、しんにょうが左にはみ出してしまう。それが二点しんにょうで、二つの点が左隣の字の濁点に見えてしまった。……二十かける二十で組み直したら、こうなりました。ちなみに余計な濁点は取ってあります」

マスターはそう言って、カウンターの上でパソコンの向きを一八〇度変えた。大村たちは液晶画面の文字を追った。しのぶが鉛筆で塗り潰した文字も、パソコンには打ち込まれている。

はつ夢はよく一ふじ二たか三なすびと言います。うちの父は舟がすきで、二年まえに家ぞくで北海道に舟でりょこうしました。まい年正月に、たから舟の絵をまくらの下に入れてねます。そうするとえんぎのいい夢を見られるそうです。あやもふじ山の絵をまくらの下に入れてねれば、いいはつ夢が見られるよと言われたのですが、ふじ山の絵が見つからなかった。たかも、なすびも同じです。だから元旦に、村田くんと北川くんと、北川くんのお兄さんと四人で、しかま神社にはつもうでに行きました。帰り道みんなで林の中に入っていって、あやのはたかを見られました。とてもびっくりしました。わたしは何だかわからなかったけど、北川くんのお兄さんがそう言ってました。夢だったらよかったのに。

作文には『北海道』の『道』のほかに、『帰り道』の『道』という字があった。その左隣の『あやのはだかを』の『だ』の濁点が取れると——。

「女の子の名前は『あや』じゃなくて『あやの』ですね?」

「そうです。綾辻の『綾』に、『及ぶ』のコレがない『乃』という字を書きます」

アヤという女児が男子に裸を見られた、のではなく、綾乃ちゃんが鷹を見られた(見ることができた)という話だったのだ。林の中で見たその鳥が本当に鷹だったのかどうか、綾乃ちゃんにはよくわからなかったが、北川くんのお兄さんが「あれは本物の鷹だよ」と教えてくれた。「一富士二鷹三なすび」の二番目に縁起が良いとされている「鷹」である。どうせなら本物ではなく、初夢で見られれば縁起が良かったのに……。

「良かった……」という声がしのぶの口から洩《も》れた。見ると涙が頬を伝っている。大村はその涙を見なかったふりをした。

「野生の鷹が本当にいるかどうかは知らないけど、ひいらぎ町のあたりは、まだまだ自然も多く残ってるし、田舎もいいなって思うよな」

「大村さん、このへんだって、東京とかから見たら田舎だよ」と柴田少年も調子を合わせる。マスターは黙々と、先ほどパソコンに打ち込んだテキストを削除している。

いつの間にか大村たちの足元にいた黒猫の京助《きょうすけ》が、のどかに一声鳴いて、しのぶの膝《ひざ》の上にぴょんと飛び乗った。

土俗信仰から都市伝説へ

　地方の村落を舞台にした横溝正史の作品では、地名の由来として過去の因縁話がまず語られ、物語のおどろおどろしい雰囲気作りに一役買っている。『八つ墓村』（角川文庫）などはその典型例だろう。怨霊の祟《たた》りを信じる村人の迷妄が、やがて暴動へと発展するさまは、リアルであるからこそ、読者に恐怖を体感させることに成功していると言えよう。

　横溝以降の作家で、閉鎖的な村落をリアルに描いた作家といえば、まずは藤本泉の名前が挙げられるだろう。乱歩賞を受賞した『時をきざむ潮』（講談社文庫）では、半裸の美女が海に入ってゆく深夜の儀式など、排他的な村の存在が肌で感じられるような場面が、重ねて描かれている。

　平成の世を舞台に、因習の残る閉鎖的な土地を描いて成功したのが、小野不《おのふ》由美《ゆみ》の『黒祠《こくし》の島』（新潮文庫）である。凄惨な殺人事件を解決するのは、警察ではなく、島で信仰されている宗教のご神体。それを当然と考えている村人の姿が、実にリアルに描かれていて、物語に迫真性をもたらしている。

八つ墓村
横溝正史・著
角川文庫

時をきざむ潮
藤本泉・著
講談社文庫

一方、恩田陸《おんだりく》の『**球形の季節**』（新潮文庫）になると、地方といっても閉鎖的な村落ではなく、人が多く住む都市部が舞台となり、迷信も地方の因縁話などではなく、高校生の噂話として表出する。ファンタジー的な方向に流れる物語の展開とあわせて、地方色は薄く、どこか透明な印象が残る。

都市部で流行するのは「口裂け女」などの都市伝説である。鯨統一郎《くじらとういちろう》『**マグレと都市伝説**』（小学館文庫）は、有名な都市伝説を各話に絡めた連作短編集。各事件の真相がなぜか八〇年代のアイドルのヒット曲の見立てになっているという愉快な趣向も盛り込まれている。法月綸太郎《のりづきりんたろう》の『法月綸太郎の功績』（講談社文庫）に収録されている「**都市伝説パズル**」も、有名な都市伝説を踏まえて書かれた作品。

竹本健治《たけもとけんじ》『**将棋殺人事件**』（創元推理文庫）では、流行《はや》りの怪談の伝播《でんぱ》ルートを調査したところ、最初の発信源に辿り着くことができた、という導入部からして面白い。荻原浩《おぎわらひろし》の『**噂**』（新潮文庫）では、都市伝説を自社製品の宣伝に利用しようと考えた社員が、自分が流した噂にとことん振り回される。最後の一行が特に強烈な印象を残す作品である。

（「本とも」２００９年３月号掲載）

マグレと都市伝説
間暮警部の事件簿
鯨統一郎・著
小学館文庫

噂
荻原浩・著
新潮文庫

4 マネキンの足跡

1

二月の第四日曜日。扇町《おおぎ》商店街で昼食をとった大村龍雄《おおむらたつお》は、例によって蒼林堂《そうりんどう》古書店へと足を向けた。

冬本番である。凍えるような冷気は着衣を素通りし、肌にじかに触れているかのように感じられる。街に人の姿が少ないのも、たぶんこの寒さが影響しているのだろう。昨夜から今朝にかけて五センチほどの積雪があった。細い路地や空地などに積もった雪は、昼を過ぎた今も溶けずにそのまま残っている。二月に入って真冬日（最高気温が氷点下の日）が何日か観測されていたが、このまま日が差さなければ今日もそうなりそうな感じである。

その寒い中、大村が向かったのは蒼林堂古書店といって、ミステリの専門店である。

一見したところは、どこにでもありそうな普通の古書店なのだが、本棚に囲まれた通路を抜けた先にはなぜか四畳半ほどの喫茶スペースがあり、百円以上の売買をした客にはそこで一杯の珈琲《コーヒー》がふるまわれるという有難いシステムがあった。昼食を終えた後にはこの店に寄り、食後の珈琲をいただくとともに、店で買った本をカウンター席に陣取って最後まで読み切るというのが、ここ数年の、大村の日曜午後の定番の過ごし方となっていた。

今日は表の均一棚を眺める余裕もなく、素早く店に入った。店内は暖房が効いており、思わず安堵《あんど》の溜息《ためいき》が洩《も》れる。通路で適当に本を選んで奥の喫茶スペースに行くと、四つあるカウンター席のひとつに先客の姿があった。柴田五葉《しばたごよう》くんといって、大村と同様、日曜の午後はたいていこの店で本を読んでいる高校一年生である。その柴田が顔を上げ、

「あ、大村さんこんにちはー」

と挨拶《あいさつ》をしてきた。カウンター内でパソコン相手に作業をしていたマスターも、その手を止めて挨拶をする。マスターは林雅賀《はやしまさよし》といって、大村とは高校時代の同級生の間柄である。

「二百円です。毎度どうも」

大村が差し出した本の会計を済ませたマスターは、次いで珈琲の支度に取り掛かった。ドリッパーにお湯が注がれると、湯気とともに、香ばしい香りが店内に広がる。

出された珈琲のカップに口をつけたとき、隣で読書をしていた柴田少年が、不意に本を閉じて大村に話し掛けてきた。

「ねえ大村さん、なんかこう、最近、マンネリな感じ、しませんか？　毎週同じメンツで、同じように黙って本を読んで」

何を言い出したかと思えば……。

「別に同じ本を読んでるわけじゃないし。そんなこと言ってると、今どきの若者は忍耐力がないって言われるぞ」

「そんなんじゃなくて……あーもう、どう言ったらいいのか」

「柴田くんの言うこと、わかりますよ」とマスターが話に割り込んできた。「人生って、たいてい同じことの繰り返しで、行動がパターン化してきますよね。そこに適度な変化が加わるにしても、それもまたメタレベルの日常に組み込まれてしまう。そういう無間《むげん》地獄的なところがあって。たとえばサラリーマンや学生の通勤通学には、土日の休みが変化をつけてくれるけど、でもその休みも含んだ《一週間》というパッケージが、また繰り返されている。その一週間のパターンに今度は夏休みとか正月休みとかが変化をつけてくれるんだけど、その全体が今度は《一年間》というパッケージで、また毎年繰り返されることになる。日曜日にしても夏休みにしても、単にそれぞれの周期が違うだけで、結局はメタレベルのパターンに最初から組み込まれてるんだよね。そのパターンの外側にある、受験だとか転勤だとか、あるいは脱サラとか、そういった生活環境の大きな変化にしても、また新たな繰り返しの、だから新たな日常の入口になっているだけで、非日常へと繋《つな》がってるわけではない。そういうことにふと気づいてしまう瞬間って、あるよね」

「そうです。さすがは師匠」と頷く柴田少年。しかしマスターは一転、今度は渋い表情で首を横に振り、

「でもマンネリの要素が一切ない生活っていうのも、考えてみたら怖いもんだよ。毎日違った場所へ行ったり、毎日初対面の相手と仕事をしたりって——想像してみたらどう？　それってものすごく大変でしょ？　だからある程度のマンネリは、人生には必要だと、僕は思ってるんだけどね」

「そうそう。要は兼ね合いの問題」と大村も口を挟む。「同じことの繰り返しでも、そこに自分で変化をつけて人生の楽しみを見出《みいだ》す。実人生がたとえ味気ないものであっても——いや、だからこそ、俺らはミステリを好んで読むんだよ。事件が起きてサ

スペンスがあって――ドキドキハラハラさせてくれるし」

「お、龍《た》っちゃん、けっこういいこと言ったね」

　マスターが話に乗ってくる。

「ミステリに限らず、小説って――いや、小説以外でもそうか、映画とかマンガとかも含めて、だから物語って、そういう人生の単調さをカバーする意味合いがあるんだよね。実人生に不足しがちな、冒険だとかスリルだとか、そういう成分を、想像力で補う、そのための装置っていうか。リフレッシュのための装置。ミステリはその中でも特に、スリルやサスペンスの成分が多かったり、謎解きの知的興奮が味わえたりするし、あとミステリの場合、単に読み捨てるだけじゃなくて、作品同士がネットワークを形成してるんだよね。だから単なる時間潰しじゃなくて、読んだ作品が自分の中でコレクションされてゆく。そういう蓄積性があるんだよね。だから僕もミステリを好んで読むようになったんだと、そんなふうに自己分析してるんだけど」

「ただその《蓄積》の部分が、初心者からすると、何か敷居が高いように見えちゃったりするところがあって」と大村が指摘すると、

「そうなんだよね」とマスターは渋い顔をしてみせる。

2

「話を変えましょう。柴田くんみたいにときどき倦《う》んでしまうこともある、この日常の繰り返しの中でも、ミステリの楽しみは探せばあるんだよっていうのが、いわゆる《日常の謎》ですよね。でも《日常の謎》って、考えてみると、実はいろんな種類があって、たとえば、誰が見ても謎だとわかるようなものと、そうじゃなくて、見る人が見るからこそ、そこに謎があると発見できるようなものと。あるいは謎は日常レベルだけど、実はその奥に犯罪が潜んでいた、みたいな展開になるのと、そうじゃなくて、あくまでも日常のレベルで解決されるのと」

「なるほど」と、そこで大村は不意にあることを思い出した。「そういえば小学生のとき――『小学何年生』とかの付録で推理クイズみたいなのがついてて、そこに針と糸を使った密室のトリックが紹介されてて、それを真似して実際に密室を作ろうとしたことがあったんだけど、ウチの実家で鍵の掛かるドアがトイレのドアしかなかったんで、だからそこで実験してみたんだけど」

「それで？　成功した？」

「いや、失敗した。でも失敗してよかったと思うよ。もし成功してたら、ウチの家族、みんなトイレに入れなくなって困ってたと思うから。そういう実験をするときには、中に誰か人を入れとかないとダメだってことは、学べたけどね。……で、同じようなことを試したことのある小学生って、実はけっこういるんじゃないかなって思って、で、中には成功しちゃった子もいるんじゃないかって。密室の謎って、小説の中にはよく出てくるけど、現実には起こらないって、俺らは最初からそう思ってたりするじゃん。でももしかしたら、そういう形で、現実にも何件かは起こってるのかも……。そうやって考えると、ねえ柴田くん、楽しくない？」

大村がそう言うと、柴田少年は「そうですね」と、ようやく本来の笑顔を見せた。

するとマスターが、

「では《日常の謎》でひとつ問題を出しましょう。この店の文庫のコーナー、手前に並んでる本の奥にもう一列、本が寝かせて置いてあるんだけど――それは知ってるよね？　じゃあ、それがなぜかって、考えたことある？」

たしかにマスターの言うとおり、文庫コーナーの本を棚から抜くと、その奥に本が数冊横積みになっているのが見える。棚の奥に本が眠っているのだ。他の古書店でも同様に文庫本が手前と奥と二列に並んでいるのはよく見掛けるが、大村は今まで特にそのことを疑問に感じたことはなかった。なぜなら――。

「スペースがもったいないからだろ。一種のストッカーのような役割で、ダブってる本なんかを奥にしまってたり」

大村がそう言うと、マスターは満面の笑みを浮かべて、

「僕も自分で店をやるまでは、そんなふうに思ってたんだけどね。でもいざ自分で古本屋をやるとなったときに、初めてその理由がわかってね。龍っちゃんのいま言ったような理由ももちろんあるんだけど、それよりももっと大きな理由があって」

「本を手前に並べたいから、じゃないですか」

すかさずといった感じで、柴田少年が回答する。

「そうだね。奥に並べてる本は、実は手前に並べられた本が押されて奥に入り込まないように、ストッパーのような役割で入れてある。それで正解なんだけど、じゃあなぜ古本屋さんは、本を手前に並べたいのか？」

「そりゃあ、そうしたほうが見栄えもいいし、お客さんもそうなってたほうが見やすいから——じゃないんですね？」

それが正解だったら当たり前すぎて問題にならないと、柴田少年も気づいたようである。さあ競争だ。大村は考える。もしストッパーの本が奥に入ってなかったら。文庫本が棚の奥の方に詰めて並べられていたら……。

「あ、そうか」と思わず声が出た。ひらめいたのだ。「棚の手前のほうが空いてると、上のほうの本を取るときに、そこに手や足を掛けて取ろうとする客がいるから。だろ？」

柴田少年が「あっ」と声を上げる。

「正解」とマスター。「そうなんだよね。店側では脚立《きゃたつ》をちゃんと用意しているのに、そうやって棚板を踏み破るやつがいるんですよ。そうされないように、本は手前に揃《そろ》えて並べる必要があり、奥に押しやられないように、ストッパー的なものを奥に詰めておく必要がある。木材でも発泡スチロールでもいいんだけど、なにしろ棚の数が半端じゃない。手頃な材料として、結局は価値の低い本がそこに置かれることになった」

「なるほど。言われてみるまでは、疑問にすら思わなかった」

「ただこれも、《日常の謎》というよりは、クイズみたいなもんだよね。そのへんの明確な線引きが、あるようでないような状態だから、一度整理したほうがいいかもしれないね」

「ボク、今みたいな謎解きは大好きです」と柴田少年はすっかり元気が戻った様子。

「今までも、ほら、大村さんが居酒屋で聞いてきた会話の意味を推理したり、茅原《ちはら》先生んとこの生徒が書いた作文の謎を解いたり、いろいろしてきたじゃないですか。そういうのが最近、ないなーと思って」

そこから先ほどの「マンネリ」発言に繫がったのだという。

「そういえばしのぶさん、今月はまだ来てないか……」

大村がそう言ったときであった。まさに噂《うわさ》をすれば影で、表のサッシ戸が開閉する音に続いて、しのぶの「こんにちは」という声が、三人の耳に届いたのであった。

3

茅原しのぶは二十四歳。ひいらぎ町で小学校の先生をしているが、もともとは東京の出身で、蒼林堂古書店は大学時代からインターネット経由で利用していたという。去年の四月にこちらに来てからは、店のほうにも顔を出すようになった。最近では月に一度のペースで来店しており――先ほどのマスターの言葉を借りれば、週一ペースの大村たちとは「周期が違」ってはいるものの、やはり彼女もこの店の常連客なのである。

「ご無沙汰してました、みなさん。いまそこで、ちょっと面白いものを見たんですけど――でも先に、この席に座る権利をいただかないと。雅《まさ》さん、今日は本を売りに来たんですけど」

しのぶがそう言ってバッグから取り出したのは、戸板康二《といたやすじ》の『松風《まつかぜ》の記憶』（講談社文庫）だった。それを見たマスターが一瞬「おっ」というような顔をする。

「百円、行きます？」としのぶが聞くのは、買取価格が百円に満たないと珈琲のサービスが受けられないからである。

「百円は当然行きますよ。いい本ですからね」

「じゃあ百円でいいです」

しのぶがその値段で納得したので、すみやかに買取が成立し、マスターは珈琲の準備にかかる。

「またダブったんですか？」と大村が聞くと、

「え、あ、はい。ただ今回は、自分がすでに一冊持ってるのを承知で、でも他のお店で安く売ってるのを見掛けて、雅さんならその値段より高く買ってくれるんじゃないかと思って――」

「せどったってわけだ」と大村が確認すると、しのぶはきょとんとした表情を見せた。

「あ、せどるっていうのは、古本屋で相場よりも格安で売られている本を見つけて買うことを、そう言うみたいです。で、それより高く買い取ってくれそうな店に売って、その差額で儲《もう》けるという」

「あ、じゃあ、まさにそれですね」と笑顔を見せた後、ふと思い出した様子で、白い箱をカウンターに置いた。

「それと、あの……一週間以上遅れちゃいましたけど、みなさんに、バレンタインのチョコを作ってきました。もしよかったら食べてください」

「やったー」と柴田少年は素直に喜んでいるが、

「俺ら全員に、ですか？」と大村はあえて確認をした。茅原しのぶの本命がマスターであることは、何となく察せられていたからである。しのぶはほんの一瞬、大村の方を睨《にら》むようなそぶりを見せたが、すぐに表情を和らげて、

「ええ。どうぞ。お好きなものを選んでください」と言って蓋を開ける。新書判ほどの大きさの箱の中には、一口大の大きさの球形のチョコが、二列に並べられていた。見た目はどれも同じである。どれを選んでも同じじゃないかと思っていると、

「実は中におみくじが入っています。フォーチュンクッキーというのがありますけど、それを真似て、フォーチュンチョコにしてみました。大吉が一個だけあります。凶は入ってませんので安心してどうぞ」

「先生はどれが当たりか知ってるんですか？」と柴田少年が聞くと、しのぶは「いい

え」と首を振る。

「じゃあボク、これにする」と柴田少年がチョコを選び、大村もひとつを選んで自分の前に置いた。

「なあマサ、俺らにも珈琲――」

言うまでもなかった。マスターは自分のぶんも入れて、カップを四つ、すでに用意していた。

「いただきまーす。……あ、ホントだ。おみくじが入ってる。えーと、あー残念。ボクは小吉です。仕事運。儲け話には裏があります。騙《だま》されぬよう注意。恋愛運。思う人からは思われず、思わぬ人から思われます。ふーん。健康運。胃腸にやや難あり。大食に注意。そのほかは特に問題なし。だってさ」

大村も選んだチョコをかじってみた。中に空洞があり、そこに小さく折り畳まれた紙が入っている。広げてみると「吉」と書かれていた。いちおうその内容を他の三人に報告する。

その間に、マスターが四人分の珈琲を配っていた。チョコは全部で八つあったので、しのぶ自身も含めて全員が二個ずつ食べた。一個だけ入っていたという「大吉」は、見事にマスターが引き当てた。その結果を受けて、

「何か出来すぎてるよねー」と言い出したのは柴田少年だった。「何かトリックを使って、師匠に大吉が行くようにしたんじゃないですか？　先生」

「そんなわけない」「です」と、マスターとしのぶが同時に（途中まで異口同音に）否定した。マスターはさらに「もし今の状況でそれができたら、そのトリックで毒殺ミステリが一本書けるって」と続けた。

「そっかー。トリックなしかー。もしトリックがあったら、日常の中の毒殺トリックだったのにね」

「毒殺じゃないってば」と大村が笑いながらつっこむ。「毒薬を入れたら毒殺だけど、こういう《日常の謎》の場合、何て言えばいいんだろうね。さっきの話じゃないけど」

「さっきの話って？」と言うしのぶに、先ほどまでの一連の話の流れを説明したところ、

「そう言えば、偶然ですけど、今日わたしが持ってきた『松風の記憶』って——それ自体は殺人事件の起こる普通の長編ミステリですけど、中村《なかむら》雅楽《がらく》の短編シリーズって《日常の謎》の元祖みたいな感じで言われることがありますよね」

そういう専門的な話になると、応じられるのはマスターしかいない。

「ええ。初期の短編は『ナントカ事件』というタイトルで統一されてましたし、かなり無理をしてミステリを書いてるような感じがありましたけど、途中からは、犯罪をそんなに無理して絡めなくてもいいんだ、みたいな感じに作風が変化していって、日本推理作家協会賞の短編賞を受賞した『グリーン車の子供』なんかはその方向の代表作と言われてます。探偵役の中村雅楽は、初登場のときにすでに七十何歳かで、歌舞伎界でもかなりの大御所的な存在なんですけど、その豊富な人生経験が、作品に独特の品格をもたらしているようなところがあって、だからミステリとしてよりも、読物として、まずはそういうところが素晴らしくて。僕は特に、自分の名前に雅楽の『雅』と同じ字が入ってるんで、このシリーズはけっこうひいきにしてます。でもこの『松風』は、中では比較的手に入りやすいほうですかね。でもネットの目録に載せればすぐに買手がつくと思います」

「じゃあその本、せどってきて正解ってことですよね」と、覚えたばかりの言葉を使って、しのぶが自画自賛する。

「ええ。この手の本がもし安く売られてるのを見掛けたら、ぜひせどってきてください」

「ただ、お前の言う《この手の本》が、俺らにはわからないんだよな」と大村はぼやく。

4

話が一段落ついたところで、

「そういえばしのぶさん、ここに来る前に、何か面白いものを見掛けたとか」と大村が話を振ると、

「あ、そうです。とりあえず写真は撮ってきましたけど、言葉で説明するよりも、現物を見てきていただいたほうが早いかもしれません。そこの商店街をこっちに行ったところに、ワカイ学生服って黄色いお店、あるじゃないですか」

言いながらバッグから携帯電話を取り出し、画像を呼び出す。

「これです。見てください」

手渡された携帯電話の画面を、柴田少年と二人で覗《のぞ》き込んだ。向かって右にワカイ学生服店、左に文具店があり、その両店の間が一メートル幅の路地になっている。十メートルほどの長さの路地に面した壁は、文具店のほうは真っ平だが、ワカイ学生服店のほうは、一階の店舗部分の側面にあたる部分が奥に五十センチほど窪《くぼ》んでいて、そこに男子学生と女子学生のマネキンが二体、並べて置かれている。携帯の画面は小

さくて見づらいが、今までに何度も実際に目にしている風景なので、見誤るおそれはなかった。

路地の地面は除雪されておらず、薄く積もった雪の上に、一組の足跡が残されていた。問題はその足跡である。路地の奥から手前に向かってくる途中で学生服店のほうに寄っていき、最終的にはそこの窪みに上がった形で途切れている。そしてそこには男子学生のマネキンが置かれている。

「なるほど。マネキンが歩いたみたいですね」

大村がカウンターの中にいるマスターに携帯電話を手渡すと、マスターはしのぶの了解を得た上で、その画像をパソコン内に取り込んだ。パソコンの大きな画面で写真を開くと、細部までしっかりと確認できた。写真は都合三枚あり、大村たちが携帯画面で見たものの他に、雪上の足跡にピントを絞ったもの（これはほぼ真っ白で失敗に近い写真だった）と、マネキン二体が立つ壁面の窪みを中心に文具店側から写したものがあった。

ワカイ学生服店の路地に面した壁は、乳白色の化粧タイルで一面覆われている。タイルは一枚ずつが互い違いに組み合わさった、いわゆるレンガ積みの形になっている。表通りから奥に向かって一メートルほどは窪んでおらず、おそらくそこに建物の一角を支える鉄筋コンクリートの柱が通っているのだろう。表通りから一メートルほど路地に入ったところで、地面から十センチほどの高さから二メートル弱ぐらいの高さまでの部分が、五十センチほど窪んでおり、その窪みが二・五メートルほど続いている。四、五体のマネキンを並べられるほどのスペースがあるが、その中央のあたりに、路地から見て右に女子学生、左に男子学生という並びで、学生服を着た二体のマネキンが置かれている。マネキンの足元にはそれぞれ直径三十センチほどの円形の鉄板が置かれていて、おそらくその鉄板から上に伸びた芯棒が、マネキンの足裏に空いた穴に挿《さ》し込まれた形になっているのだろう。マネキンの置かれた床部分のタイルは綺麗に除雪されていて、路地からそこに上がった人物がその後、どこに行ったのか、痕跡はそこで途切れてしまっていてわからない。窪み部分の幅（奥行き）は五十センチほどで、その上を歩いて除雪された表通りへと出るには、そこにディスプレイされた二体のマネキンが邪魔になる。路地の雪上に一度も足をつかずに二体のマネキンをすり抜けて行くのは、不可能ではないにせよ、かなりの困難がともなうはずだ。

「残念ながら、足跡に穴が開いたような跡はないですね」とマスターが言う。「あれば本当に、マネキンが歩いた足跡だって証拠になるんですが」

「いちおう、こんなふうに考えられますよね」と柴田くんが自説を披露する。「立ち幅跳びの要領で三メートル先の除雪された通りまで跳んだというのは、この場合は、ちょっと考えられない。最後の足跡の向きが横向きですからね。といって、ここに上がってからだと、マネキンが邪魔をしてジャンプできなさそうだし。いちおう考えられるのは、目の前にいるマネキンをこうして抱きかかえて、くるっと一八〇度回転して、自分の後ろにマネキンを移動する。もう一体も同じようにして入れ替わる。そうすると、一メートルほどジャンプすれば、雪のない歩道までジャンプできる」

「ただ問題なのは、そんなことをする必然性がどこにあるのかってことだよな」と大村が指摘する。「唯一考えられるのは、マネキンが歩いたような不思議な足跡をそこに残したかったからという、本当にそのまんまの理由で、だとすると犯人はミステリマニアで、実はこの中にいるとか——」

「あ、まさか！　……茅原先生、今日はジーンズにスニーカーですよね」と柴田少年が指摘する。

「え、だってスカートじゃさすがに寒いですし、雪が積もってるところもあって足元もパンプスじゃ危険ですから——」しのぶは自分じゃないと言い張った。「そんなに疑うんなら、今からみんなで見に行きましょうよ」

「行く必要はありません」と割り込んだのはマスターだった。「この写真だけで真相はわかると思いますよ」と断言する。

「本当ですか？」としのぶが言う。大村も降参である。

「わかりません？　このマネキン、ずっと出しっ放しにしておくわけにはいきませんよね？　風雨に晒《さら》されて服が傷《いた》んだら宣伝になりませんし、盗まれる心配もしなきゃいけない。ウチの均一棚は、その外にシャッターがあるから、いちいち出し入れをしなくても大丈夫ですけど、この店はこの部分にシャッターがついてませんから、毎日開店や閉店の時にマネキンを出し入れしているはずです。今朝も開店とともにマネキンを出したはず。じゃあそのときの足跡はどこに？」

「……たしかに。言われてみれば」しかしそれでは謎が増えるばかりである。

マスターは「実はここに」と、パソコン画面上の写真の、窪みのいちばん奥の部分（ちょうど足跡が途切れた部分）を指差して、「外側にタイルを貼り付けた隠し扉があるんです。マネキンの出し入れは毎日そこからしてるんです。で、今日はたぶん、アルバイトの誰かがこの通路の奥に住んでいて、出勤時にあまりに寒いもんだから、一刻も早く店に入りたくて、いつもは店の表側から出入りしてるんだけど、今日はこの隠し扉になっている裏口から店に入った。それでこんな不思議な足跡が残ったと。ここ、よーく見てください。タイルの模様に紛れてますけど、よーく見ると、蝶番《ちょうつがい》の金具が写ってますよね」

「あ、ホントだ」

「まるで歌舞伎の戸板返しみたいな隠し扉が、この店にはあったんです——ということで、うまくまとめてみたつもりですが、どうでしょう」

「でも何で、裏口をこんなふうに、隠し扉みたいな形にしたんでしょうね」としのぶが疑問を口にすると、マスターが驚くべきことを言い出した。

「僕が前に聞いたときには『遊び心だ』って言ってました。小さいときに忍者屋敷に憧れていて、それで店を出すときにこんな仕掛けを作ってみたんだって」

「なんだ、じゃあマサは最初から知ってたんだ」

「ええ。僕も、中学までは中庄《なかじょう》の田舎に住んでましたが、高校からはこっちに出てきて、学生服もワカイで買いましたから」

「俺もワカイで学ランを買ってたけど、そんなの気づかなかったぞ」と大村が言うと、柴田少年も、

「ボクなんか、十六年も同じ商店街に住んでて、当然学生服もこの店で買ってたのに、そんな裏口があるなんてぜんぜん知りませんでした」と言って悄然《しょうぜん》とする。

「茅原さんが知らなかったのはいいとして、龍っちゃんと柴田くんがこの隠し扉のこ

とを知らなかったってのは、ちょっとショックだな。いやー、《日常の謎》を見つけ出すためには、鋭い観察力が必要だと今まで思ってましたけど、逆に観察力が鈍いからこそ謎が見出せる場合もあるんだなって、変な意味で感心させられましたよ」

そんなふうにマスターに皮肉られても、今回ばかりは言い返す言葉のない大村であった。

日常の謎

ミステリの世界で《日常の謎》という言葉が用語《ターム》として使われるようになったのは、北村薫《きたむらかおる》の『**空飛ぶ馬**』（創元推理文庫）がきっかけだったと記憶している。主人公は一人称の〈私〉で、探偵役は春桜亭円紫《しゅんおうていえんし》という落語家。魅力的な謎と論理的な解決があれば、たとえ犯罪の要素がなくても立派な本格ミステリになりうることを示した北村作品は、多くの追随者《エピゴーネン》を生み、それが後に《日常の謎》派と呼ばれるようになった。

北村チルドレンの中では加納朋子《かのうともこ》が、やはり筆頭に挙げられるべき作家だろう。デビュー作の『**ななつのこ**』（創元推理文庫）は第三回鮎川哲也《あゆかわてつや》賞を受賞した連作ミステリ。主人公の女性がファンになった童話作家と手紙のやりとりをしていく中で、七つの《日常の謎》が実に優しく解かれてゆく。主人公を包み込むような探偵役の存在が、北村作品と共通の雰囲気を醸《かも》し出している。

異色作としては、若竹七海《わかたけななみ》が実際に体験した《日常の謎》を題材に、多くのプロやアマチュア作家が競作したアンソロジー『**競作　五十円玉二十枚の謎**』

空飛ぶ馬
北村薫・著
創元推理文庫

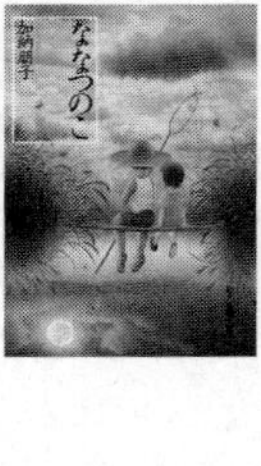

ななつのこ
加納朋子・著
創元推理文庫

（創元推理文庫）を挙げることができるだろう。五十円玉二十枚を千円札と両替しに土曜ごとに書店に現れる男の目的は何なのか。アマチュア枠でアンソロジーに採用された中からは、倉知淳《くらちじゅん》などが後にデビューしている。

その倉知淳には『**猫丸《ねこまる》先輩の推測**』（講談社文庫）という作品がある。《日常の謎》を扱ったミステリでは、探偵役の推理が本当に正しかったのか、検証できない場合も少なくない。倉知作品のタイトルは、探偵役の推理が実は「推測」でしかないということに自覚的である。

他にも多くの子孫を生み出した北村作品だが、逆にその祖先は何なのかと考えたときに行き当たるのが、戸板康二の中村雅楽シリーズである。探偵役はともに古典芸能の世界で師匠と崇《あが》められている存在。そして『空飛ぶ馬』の冒頭の一編「**織部《おりべ》の霊**」は最後、記憶の中の「松風の音」を聞くシーンで締め括《くく》られている。これは明らかに、雅楽シリーズの長編『**松風の記憶**』を意識してのことだろう。そんな中村雅楽探偵の活躍は、現在では、創元推理文庫で《中村雅楽探偵全集》全五巻にまとめられており、容易に読むことができる（『松風の記憶』は全集の五巻に表題作として収録されている）。

（「本とも」２００９年４月号掲載）

猫丸先輩の推測
倉知淳・著
講談社文庫

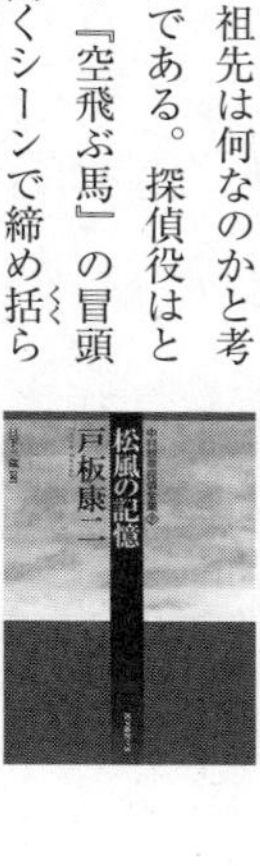

中村雅楽探偵全集5
松風の記憶
戸板康二・著
創元推理文庫

5　通知表と教科書

1

三月の三連休の最終日。春分の日を過ぎて、ようやく春らしさが肌で感じられるようになった、日曜の午後のこと。

扇町《おおぎ》商店街の中村屋で昼食を取った大村龍雄《おおむらたつお》は、いつものように蒼林堂《そうりんどう》古書店へと足を向けた。県内でも一店しかない「ミステリ専門」を謳《うた》った珍しい古書店である。しかし全国的に見れば似たような店はいくつかあるだろう。蒼林堂が一風変わっているのは、店の奥に喫茶スペースがあるというその造りと、百円以上の売買をした客にはそこで一杯の珈琲《コーヒー》がふるまわれるという独特のシステムを採用している点にあった。

大村がいつものようにサッシ戸を開けると、棚の整理をしていたマスターがすぐそこにいて「いらっしゃい」と笑顔で挨拶《あいさつ》をしてきた。自分が踏み台にしている脚立《きゃたつ》が通路を塞《ふさ》いでいることに気づくと、「あ、ごめんごめん」と言って、胸に大量の本を抱えたまま作業を中断しようとする。大村はそれを止めて、

「あ、いいよ。俺が向こうに行くから」と言って目の前のサッシ戸を閉じ、反対側の戸口から入店し直した。通路で手頃な値段の本を物色して、今日はこれでいいかと一冊を手に取り、店の奥へと向かう。

この店のオーナー兼マスターの林《はやし》雅賀《まさよし》とは、高校時代の元同級生という間柄である。大村は毎週日曜日、商店街で昼食を済ませた後は、ここで二百円前後の本を買い、店のシステムに従って、まずは食後の珈琲をいただく。その後はカウンター席に陣取ったまま、買った本をその場で最後まで読み終え、本を店に戻して（売って）手ぶらで帰宅するのが常だった。そんな貸本屋のような店の利用法は、マスターと親しい間柄でないと、なかなかできない。他の曜日には、そういう客がまだ他にもいるのかもしれないが、基本的に日曜日にしか蒼林堂を訪れない大村が自分以外で知っているのは、ただ一人だけ。柴田《しばた》電器店の跡取り息子の、柴田五葉《ごよう》くんである。

その柴田は、今日も大村より先に来店していた。カウンターのいちばん奥の席に陣取っている。読んでいた本から顔を上げ、「あ、どうも」と大村に挨拶をしてきたので、大村も「よっ」と軽く返す。

高校一年生の柴田五葉くんは、見た目は（ちょっと小柄なところも含めて）ジャニーズ事務所あたりにいそうな、モテ系の少年といった感じなのだが、中身は立派なミステリオタク（の卵）で、大村と同様、毎週日曜日に蒼林堂を訪れては、ミステリを一冊読み切って帰宅するのを習わしとしていた。古書店と兼業で書評の仕事などもしているマスターのことを「師匠」と呼び、ゆくゆくはその後継者の地位も狙っているらしい。

カウンター上の手前三分の一ほどのスペースを、乱雑に積まれた本の山が占めていた。それが邪魔だったので、今日は間を空けずに、柴田少年のすぐ隣の席に着いた。しばらくして通路から戻ってきたマスターが、さらにカウンター上に本を積み上げる。続いてカウンター内に入り、まずは大村の本の会計を済ませると、珈琲の準備に取り掛かった。その背に向かって、

「悪いな、作業を中断しちゃって」と声を掛けると、

「いやいや。ちゃんと自分の仕事を優先してるよ」

といって説明したところによると、実はマスターは棚の整理をしていたのではなく、インターネット経由で注文が入った本を棚から抜いて揃《そろ》えていたのだという。今持ってきた分で、注文の品がようやく全部揃ったとのこと。

「そこに積んである本、それ全部が、たった一人のお客さんが注文した分でね」

「うわー」思わず感嘆の声が出た。「いったい何冊あるんだ」

「百冊は軽くオーバーしてる。金額にして約八万円」

「……すげえな、それ」

「珈琲淹《い》れ終わったら、すぐに片付けるから」

　買ったばかりの本を読みながら待っていると、じきに淹れたての珈琲が入ったカップが給仕された。さっそく食後の珈琲をいただく。四囲を本棚に囲まれた店内で珈琲を飲む。読書家にとって理想的な空間がここにはあった。

　手の空いたマスターは、カウンター上の本を片付け始めた。店の奥へと運んで行く。くぐりの向こうはたしか居住スペースのはずだが、荷造りの作業もそちらで行っているのだろう。

　珈琲を飲み終えた大村は、隣の柴田少年に話し掛けた。

「八万円の注文ってすごいよな」

「まさに《大人買い》ってやつですよね」読書を中断された柴田は、別に気を悪くするふうでもなく、素直に雑談に応じた。「大人っていいですよね。好きなものが好きなだけ買えて」

「いや、大人なら誰だってそういう買い方ができるかっていうと、そうじゃないから。そういう買い方ができるのは、一部の成功者だけに限られるってことは、憶えておいたほうがいい」

「でも大村さんだって、買おうと思えば買えるんでしょ」

「まあ、一回だけならな。それでも清水の舞台から飛び降りる覚悟が必要だし、第一、その買った本を置く場所がない」

「そっか。そういえば最近、茅原《ちはら》先生も、前みたいにたくさん買っていかなくなりましたよね。一冊だけ買っていくとか、逆に売りに来たりとか。やっぱ本の置き場がなくなったのかな」

柴田少年の言う「茅原先生」とは、茅原しのぶという常連客のことである。ひいらぎ町小学校で先生をしている彼女は二十四歳とまだ若く、男性が十人いたらその内の九人は確実に好意を抱くような外見をしている。それなのに大村たちと同じく、ミステリ中毒患者であるという点が、何というか――ある意味で残念なところではある。

「そういえば今月はまだ、しのぶさんに会ってないな。昨日とか一昨日とかにもう来ちゃったのかな」と何の気なしに言うと、

「いや、来てないですよ」と柴田が断言する。

「あれ、柴田くんは昨日も一昨日も？」店に来たのかと聞くと、

「ええ。春休みですから」と、しれっとした表情で言う。

「そうか。学生はいいよな。特に春休みは宿題もないし。……ってことは、しのぶさんも春休みか」

「今日あたり、来そうですよね」と柴田少年が言う。その予言が当たったのは、それから三十分ほどしてからのことだった。

2

表のサッシ戸が開閉する音がして、誰かが入店した気配があった。姿を見せないのは、棚の本をじっくりと選んでいるからだろう。そう思っていると、一度表に出て、反対側の入口から入り直す音がした。大村の座っている位置から見える方の通路である。見ると、そこに茅原しのぶの姿があった。大村と目が合って、「あ、こんにちは」と挨拶をした後もまだ、棚の本をじっくりと眺めている。

「ホントに来ましたね、先生」と隣で柴田少年が小声で言った。

五分ほどかけて、ようやく一冊の本を選んだしのぶが、喫茶スペースに姿を現して、

「雅《まさ》さんは？」と聞いてくる。

「奥にいる。……おーい、マサ、お客さんだぞ」

大村の呼び声に「はーい」と即応したマスターだったが、たまたま作業の切りが悪かったのか、いっこうに出て来ようとはしない。代わりにというわけでもないのだろうが、飼猫の京助《きょうすけ》が小さく鳴きながら姿を現した。しのぶが屈《かが》み込んで顎《あご》を撫《な》でてやると、ゴロゴロと喉《のど》を鳴らす。

そこでようやく姿を現したマスターは、しのぶの姿を認めると、なぜか一度深呼吸をしてから、「いらっしゃいませ」と慇懃《いんぎん》に挨拶をした。茅原しのぶに対して、相変わらず苦手意識を持っているらしい。しのぶはしのぶで、そのことにいっこうに気づいていない様子である。

「これ、お願いします」と言ってカウンターに置いたのは、吉村達也《よしむらたつや》の『月影村《つきかげ》の惨劇』（徳間文庫）だった。百円玉を一枚その横に並べて置く。裏表紙を開いて値段を確認したマスターが、恐る恐るといった感じで発言した。

「……ちなみにこれ、惨劇の村・五部作の四作目ですよ。花鳥風月《かちょうふうげつ》の順に、花咲村《はなさき》、鳥……鳥は……鳥啼村《とりなき》、だったかな？　あ、そうだ、リストが載ってるんだった」

そう言って後ろの方のページを繰り、該当箇所を開いてカウンターに置くと、

「ここにあります。花咲村、鳥啼村、風吹村《かぜふき》、月影村、で最後に『最後の惨劇』って

いう、この五冊でひとつのシリーズになってるんです。だからこれだけ買って読んでも、あまり意味がないっていうか――」

「完全な続きものなんですか？」

「いや、続きものっていうか……いちおう最初の四作は、それぞれで完結してるっていうか、謎があって解決して――そういう独立した作品として、読めないこともないんですが――」

「クイーンの『X』『Y』『Z』みたいなものってことですよね？　だったら別に『Z』から読み始めてもいいんですよね」

するとマスターは困った様子で、

「いや、それよりももっと、こう、シリーズ全体を通しての流れみたいなのがあるんで、いちおう『花咲村の惨劇』から順に読んでいっていただいたほうがいいのではないかと――」

「わたしはその本――あらすじに、雪からVの字に突き出した二本の足、みたいなことが書いてあって、それで『犬神家』のスケキヨみたいだって思って、興味を持ったんですけど、でもそのためにわざわざ他に四冊も読むのは、ちょっと……。スケキヨものを集めるのが目的だったら、これ一冊だけ買うのもアリですよね」

脇で聞いていた大村は、「スケキヨもの」って何だよと、しのぶにツッコミを入れたくなったが、我慢して口を噤《つぐ》んでいた。

「まあ、興味の持ち方がそういうことであれば、これ一冊だけというのも……まあ、そうですね。お買い上げ、ありがとうございます」

しぶしぶといった感じで百円玉を受け取ったマスターに、「じゃあ、珈琲をお願いします」と言うしのぶの声には、どこか勝ち誇ったような、晴れ晴れとした響きが含まれているように感じられた。

マスターが珈琲の支度を始め、場が静かになったところで、

「そういえば俺、クイーンの四部作で、『X』と『Y』は読んでるんだけど、後の二作は読んでねえや」

大村は話題を提供するつもりでそう発言した。すると、

「うーん、たしかに『X』や『Y』と比べると、『Z』は一段落ちますけど、でも読まないのはもったいないですね」と応じたのはしのぶであった。「雅さんもそう思いませんか？」

「思います。……龍《た》っちゃん、そこまで読んだんなら、多少我慢してでも、『Z』と『最後の事件』は絶対読んどいたほうがいいぞ」と、マスターも珈琲の支度をしなが

ら言う。「富士山の八合目まで登って、あと二合なのに諦《あきら》めちゃった、みたいなもったいなさと言うか。富士登山の場合には、諦めたら一度下山して、次はまた五合目からとかになるけど、読書の経験値は減らないから、いつまでも《あと二合》の状態にあるわけだし。どうせならその《あと二合》を、頑張って、頂上まで登っちゃおうよ。その気になったらでいいからさ」

「うーん、でもさ、実は『最後の事件』のネタ、何かのはずみで知っちゃったんだよね。それもあって……」

するとマスターは、聞こえるように大きく嘆息して、

「だとすると、登頂する前に、富士山頂の絶景を写真で見ちゃった、みたいな感じか。それでモチベーションが落ちちゃった。うん。でも、それでも自力でそこまで行ってみるっていうのが、それなりに意味のあることだと僕は思うんだけどね」

「うん。だから俺も、あと一冊だけだったら、何とか頑張って読もうと思えるかもしれない。でもその前に『Z』があるだろ。『Z』って、そんなに評判、良くないじゃん。何ていうか、言い方は悪いけど——つなぎの作品、みたいな感じで。『最後の事件』のほうも、実際、単独で評価されているわけじゃないだろ。シリーズ全体の評判は聞くけど、『最後の事件』単独での評判って、ほとんど聞いたことがないし——」

と、そこでうまい比喩を思いついたので付け加えてみた。「通知表でさ、《一学期》《二学期》と来て、でも最後だけは《三学期》じゃなくて《通年》の評価だったりするじゃん。あれみたいな感じで」

するとと左右の席で嘆息が見事にハモった。そういえば、通知表を受け取ったばかりの高校生が左に、児童に通知表を渡したばかりの先生が右にいたのだった。

3

「……でもたしかに、大村さんの言うとおりで、三学期単独の評価がないのはおかしいですよね。それ、ボクも前から思ってたんですよ。たとえば通知表で、ある科目のところに5、5、5って並んでいた場合、実は三学期に成績がガクンと落ちていて、三学期単独だと評価は4だった――だから一学期から順に成績を並べると5、5、4で、その三つをトータルした結果、学年を通しての成績は5だった、みたいな場合に、今のままだと、本人も三学期の成績が落ちたことに気づけないですし、それだと正しく成績を《通知》できてないことになります。だから本当は、《一学期》《二学期》《三学期》《通年》の四つを並べて書くような形にしないとダメなはずなんですよね」

そんなふうに柴田少年が自論を述べたのであった。大村はその発言の裏にあるかもしれない「思い」を忖度《そんたく》した。

「ある教科だけじゃなくて、通知表の全面に5が並んでいる。一見すると、各学期毎にすべてオール5を取れているみたいだけど、実は三学期単独ではオール5が取れていなかった可能性がある、だとしたら悔しいからちゃんと通知してほしい——みたいな完璧主義者が、そういうことを言いそうだよね」

「……そんなんじゃないですよ」と少年はむくれる。

そのやり取りの間に、大村はふと、ある人物のことを思い出していた。しのぶが来店してこの四人が揃ったときには毎回、現実に起きた《日常の謎》が話題に上ってきたが、今回はあいつの話がネタとして使えるのでは……。

「通知表というんで思い出したんだけど——」と、とりあえずそんなふうに語り始めてみた。

「高校時代の話なんだけど、一年のときに同じクラスに、ちょっと変わった奴がいてね。実名を出すのは憚《はばか》られるんで、仮にAくんとしよう。アルファベットのAだね。そのAくんと俺は、入学してすぐに仲が良くなって、一学期の終業式の日にはお互いの通知表を見せ合ったりもしたんだけど、そいつはほとんどの科目が5だった。それでそいつが放課後、教室に残って何をしたかというと——俺は心底びっくりしたんだが——修正液で5じゃないところの数字を消して、上から5って書き直したんだよ。俺は当時、修正液なんて使ったこともなかったし、まさかそんなふうにして成績を改《かい》竄《ざん》するなんてこと、考えもしなかったからね。そうして自分の通知表をほぼオール5にして——体育だけは3のままにしてたけど、そいつは運痴でね。おっと失礼。運動音痴ってことね。球技なんてまるでダメで、さすがにそれは改竄しても、親にバレると思ったんだろう。3のままにしといたけど、他は全部5に改竄して。俺に向かって『もし良かったらお前のも修正してやるけど、どうする?』って聞かれて、何も考えられないまま首を振ってたよ」

そこで実際に首を左右に振ってみせる。その際にマスターと目が合ったので、余計なことを言うなと視線で訴えてみた。いちおう通じたとは思うのだが……。

「そいつは美術の才能があって、一学期には教科書の絵を模写するっていう授業があったんだけど、そいつの絵が教壇でみんなに披露されたときには、教室中に感嘆の声が満ちたのを憶えている。教科書に載っている絵に本当にそっくりで——色も形もそのまま、拡大コピーしたみたいで——その才能が、通知表を改竄する際にも発揮されていて、修正液を使って書き直したことが、ぱっと見ではまったくわからなくて——目を凝《こ》らしてよーく見れば、修正液の白い色が目立つんだけど、それでもその上にフリーハンドで書いた5という数字は、元からスタンプで押されていた他の5という数字とまったく一緒に見えて、その完成度の高さが、また何と言うか……怖かったと言うか」

「真似するんじゃないぞ」とマスターが柴田少年に言う。

「できませんって。ボク、美術は才能ないですから」

「でも夏休みが終わって、通知表を学校側に返すときに、それって問題があるんじゃないですか？」

しのぶがそう指摘したのは、さすがと言うべきか。

「実は俺はそのときには、そこまで考えが回らなかったんだけど、そいつは――そのAくんは、ちゃんとそこまで考えていたみたいでね。俺も新学期が始まって、自分の通知表を先生に返すときに、そのことに気がついて、後でそのAくんに確かめてみたんだけど、親に見せた後はちゃんと元通りに修正しておいたって言ってた。二学期の終業式のときも同様に、教室に居残って通知表を修正して、三学期のときも同じことをして――だから一年間を通して、そいつは通知表を、ほぼオール5にしては親に見せてたんだ。体育の成績だけは元のままでね。といっても直すのは実質、三箇所か四箇所ぐらいで、あとは最初から5だったんだからね。さすがだと思ったよ」

「だったらどうして改竄したんです？　わたしだったら、そのまま親に見せてもまったく問題ないように思えるんですけど。子供の成績にすごく厳しい親御さんだったたってことですか？」

「うん。まあ、そういうことになるのかな。厳しいというよりは、親をガッカリさせたくないんだと、その――Aくんは言ってたけどね。ウチらの出身高校は県内でも有数の進学校で――柴田くんの通っている東高とは肩を並べるくらいの――」

「あーはいはい。いちいち謙遜《けんそん》しなくていいですから。棗《なつめ》高のほうがレベル的には高いです。で、それで？」柴田少年が面倒臭そうに口を挟む。

「その棗高に入学できたってことは、中学時代には成績がかなり優秀だったってことで、実際、そのAくんは、中学時代には体育を除けばオール5を常に取っていたらしい。そうなると親の期待も半端じゃない。でも実際のところ、市内の成績優秀者ばかりが集まった高校で、中学時代と同じような成績を取るのは難しいわけで、事実、一学期の成績は親の期待を裏切るようなものだった。でも親の期待を裏切りたくない、みたいな感じで、そういうことを始めてしまったんだな、そのAくんは。でもね、そういう不正に手を染める一方で、勉強のほうもちゃんと頑張ってたんだよ。それは俺が保証する。だって通知表の改竄がどんなに上手《うま》く出来たとしても、改竄する箇所が少ないに越したことはないし、改竄前の時点でオール５に近い成績を取り続けるためには、実際、かなりの学力が必要だしね」

「あ、そういうこと！」と、不意に声を上げたのは柴田少年だった。しまった、真相に気づかれたかと、大村は目を閉じて、少年の次の言葉を待った。

「……つまりその、Ａくんっていうのが、今はここにいます、この人ですってオチなんでしょう？」

4

大村は堪《こら》えきれずに爆笑した。ひとしきり笑って笑って、笑いの発作が引いたところでようやく、

「おい、バレたぞマサ」と言うと、

「おい待て。とんだ濡《ぬ》れ衣《ぎぬ》を着せるなよ」とマスターは眉間《みけん》に皺《しわ》を寄せる。「そのＡくんって、倫《りん》ちゃんの——大木《おおき》倫のことだろ？」

「あれ、マサって、倫ちゃんのこと知ってたっけ？」

「うん。美術と体育の話でピンと来た。高校のときには同じクラスになったことはなかったけど、大学で——」

「あ、そうか」林雅賀の出身大学を忘れていた。そうだった。大木と同じ大学に進んだんだった。

「でもその、通知表の改竄の話は初めて聞いたぞ。今度倫ちゃんに会ったときにネタにしてやろう」と言うマスターは、悪巧みをしているときの表情である。一方、「なーんだ。師匠の話じゃなかったんだ」という柴田少年は落胆の表情である。「じゃあ結局、その話のオチって？」

改めてそう問われると、どういう問題として出題すべきか、そしてどのようにオチをつけるべきか、迷うところではある。

「まあ要するに、二年生になってからは、そのAくんも――もう実名が出ちゃったから倫ちゃんって言っちゃうけど――その倫ちゃんも、通知表の改竄をしなくて済むようになりましたとさ。……っていうのがオチかな？」

「何それ」と柴田少年は不服そうである。

「こんな問題にしたらどうかな」と横から割り込んできたのはマスターである。「倫ちゃんは一年生のときに、ではどの教科の成績を改竄したのでしょう？　つまりそれは、どの教科で倫ちゃんは5を取れなかったのでしょう？　ということでもあるわけだ。これならどう？」

「え、マサにはそれがわかるの？」

「全部はわからないけど、確実なのがひとつある」

そう言われて、大村にもようやく理解できた。

「あ、そうか。たしかに。……というわけで、この問題はマサも答えがわかってるわけだから、解答者はそうすると、しのぶさんと柴田くんの二人ってことになるね」

「えー？　だって二人は——師匠は、その倫ちゃんって人を知ってるからこそ、それがわかるんでしょ？」

「そうでもないよ」とマスターが応じる。「龍っちゃんの今までの話を注意深く聞いていれば、ひとつだけ、この教科は確実に改竄しただろうってのがわかるはず」

「そんなこと言われても……」

「体育は5にしなかったんですよね？」としのぶが確認する。「体育以外の教科って、話に出てきました？」

「あとは美術。模写が天才的だったって」柴田少年が指摘する。「うーん……模写は上手かったけど、それだけじゃ5が取れなかったとか？　独自の表現力に欠けていたから？　あるいは5を取ってたのに、それを改めて5に改竄した？」

「あ、まさか！」と、そこで声を上げたのはしのぶだった。どうやら真相に思い至ったらしい。そのまま固まってしまったので、大村は「どうぞ。思いついたことを言ってください」と発言を促《うなが》した。

「改竄したのは美術の成績で――」

「はい。はい。合ってますよ」

「美術の成績が実は10だったのを、5に改竄した――」

「はぁっ？」と左隣で奇声を発した柴田少年が、見ればそのまま口をぽかんと開けている。よっぽど意外だったらしい。

「よく出来ました。そのとおりです」と大村が告げる。「つまりウチの高校は、十段階評価だったたってことね」

「僕はその真相を最初から知ってたけど、たとえ知らなかったとしても、龍っちゃんの今の話の中にヒントらしきものがあったから、それでたぶんわかってたと思うよ」

「ヒントなんてあったっけ？」大村自身がわかっていない。

「倫ちゃんの運動音痴の話。運動音痴で球技がまるでダメでっていう、その言い方があまりにもひどすぎて、その割りに五段階で3がもらえてたっていう違和感が、ヒントになってたんだけど――」

「いや、まったく意識してなかった」と大村は正直に言う。たしかに五段階評価の3

だと平均的なレベルになってしまって、大村が力説していた倫ちゃんの運痴ぶりとその成績が合っていないという違和が、そこに生じてしまっている。

「そうかー。あー、そうかー」と柴田少年が繰り返しているのは、今の話を十段階評価を前提にして改めて反芻《はんすう》しているのであろう。「十段階評価でオール5に近い成績をもらっちゃった。三箇所ほどあった6以上のところを5に書き換えて、五段階評価だって親に言えば、平均以下だった成績が急にトップクラスになると。……思いついちゃったんだ」

大村はひとつ頷《うなず》いて、

「一学期にそうやって姑息《こそく》な対応したもんだから、二学期以降も積極的に十段階で5の成績を取りに行くしかなくなった。思いどおりに5を取るためには、実際にはもっと高いレベルの学力が必要で、倫ちゃんはあのとき、必死に勉強したんだ。そうやって必死に勉強して学力をつけた上で、テストでわざと間違った答えを書いて、成績がクラス平均点をやや下回るぐらいになるように調整して、二学期も三学期も、ほとんどの科目で狙いどおりに5を取った」

「それで、二年生からは通知表の改竄をしなくなったってことは——?」と茅原しのぶが先を促すので、大村は話を続けた。

「実力で勝負して、体育以外のほとんどの教科で、悪くても8、他はだいたい9か10という成績をもらった。その通知表を親に見せるときには一言、『今年から十段階評価に変わったんだ』と言ってね」

それで倫ちゃんは、成績改竄の無間地獄から解放されたのである。もし二年生でも三年生でも同じことを続けていたら、三年の二学期の成績をベースに計算される内申点で、大損をしていたに違いない。途中で是正できて本当に良かったのだ。

マスターが今の話全体の流れを振り返る。

「棗高は昔から十段階評価だったんだけど、東高は昔も今も五段階評価なんだよね？さっき柴田くんが、5、5、4という例を挙げていたんで、龍っちゃんはそのことに気づいて、それでこのネタが少なくとも柴田くんには通用するだろう、茅原さんの話の場合は高校時代に何段階評価だったかわからないけど、話の流れ的に、柴田くんの話で五段階評価が頭に残ってる今ならきっと通用するだろうと考えて、それで龍っちゃんは意地悪な問題を出そうと思いついたんだろうね」というその分析は、一寸も違わずに正鵠《せいこく》を射ていた。

「生徒による通知表の改竄なんて、あってはならないこと。本当なら厳罰が下されるべきことです」としのぶが学級委員長のような真面目な顔をして言う。「……でも結果的に、本人の成績向上に繋《つな》がったわけですから、そこに教訓を見出すことも可能だという気がしました」

「成績を改竄する場合、必ずしも悪い成績を良い成績にするものだとは限らない」と柴田少年が言い、

「低い点数を狙って取るためには、逆に高い学力がなくてはならない」とマスターが言う。大村がそれらをまとめて、

「まさに教訓だらけの話だったと。いっそのこと、教科書に載せてもらいたいくらいだね」と自画自賛すると、

「まあ」呆《あき》れたという表情でしのぶが目を丸くする。

蒼林堂古書店は本日も平和であった。

長編連作とつなぎの作品

長編連作といえばエラリー・クイーンの《悲劇四部作》（創元推理文庫）がまず挙げられるだろう。『**Xの悲劇**』と『**Yの悲劇**』の二作はミステリ史に残る傑作であり、また『**レーン最後の事件**』には四部作全体としての評価が加味されるが、『**Zの悲劇**』は単独作としての出来がイマイチで、シリーズ全体では「つなぎの作品」という地位に甘んじているのが残念。

国産ミステリで同様の試みに挑んだ長編連作に、高木彬光《たかぎあきみつ》の《墨野隴人《すみのろうじん》シリーズ》全五作（光文社文庫）がある。シリーズの第一作『**黄金の鍵**』や第三作『**大東京四谷怪談**』などは、単独作品としても世評が高いのだが、完結編のひとつ前にあたる『**現代夜討曽我**』の出来はやはりイマイチ。

山田正紀《やまだまさき》は、長編連作のシリーズを構想し、刊行をスタートして、既刊の作品は実に面白いのに、どういうわけか、シリーズが中断ということがよくある。しかし一九九六年には《女囮《おとり》捜査官シリーズ》全五作（トクマ・ノベルズ、のち幻冬舎文庫★）をしっかりと完結させている。ほぼ隔月刊行というハードス

Zの悲劇
エラリー・クイーン・著
鮎川信夫・訳
創元推理文庫

現代夜討曽我
高木彬光・著
光文社文庫

ケジュールで一気に書いたのが良かったのだろう。特に『女囮捜査官2　視覚』『女囮捜査官3　聴覚』の二作は優れた作品として評価されている。一方で、問題の「ラス前」にあたるのは『女囮捜査官4　嗅覚』だが、決して「つなぎの作品」とは言わせない質を保持しているのは流石《さすが》。

その山田正紀の試みに先立つこと四年、一九九二年には、吉村達也が《惨劇の村・五部作》（トクマ・ノベルズ、のち徳間文庫）を、山田のペースをさらに上回る「五ヵ月連続刊行」で一気に完結させている。個々の作品を見てゆくと、第一作『花咲村の惨劇』の密室からの墜死トリックがやはり秀でている。一方、五部作で「ラス前」にあたるのが『月影村の惨劇』だが、雪上の足跡の謎を盛り込んだりして、何とか「つなぎの作品」にならないように踏ん張っている印象がある。

全何作という長編連作シリーズは必ず「刊行順に」「全部」読んでいただきたい。そうすればこそ、個々の作品単独で得られる楽しみの他に、完結編でシリーズ全体を通しての作者の「たくらみ」も味わえるのである。途中にどうしても入ってしまうことの多い「つなぎの作品」も「込み」で、長編連作を読む楽しみを、多くの読者にぜひ知っていただきたい。

（「本とも」２００９年５月号掲載）

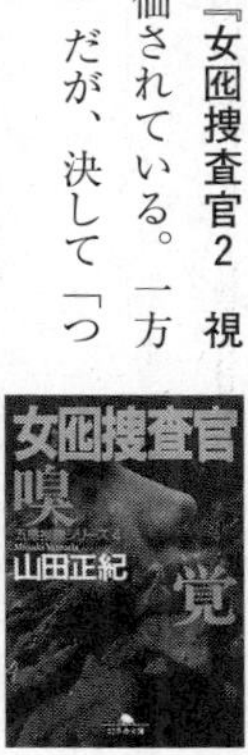

女囮捜査官4　嗅覚
山田正紀・著
幻冬舎文庫

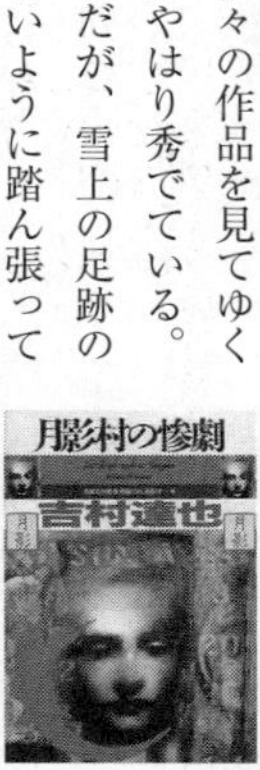

月影村の惨劇
吉村達也・著
徳間文庫

★《女囮捜査官》シリーズは、タイトルを《おとり捜査官》と改題して朝日文庫より発売開始。二〇〇九年三月現在、『おとり捜査官１　触覚』が発売中です。

6　臨光寺池の魔物

1

四月最後の日曜日。ゴールデンウィークの二日目だが、三十九歳のバツイチ男、大村龍雄《おおむらたつお》には、特に遠出の予定などもない。実家は同じ市内にあり、車で十分ほどの距離。行こうと思えばいつでも行けるので、あえてこの時期に行こうとも思わない。結局、普段と変わらない休日の過ごし方になってしまう。

昼時になると扇町《おおぎ》商店街へ出て昼食を取り、満腹になった後には蒼林堂《そうりんどう》古書店に行って、食後の珈琲《コーヒー》をいただく。それが毎週日曜の午後の、お定まりのパターンとなっていた。

昼食後に足を運んだ蒼林堂は、ミステリ専門の古書店で、大村の高校時代の同級生が経営している。マスターは林　雅賀《はやしまさよし》といって、元々は中央官庁で十年以上働いたエリート公務員だった。しかし副業としてミステリ関係のライター仕事をしていたのが庁内で問題となり、それをきっかけに職を辞し、地元に帰って古書店を開いて早五年。

蒼林堂では、仕入れも売上も、インターネット上の取引が主である。だからこそ、店舗まで足を運んでくれたお客さんには特別なサービスがしたいということで、百円以上の売買をした客には、奥の喫茶コーナーで一杯の珈琲がふるまわれるシステムを採用している。四畳半ほどの喫茶コーナーにはカウンター席が四つある。大村は店内で適当に本を選んで購入し、まずは食後の珈琲をいただいてから、カウンター席に居座って購入した本を最後まで読み切り、また本を店に戻して（売って）手ぶらで帰宅するのが常だった。本の在庫状態は変わらないまま、売値と買値の差額が儲《もう》かることになってありがたいと、実はこの貸本屋的読み方は、マスター公認のものなのである。

同様に「貸本屋的読み方」を公認されている常連客が他にもいた。柴田《しばた》電器店の息子の、柴田五葉《ごよう》くんである。今月から高校二年生になった柴田少年は、二年ほど前からこの店に入り浸っている。林雅賀のことを「師匠」と呼び、あわよくばこの店の跡継ぎのポジションも狙っているらしい。

今日も大村が入店したときには、カウンター席に柴田少年の姿があった。いつもなら大村の姿を認めると、まずは「こんにちは」と挨拶をしてくるのだが、今日は困ったような顔を見せて、カウンターの反対側の端へと目配せをする。そこには見慣れない男の姿があった。ノートパソコンを間に挟んで、カウンター内のマスターと何やら話し込んでいる。

「あ、いらっしゃい」

マスターが大村の姿を認めて挨拶をしてきた。話の腰を折られた形になった男が大村のほうを振り返る。五十歳以上、下手をしたら六十歳を超えているかもしれない。酒焼けしたような赤ら顔で、身体はそれほど大きくないのだが、態度がやたらとでかい。蒼林堂にはどこかそぐわない「招かれざる客」——そんな雰囲気を、本人からというよりは、マスターが見せた一瞬の表情から、大村は察したのだった。

新しい客が来ても、男はいっこうに席を立とうとはしない。マスターが本の会計をしながら紹介をする。

「こちら、商店街の《綿引《わたびき》釣具店》さんの、綿引さん。あちらはこの店の常連客の大村さん。僕の高校時代の同級生でもあります」

大村は「あ、どうも」と言いながら、綿引氏とは間を置いて、柴田少年の隣席に座った。扇町商店街の一角に釣具店があるのは知っていた。こんな街中で釣り道具を商っていて、商売になるのだろうかと、いつも疑問に思っていたのである。

「何だ、けっこうお客さん、来ることは来るんだ」と綿引氏がマスターに向かって言う。

「ええ、でも古本って、単価が安いですから。店だけじゃ商売にはならないですね、やっぱり」

「一冊売れて二百円、か」と綿引氏は、大村の支払った金額もしっかりとチェックしていた。

「おまけにこうして、珈琲のサービスもしてますからね」と言いながら、マスターが珈琲の支度を始める。「だから儲けはもっぱら、インターネットを通じた売買のほうで賄《まかな》ってますね」

「悪《わり》ぃな。いつも安い本ばかりで」と大村は、いつもの皮肉っぽい口調で言おうとしたのだが、綿引氏の存在が気になって、つい申し訳なさそうな口調になってしまった。

「とんでもない。いつも売上に協力していただいて、感謝してます」と返すマスターの口調も、どこか他人行儀である。綿引氏がいることによって、いつもの「内輪のやりとり」が封じられた形になっていた。

「結局は、インターネットってやつだな。それをウチでも始めないと、結局はどうにもならねえと」

という独白めいた発言で、綿引氏の用向きがどういうものか、後から来た大村にも理解できた気がした。やはりあの釣具店、商売としては難しい状況にあるらしい。

「安いものだったら、パソコンとデジカメを揃《そろ》えても、十万はいかないでしょう。初期投資としては安いほうじゃないですか。店の改装とかと比べたら。あとインターネットに接続するには、月々の電話料金にプラスして、だいたい二千円程度ですか、定額の通信料のようなものがかかりますけど」

「うーん、でも実際、すでにこんだけ、インターネット上に店がもう出揃ってるんだろ」と綿引氏が指差すパソコンの画面上には、どうやらネットで営業している釣具店の一覧のようなものが表示されている様子。「ウチが新たにここに店を出したって、こいつらに勝てる気がしねえし。値段だって、どうしてこいつら、こんなに安く売れるんだろう」

「でも、目玉になるような商品があれば――」

というマスターの言葉に、綿引氏は目を輝かせて、

「それだよな、結局。さっき言ってた、趣味でルアーを作ってるっていう会社員の人。それは言ってみれば、ウチのオリジナル商品ってことになる。ウチでしか買えない。それを目玉にすれば、な、ウチだって何とか――」

「はーい、龍っちゃん、お待たせ」と言って、大村の前に珈琲を出したマスターが、綿引氏のほうに向かって、

「すみませんね。本をお買い上げいただいたお客さんに対しての限定サービスですんで――」

「いいよ珈琲なんざ」と顔の前で手を振って、「それより今はインターネットの話だ。機械を揃えるのは十万としてだ。こういう、ホームページってのか？　これを自分で作んなきゃならねえんだろ。あと注文も、メールとかってので受けたり返したりしなきゃなんねえ。それが、今できてるあんたにゃ、わかんねえかもしんねえけど、初めてそういうことをしようって人間にとっちゃ、まったく手が出ねえっつーか、どこから始めていいかもわかんねえっつーか」

中高年に多いハイテク恐怖症のようなものだろうか。それでもマスターは優しい口調で、

「綿引さん、携帯電話はお持ちですか？」

「あ、それはまあ、いちおう、な」と目をぱちくりさせる。

「あれも、触ったことのない人間にとっては、どのボタンを押したらいいのか、メールなんて何がどうなってるのか、どうして漢字の入った文章が打てるのか、最初はわ

けがわからないと思います。でもいつの間にか、ちゃんとカナ漢字変換をして、絵文字なんかも付けちゃったりして、メールの送受信ができるようになってます。パソコンもそれと同じで、やってるうちにいつの間にか、使いこなせるようになってたりするもんです」

「そうかなあ。もし十万出してパソコン買って、おれが使いこなせなかったら、どうする？　あんた責任取ってくれるか？」

「いや……えーっと、どうしてそうなるんですか？」

珈琲を飲み終えた大村は、買ったばかりの本を読もうとページを開いたが、綿引氏とマスターの会話が耳障りで、いっこうに本に集中することができない。隣の柴田少年の様子を窺《うかが》うと、大村の視線に気づいた少年は、小さく首を横に振ってみせた。今日はダメだね、という感じである。

そのとき、表の戸を開閉する音がした。柴田少年が回転椅子の上で大きく背をのけぞらせるようにして、通路の奥を見遣《みや》った後、大村に「茅原《ちはら》先生」と耳打ちした。しのぶ先生も、またえらいときに来合わせたものである。

2

「こんにち……は」と、喫茶コーナーに顔を見せたしのぶが、途中で声を途切れさせたのは、やはりカウンター席に見慣れない顔を認めたからだろう。

茅原しのぶは二十四歳。大村たちと同様、ミステリファンで、現在はひいらぎ町小学校で先生をしている。元々は東京都内の出身で、大学時代からインターネットを通じて蒼林堂古書店のことは知っていたという。ネット通販で本を買ったりもしていた。それがちょうど一年前、新任でこちらに来たときに、蒼林堂が店舗営業もしているということを知ってからは、頻繁《ひんぱん》に本を買い求めに来るようになった。大村や柴田少年ともその過程で顔見知りになった。最近ではミステリ熱が少し冷めたのか、あるいは仕事が忙しくなったのか、顔を見せる回数も月に一回といった程度に減り、しかも以前は一度に十数冊も本を買っていったのが、最近では一冊だけ買っていったり、あるいは一冊だけ本を売りに来たりといった感じで、今日も、

「すみません、買取をお願いしたいのですが」と言ってバッグから取り出したのは、文庫本が一冊きりであった。大村が横目で確認すると、野沢尚《のざわひさし》の『リミット』（講談社文庫）であった。

「百円、いきますか？」とまずはそれを聞く。買取価格が百円以上でないと珈琲のサービスが受けられないからである。

「ええ。百円ジャストで買いましょう。これは在庫になかったと思いますし、まだ新しいですし」

「よかった」

周囲を見回せば、棚には古い本がぎっしりと――しかもそれはすべて、殺人事件などを扱ったミステリばかりで、客観的に見れば、魔窟《まくつ》のような店である。そんな店に、しのぶのような若くて綺麗な女性が現れたことが、よほど意外だったのか、綿引氏は呆気《あっけ》に取られた様子で、マスターと彼女のやりとりを、今は黙って聞いている。

「でもどうして？　面白くなかったですか」とマスターが、本を売りに来た理由をしのぶに問うと、

「いえ、とても面白かったんですけど、何て言うか……雅《まさ》さんはその本、読まれました？」

「ええ、いちおう。普通の誘拐から始まって、どんどんそれが意外な方向に進んで行って、途中で派手なアクションもあり、どんでん返しもあり、読み始めたら止まらない、まさにエンタテインメントって感じの話ですよね」とベタ褒《ぼ》めである。

「わたしは最初、『破線のマリス』を読んで、それがすごく面白かったので、こっちも読んで、で、これもすごく面白かったんですけど、でも子供が――誘拐で、助かる子もいるんですけど、助からない子もいるじゃないですか。それが……」

傍《はた》で聞いていた大村には、しのぶの心情が、何となくわかるような気がした。子供好きで、小学校の先生をしているしのぶには、子供がひどい目に遭う物語を手元に残しておきたくない、という気持ちがあったのだろう。

会計を済ませたところで、しのぶが「失礼します」と言って、カウンターにひとつだけ空いていた大村の右隣の席に座った。大村が知る限り、この四つのカウンター席がすべて埋まることは、今までなかったはずである。四人が並んで座ると、さすがに窮屈な感じになる。柴田少年の目の前のカウンター上で丸くなっていた黒猫の京助《きょうすけ》が、これはかなわんといった感じで、向こう側に飛び降り、どこかへ行ってしまった。

マスターがしのぶと綿引氏を互いに紹介した後、しのぶに向かって、

「誘拐って、密室殺人や見立て殺人なんかと違って、現実にも起きてますからね。せめて小説の中では、ハッピーエンドで終わってほしい、子供が助かってほしいって気持ちは、わからなくもないです。でもミステリの場合には、結末が最初から予想できてしまうのも問題だという考え方もあって。そこに誘拐を扱ったミステリの難しさが

ありますよね」

「最近の事件は特にひどいよね」と大村も口を挟む。「って、ミステリじゃなくて現実のほうの話なんだけど。人を殺してみたかったとか、死刑になりたかったとか、そんな身勝手な理由で子供が犠牲になるのは、本当に許せない気がする」

「親が子供を殺してしまうという事件も、最近よくニュースで聞くような気がします」とマスターが辛そうに言う。「殺すまではいかないにしても、虐待とか、そういうのって、本当に許せませんよね」

するとそこで不意に、今まで黙っていた綿引氏が、

「そういやおれ、先月の話なんだけど、池に落ちた子供を助けてやったのに、引き取りに来た親から人さらい扱いされて、ホントに腹が立ったってことがあって。ああいう馬鹿親がいつの間にか増えて、まったく、日本って国はどうなっちまったんだろうな」

「子供が池に落ちて、それを綿引さんが助けられたんですか」とマスターが確認する。

「おう。おれも飛び込んで、だから二人ともびしょ濡《ぬ》れだわな。どうしようもねえから、仕事の途中だったけど、その子を助手席に乗せて、いっぺん家まで戻ったさ。戻る前に電話して、嬶《かかあ》に風呂沸かさせといて、家に帰ったところで坊主と二人でお湯に

浸《つ》かって、汚れを落として。息子が小さかったときの服を箪笥《たんす》から引っ張り出して着替えさせて。坊主から家の電話番号を聞いて電話掛けて、お子さんが池に落ちたのを助けたんですけどって言ったら、脅迫電話を掛けたような扱いになって」

「まあ」としのぶが目を丸くする。

「とにかく家まで来てもらったんだけどよ、最後までお礼の言葉はひとっ言もなかったな。誘拐犯のアジトから子供を救い出した、みたいな感じで帰って行きやがった。こっちは服もずぶ濡れになって、車だって運転席と助手席の両方とも、池の水で汚れて、いやな匂いが染み付いちまって——まあ仕事用のワゴン車だから、そんなに大げさに言うこともないんだけど、でも車内を洗って綺麗にするとなると、それなりの金もかかるだろうし、今はどぶ臭いのを我慢して乗ってるけどよ。そこまでしたのに、なあ」とひとしきり愚痴をこぼした後、ふと思い出したといった様子で、付け加えたのである。

「そういや、あのガキ、妙なこと言ってたな。誰かに足を引っ張られたって」

3

「足を引っ張られた？」と思わず聞き返したのはマスターだった。ちょうど淹《い》れ終わった珈琲のカップを、しのぶの前に置きながら、「それは池に落ちたときに、ということですか？」

「いやいや。そうじゃねえ。池に落ちたのは、日射病っていうか、そんなんだった。三月の終わりに、ほら、やたらと暑い日があっただろ。で、その落ちた子、池のほとりで釣りをしてたんだけど、日に当たりすぎたか何かで、頭がぼーっとして、それで倒れたのが池の方向だったって、自分で言ってた」

「熱中症ですね」としのぶが言う。

「おお、そうそう。最近はそう言うみたいだな。で、その熱中症でその子は池に落ちた。足首を引っ張られたのは、だからそのときじゃなくて、池の中でってことだな。まあ池とか海とかで溺《おぼ》れた奴ってのは、だいたいそんなことを言うらしいから、あんまり気にしなくていいと思うけど。でもおれが助けたときに、釣りをしてた連中がみんな野次馬になって周りを囲んでたんだけど、その中で坊主がそういうことを言うもんだから、池に何か恐い生き物が潜んでいて、そいつが坊主の足を引っ張ったんじゃないかって話になって。池ってのは臨光寺《りんこうじ》池なんだけど」

「ああ」と思わず声が出てしまった。大村もよく知っている場所である。「俺も子供のころ、釣りをしに行ったことがあります」

上空から見ると歪《ゆが》んだ三角形をした池で、対岸までの距離は遠いところで五十メートルほど。釣れるのはだいたい鮒《ふな》か鯉《こい》で、雷魚もいるという話だったが、実際に釣ったという人の話は聞いたことがない。三角形の二辺は、岸辺がはっきりしないまま藪《やぶ》へと繋がっていて、とてもじゃないが人が近づける状態ではないため、残りの一辺が池へのアクセスポイントとなっている。ちょうどその岸沿いに道路が走っていて、市街地からだと、幽霊トンネルという通称のトンネルを抜けた先に当たる。トンネルを抜けると、道の左手に池、右手に虎《とら》山の斜面というロケーションになる。道路と池の境にはガードレールが設けられていて、そのガードレールから岸までの距離がだいたい一メートルほど。小学生たちはその一メートルほどの部分に立って、竿《さお》を振るのである。

「あの池のほとりに、初野《はつの》屋って、掘っ立て小屋みたいなのがあるだろ。釣りの餌《えさ》とか竿とか、あとおにぎりとかジュースとかいろいろ売ってる」

綿引氏の言う初野屋は、道路を挟んで池とは反対側にある。トンネルを抜けた右側は、道路から虎山の斜面までが、そこだけちょっとした広場のようになっていて、建物は初野屋の掘っ立て小屋があるだけだが、他の空いたスペースは駐車場、駐輪場として使われていた。広場の端のほうには簡易トイレなども設置されていたように記憶している。

「あそこの初野屋は、ウチのお得意さんで、よく釣具を納品しに行ってるんだけど、その日もだから、おれは頼まれて、竿とか餌とかを納品しに行ったわけだ。平日だったけど春休みで、池には釣りをしてる子供たちが——十人ぐらいいたかな。で、初野屋の脇に車を停めて、まだ荷物を下ろしはじめたばかりだったんだけど、池のほうからボチャンって大きな音がして。子供たちがワーッて騒いで『落ちた落ちた』って言ってるから、慌てて道路を渡ってガードレールを越えて、見れば池の中で子供が半分沈んでる。岸辺には大人も一人いて、そいつが竿をこうやって『摑《つか》まれ』って言ってるんだけど、落ちた子供は目が虚《うつ》ろで、半分意識が無いような状態で、それじゃダメだってんで、おれが飛び込んで助けたさ。それでさっき言った竿をこうやってた大人と、あと初野屋の爺さんと、三人で上に引き上げて、とりあえず地面に寝かせて、その子が熱で気を失いかけてたってのは後からわかったんだけど、そのときには溺れて死にかけてると思ったから、おれはとにかく水を吐き出させようとして。そうしたらその子は、目は開いてるんだけど視線が相変わらず虚ろで、だから目の前にこうやって」

と言いながら、大村たちに指を一本立てて見せて、

「何本だって聞いたら、目の焦点がすっと合って『一本』、次にこうやったら」と、今度は二本指を立てて見せて、「か細い声で『二本』って答える。でもすぐに目の焦点が虚ろになって、見えてるかって聞いたら、その坊主が言うわけさ。『あし……くび』って。足首がどうした、捻《ひね》ったのか、痛いのかって聞き返したら、『ひ……ひっぱられた』って言い出して。それからしばらくして、ふっと意識が戻ったのがわかったんで、改めて大丈夫かって聞いたら、『ああ、大丈夫です』って、今度はハッキリと答えたんで、改めていろいろ質問したら、落ちた経緯もちゃんとわかったし、水に落ちたことで結果的に熱中症も治ったみたいで、怪我もどこにもないようですって。で、『もう大丈夫です』って言うけど、でも池の水に浸かった状態で——おれも同じだったけど、とにかく汚いし臭えし、病原菌とかも心配だから、そのまま放っとくこともできねえし、でも初野屋には風呂もねえし、仕方ねえからウチに連れて帰ることにしたわけだ。それで車の中で改めて聞いてみたさ。足首を引っ張られたってのはどういうことだって。そうしたら『ぼくそんなこと言いました?』って、本当に憶えてねえんだな。言ったことも憶えてねえし、池で足を引っ張られたという記憶もねえ。まあ池に落ちたという記憶自体、まるで夢の中の出来事のように、ボンヤリとしたものだったみてえだけどな」

4

「あの、つかぬことをお伺いしてもよろしいでしょうか」と、しのぶが右手を小さく上げて言った。「綿引さんは、そのお子さんと一緒にお風呂に入られたんですよね？　そのときに、身体に不自然な痣《あざ》のようなものはありませんでした？」

質問された綿引氏はしばし目を閉じ、一ヵ月前の出来事を思い出しているふうであったが、

「いや、特にそういうことはなかったはずです。ただ水に落ちたというだけで、あとは打撲《だぼく》も捻挫《ねんざ》も何もなかった。ぴんぴんしてましたよ」

いや、しのぶが質問したのはそういうことじゃない。大村にはわかった。しのぶはその少年が、親から虐待を受けていたのではないか、だからこそ子供を入浴させた綿引氏に対して、引き取りに来た親が、逆恨《さかうら》みのような態度を見せたのではないかと考えたのだ。しかし虐待の事実はなかったようだ。少なくとも子供の身体にそうした痕跡はなかった。

「親御さんの失礼な態度は、ただ単に礼儀知らずな人だったってことでしょうね」とマスターも言う。「見ず知らずの家で子供がお湯をいただいて、着替えも着せてもら

っている。そういう状況にどう対応していいかわからず、むしろ自分と息子のプライベートな領域に踏み込まれたように感じて反発する。そういう考え方をする親も、世の中にはいるってことです」

「無理やりミステリっぽく考えなくてもいいですって」と大村も苦笑する。するとマスターが、

「いや、龍っちゃん、でも今の話の中で、おかしな部分があったでしょう」と言い出したのであった。大村はしばらく考えてから反応した。

「子供が池の中で足を引っ張られたって言い出したこと？」

マスターは無言のまま頷《うなず》く。

綿引氏は話の中で、実際に誰も足を引っ張ってなどいないにもかかわらず、溺れた人間はよくそんなふうに感じるという説明の仕方をしていた。聞き手である大村も、そういうものかもしれないと、そこは納得して聞いていた。しかしマスターにはそれと少し違った考えがあるらしい。

「えーっと、じゃあ実際に、誰かが池の中で足を引っ張ってたとか？」柴田少年が小声で言う。同じ商店街の住人同士、綿引氏と面識があるのかどうかは知らないが、今日はなるべく目立たないようにしているのがわかる。それでも推理には参加しようと

いうのだから、もはや病膏肓《やまいこうこう》であろう。しかしマスターは、「アクアラングでも着けて？」と柴田の推理を一笑に付した。それはそうだろう。

大村もひとつ思いついたことがあったので、思い切って口にしてみた。

「あの池って、俺らが子供のころからみんな釣りに行ってたから、実際にはもう何十年もの間、すごい数の釣り人が訪れていて、だから池の底には相当な数の、根掛かりした糸とか針とか錘《おもり》とかが沈んでるんじゃないかって。で、そういう根掛かりした釣糸が池の底で、藻《も》のように漂っていて、中にはひとつの仕掛けに針が何本も付いているような糸もあるだろうし、そういう仕掛けの場合は、根掛かりしている以外の針は水中を漂っていて、そういう針に、たとえばその子の靴紐《くつひも》が引っかかったとか、何かそういうことが水中で起きていて、それでその子は足を引っ張られたような感じがしたとか」

「そのお子さんが言ってたのは、足を引っ張られた、ではなく、足首を引っ張られた、だった。そうですよね、綿引さん」

「あ、ああ。そのとおり」

「その違いを、もっと大切にしないと」

「じゃあ靴紐じゃなくて、針が引っかかったのは靴下だったとか？　あるいは針じゃなくて糸が、足首に絡みついたとか？」と、いちおうは言い直してみるが、どうやらマスターの思いついた正解とは、すでに方向性が違っているらしい。

「僕はこう思うんですよ」とマスターが喋《しゃべ》り出した。

「綿引さんがこうやって、指を一本立てて何本だ、二本立てて何本だって聞いた後、その子が言い出したんですよね。『あし……くび』って。目の焦点がぼやけた状態で、綿引さんが『見えてるか』って声を掛けたときに。だからその子は、見えてます、こういうものが、というつもりで答えたんじゃないでしょうか。目の焦点がぼやけた状態だったというのは、目の前に差し出された指ではなく、もっと遠くのものを見ていたから。地面に寝かされた子供の目に、では何が映っていたのでしょう。ちなみにその子を寝かせたのは、その初野屋さんっていう小屋の脇ですよね？」

「ああ。池から上がったすぐのところには充分なスペースがないし、道路に寝かせるわけにもいかないから、道路を渡った駐車場のとこに寝かせるしかなかったもんで。

……それが？」

するとマスターは得意げな表情で、

「その駐車場には、綿引さんの車が停めてありました。車を停めて荷物を下ろしはじめたときに、子供が落ちて、助けたんですよね？　ということは、ハッチバックが開いていたと思うんですが。ですよね？　子供を助手席に乗せたってことは、荷物は後ろに積んでいたはずですし、竿なども下ろす予定だったという話でしたから、横のドアじゃなくて後ろのドアが開けられていたと想像しました。そのハッチバックのガラスに、店名が書かれているんじゃないですか？　《綿引釣具店》って」

「ええ」と綿引氏は頷く。

「外から見て《綿引釣具店》と読めるように書かれていた。それをドアが開いた状態で、下から見上げると、裏から見た状態になりますよね。鏡文字です。しかも寝かされていた位置からは、上下逆さまに見えたとしたら――」

「あ、まさか」

マスターはカウンターの下から紙を一枚取り出して、そこに《綿引釣具店》とマジックで大きく書いた。その紙を裏返し、上下を逆さまにして大村たちのほうに向けた。

すると裏面から透けて見えている五文字の中の、《店》という字が《足》に似た形に、《具》という字が《首》に似た形に、《引》はそのまま《引》という字に見えた。

「綿引さんの『見えてるか』という呼びかけに、その子は目に映った漢字を読み上げるという形で答えたのでしょう。『足、首』と。続いてさらに『足首をどうした』と聞かれたときに、この『引』という字が目に入った。なので一種の誘導尋問のような感じで『引っ張られた』と答えてしまった。単にそういうことではなかったかと僕は思うんですが、どうでしょう?」

まったく、どうしてそんなことを思いつくのだろう。大村にとっては、マスターのその思考回路こそが最大のミステリだった。

誘拐ミステリの世界

誘拐事件は現実にも起きている。「普通の誘拐」を描いてもドラマチックな作品には仕上がるだろうが、ミステリ作家はそこにさまざまなアイデアを加味して「虚構」ならではの面白さを追求する。

エド・マクベイン『**キングの身代金**』（ハヤカワ文庫）では犯人が誘拐する子供を取り違える。脅迫された富豪は、他人の子供のために身代金を支払うだろうか。

小林久三《こばやしきゅうぞう》『**錆《さ》びた炎**』（日文文庫）や斎藤栄《さいとうさかえ》『**水の魔法陣**』（集英社文庫）などでは、誘拐された子供が何日以内に治療を受けないと命の危険があるという設定で、タイムリミットの要素を導入。

誘拐されるのが常に子供だとは限らない。天藤真《てんどうしん》『**大誘拐**』（創元推理文庫）で誘拐されるのは大富豪の刀自《とじ》（お婆ちゃん）。常識外れの刀自は、自身の身代金の額を五千万から百億円に吊り上げる。ユーモアミステリの傑作である。

岡嶋二人《おかじまふたり》も誘拐ミステリを得意としていた。『**あした天気にしておくれ**』『**ど**

87分署シリーズ
キングの身代金
エド・マクベイン・著
ハヤカワ文庫

大誘拐
天藤真・著
創元推理文庫

んなに上手に隠れても』『99％の誘拐』（いずれも講談社文庫）など、秀作・傑作が目白押し。「人さらいの岡嶋」の異名に恥じない活躍を見せている。

その他、定評のある作品を挙げるだけでも、笹沢《ささざわ》左保《さほ》『他殺岬』（徳間文庫）、大谷《おおたに》羊太郎《ようたろう》『複合誘拐』（光文社文庫）、西村《にしむら》京太郎《きょうたろう》『華麗なる誘拐』（トクマ・ノベルズ）、法月《のりづき》綸太郎《りんたろう》『一の悲劇』（祥伝社文庫）、原尞《はらりょう》『私が殺した少女』（ハヤカワ文庫）、芦辺拓《あしべたく》『時の誘拐』（講談社文庫）、東野圭吾《ひがしのけいご》『ゲームの名は誘拐』（光文社文庫）、真保裕一《しんぽゆういち》『誘拐の果実』（集英社文庫）、歌野晶午《うたのしょうご》『世界の終わり、あるいは始まり』（角川文庫）と枚挙に遑《いとま》がない。最近では、連城《れんじょう》三紀彦《みきひこ》の『造花の蜜』（角川春樹事務所）が誘拐事件を扱っていて、先の読めない展開と意外な真相が大きな話題となった。

野沢尚の『リミット』（講談社文庫）は、誘拐事件の捜査にあたっている女性刑事が、犯人グループによって自分の息子を誘拐されてしまう。相手は本気だ。要求に従わなければ息子の命は本当に奪われてしまう。女性刑事は犯人の指示通りに行動せざるを得ない。さらに後半の展開は、読者の予想をいい意味で裏切ってゆく。女性版「ダイ・ハード」とも称されたアクション小説の要素を融合させた、誘拐ミステリの秀作である。

（「本とも」２００９年６月号掲載）

99％の誘拐
岡嶋二人・著
講談社文庫

リミット
野沢尚・著
講談社文庫

7　転居通知と名刺

1

　五月の第三日曜日。扇町《おおぎ》商店街で昼食を済ませた大村龍雄《おおむらたつお》が、いつものように蒼林《そうりん》堂《どう》古書店に行くと、奥の喫茶コーナーにはマスターの他に、二人の先客の姿があった。一人は常連客の柴田五葉《しばたごよう》くん。商店街の柴田電器店の息子で、高校二年生である。もう一人は木梨《きなし》くんといって、柴田とは同じ高校のクラスメイトという間柄。大村が会うのは今日で三度目になる。柴田に連れられて木梨少年が初来店したのは二週間前、ゴールデンウィーク中のことだった。

　蒼林堂はミステリ専門の古書店である。常連客の柴田も当然、ミステリを愛読している。高校二年生に進級した柴田が、同じクラスに同好の士を見つけて親しくなるまでに一ヵ月。五月に入ってようやく、木梨をこの店に連れてきたという次第である。

二週間前の木梨の初来店時には、大村も居合わせていたのだが、棚をぎっしりと埋め尽くした本の品揃えに目を輝かせていた少年は、百円以上の売買をした客に一杯の珈琲《コーヒー》がふるまわれるというこの店独自のサービスも、いたくお気に召した様子だった。以来日曜日には毎週欠かさずに来店している。

「こんにちは。すっかりこの店の常連になったね」

大村がそう声を掛けると、照れたように頭を掻《か》きながら、

「あ、どうも。お邪魔してます」

語尾が上がる関西訛《なま》りでそう言って、眼鏡の奥の元から細い目をさらに細める。決してイケメンではないが、愛嬌《あいきよう》のある顔立ちである。その手には四六判の本が一冊握られていた。カウンターに置かれた黒い空箱には、赤い字で『黒死館《こくしかん》殺人事件』とタイトルが書かれている。

「今日は『黒死館』か。しかもハードカバーの箱入りで」

「そうです。桃源社版です。松野一夫《まつのかずお》の挿絵がいいんです」

そう言って、買ったばかりの本を胸にぎゅっと抱きしめる。

「読むだけなら、もっと安い文庫版もあるんですけどね」と口を挟《はさ》んだのは、カウンターの内側にいるマスターだった。「講談社文庫の上下巻のやつとか、教養文庫のや

つとか、現役本だと創元推理文庫の日本探偵小説全集の小栗《おぐり》の巻にも収録されてますし。あとポケミス版も、たしか棚にあったはずです」

「でも敢《あ》えて、その箱入りのやつを選んだと。それがいちばん高いんじゃないの？」と言った後に、いくらだったかを教えてもらった大村は、思わず「うわっ」と声を出してしまった。三十九歳の大村でも、その金額を出すのはためらわれる。

「とにかく古い本が好きなんです」というのが当人の弁。「それに他の文庫版とかは、他の店で買えるかもしれませんし」

自分に言い聞かせるように少年が語る。するとマスターが、

「そうそう。値段が高いってことは、それだけ希少価値が高いってことで、なかなか補充がきかないんですよ、店側からすると。木梨くんみたいなお客さんばかりだと、売上は上がるけど、いいものばかり抜き取られていって、棚の品揃えがどんどん悪くなっていってしまう。だから痛し痒《かゆ》しといったところです。龍っちゃんや柴田くんとは違って、最終的に店に売り戻してくれるわけでもないですからね」

「おう、そういえば、これがまだだった」と大村は手にしていた本を二冊、カウンターに置いた。「こっちが売るやつで、こっちが今日買うやつ」

「はいはい。毎度あり」

大村は日曜の午後、この店のカウンター席で長居をするのが常だった。一冊の本を買い、まずは珈琲をいただいた後、買った本を最後まで読んで、店に売って（戻して）帰るのである。柴田少年も同様の利用法をしていた。しかし大村も柴田もここ二週間は、買った本をその場で読み切ることができずに、家に持ち帰って続きを読む羽目になっていた。店で本を読み切る必要のない木梨くんが、大村たちにあれこれと話し掛けてくるのである。それならそれで大村たちも別に困らないので（売るのが当日であろうと翌週であろうと、店の買取り額は変わらないので）、ならばミステリ談義で大いに盛り上がろうと、今日などは最初からそのつもりで来店している。

「僕、自分が読んだ本は、パソコンにインストールしたソフトと同じやと思うんです」と木梨くんが言う。「何かあったときに、インストールした媒体が手元にないと、復旧できないじゃないですか。本も同じで、読んだはずのことがうろ覚え状態になったときに、本が手元にあればすぐに確認できますけど、そうやなかったら、もやもやした感じをずっと抱えたままになるんやないかって。それがあるんで、僕、自分が読む本は絶対に買って読むようにしてますし、読んだ本は絶対に売らないようにしてるんです」

「うん、わかるわかる」と大村が応じる。「特におじさんぐらいの年齢になると、そういう思い出せないことって、しょっちゅうあるからね。でもそういうときは、マサに電話すれば、だいたい答えてくれるし、マサがわかんないときでも、ここまで来て調べるのに歩いて五分もかからないんで、わざわざ自分の家に、ここよりしょぼい本棚を持つ必要がないっていうか」

「ボクなんか歩いて一分だもん」と柴田少年も言う。「自分の本棚って、そりゃ欲しい気持ちはあるけど、でもここにこれだけの本が揃ってるんだもん。あとボク、いずれはこの店ごと、買い取るつもりでいるし。だから木梨さー、その前に、あんまりいい本ばかり抜いてかないでよ」

「僕はたとえ図書館の隣に住んでても、欲しい本があったら買いますよ。好きな本ってやっぱ、自分の家の本棚に並べたいじゃないですか。コレクター心理言いますか。この店ごとは無理やとしても、がばっと大人買いできればいいなって思いますよ。ああ、早く大人になりたい」

男四人でそんな話をしていたところ、表の戸が開閉される音がしたので、いったん会話が途切れる。柴田が回転椅子の上で背を反《そ》らし、店の入口のほうを確認してから、「お、木梨、ついに来たぞ」と小声で言うのが聞こえた。どうやら茅原《ちはら》しのぶが来たらしい。おそらく「もう一人、美人の常連さんがいる」とか何とか、話題にしていたのだろう。木梨が緊張した面持《おもも》ちになったのが、何だかおかしかった。

2

「こんにち……あら、初めまして」

そう言って現れた茅原しのぶは、ひいらぎ町小学校の先生をしている二十四歳。目を惹《ひ》くような美人である。昨年の四月に東京から引っ越してきて以来、蒼林堂にちょくちょく顔を見せるようになって一年余。最初の頃は、一度に十数冊も大人買いしていくことが多かったが、ここ半年ほどは、来店の頻度《ひんど》も月に一度のペースに減り、本も一冊だけ買っていくか、もしくは一冊だけ売りに来たりと、売買の程度も控え目になっている。

「茅原先生、こいつ、ボクの同級生の木梨です。ミステリが好きだっていうんで連れて来たら、すっかりここが気に入っちゃって――」

という柴田の紹介で初対面の挨拶が済んだところで、しのぶはカウンターに一冊の本を載せた。財布から小銭を取り出しているので、今日は本を買いに来たらしい。大村が横目で確認すると、島田荘司《しまだそうじ》の『展望塔の殺人』（光文社文庫）であった。

「これって、雅《まさ》さんは読まれてます？」

会計を終えて珈琲の支度を始めたマスターの背中に、しのぶが語り掛けるのも、いつものことである。

「ええ。茅原さんが読まれてなかったのが意外です」

「短編集にはけっこう読み逃しているのがあって。……雅さん的にはどうです？　本の評価としては」

「えーっと、『展望塔』以外に何が入ってましたっけ？」

さすがに短編集の収録作までは憶えていないらしい。しのぶが目次を見て、

「えー、『緑色《りよくしよく》の死』『都市の声』『発狂する重役』『展望塔の殺人』『死聴率』『D坂の密室殺人』の六つです」と言うと、

「あー、はいはい」と納得した様子。各短編のタイトルを聞けば内容が思い出せるらしい。「『展望塔』は東京の高島平《たかしまだいら》に実際にある団地を題材にしてますし、『死聴率』は田宮二郎《たみやじろう》の自殺にヒントを得て書かれています。島田荘司のそういう社会派的な一面も確認できますし、あと『都市の声』ってのが凄いんですよ。若い女性が読んで楽しいかどうかは別として。……東京に住んでいる若い女性が主人公で、彼女の行く先々で電話が掛かってくる。たとえば雑貨屋の店先にある公衆電話が突然鳴り出して、

店の人が不審な表情で出た後、あたりをキョロキョロ見回して、あなたにですって急に受話器を差し出してくる。わけがわからないまま電話に出てみると、誰だかわからない相手は、たしかに自分のことを知っている。そういうことが何度も繰り返される。家に帰れば家の電話が鳴り出す。そういう電話を使った、一種のストーカーに追い回される話です。書かれたのはストーカーという言葉がまだなかった時代ですし、携帯電話もまだなくて、自宅以外では電話に煩《わずら》わされないのが普通だった時代。それなのに主人公はどこにいても、見えない相手からの電話に怯《おび》えて生活しなきゃならない」

「うわあ、それって、怖いですね」

そこまで強烈な話だったら、読んでいれば絶対に憶えているはずである。あらすじを聞いても思い出せないということは、大村も読み逃している可能性が高い。

「しのぶさんも気をつけないと」と、大村はとりあえず思ったことを口にした。「今は独り暮らしなんですよね？」

「あ、はい。でもとりあえず今は、そういう変な電話は着信拒否ができますから」

そう言って微笑《ほほえ》んだ後、不意に表情を曇らせて、

「でも一回、怖い目には遭ったことがあります。去年の夏、夜の七時ごろだったんですけど、部屋でぼんやりとテレビを見ていたら、いきなり玄関のノブがガチャガチャ

って言い出して。鍵が掛かってたから大丈夫だったたんですけど、もし鍵を掛け忘れてたらと思うと――」と言って身を震わせる。

「で、結局、どうなりました？」と大村が続きを促《うなが》すと、

「いえ、十秒か、十五秒か、それぐらいだったと思うんですけど――その、音がしてたのが。それが突然ぴたっと止《や》んで、あとは何事もなかったようにシーンとして。結局それだけだったんですけど。でもそれ以来、何だか怖くて、家にいるときには必ずドアには鍵の他に、チェーンも掛けるようにしています」

「そういえば、テレビで見たことがあるんですけど」と柴田少年が発言した。「泥棒が――空巣って言うのかな？　とにかくピッキングで、一分だか何分だか、自分で決めた時間があって、その時間内に鍵が開けられなかった場合には、すぐに諦めるようにしてるんだって、その番組では言ってました。だから先生のところに入ろうとした泥棒も、きっとタイムオーバーで諦めたってことですよね。でも十五秒って。相当アレですよね。全日本の空巣チャンピオンだったとか」

「空巣じゃないでしょう」と大村は言った。疑問に思う点があったのだ。「時間が短かったこともそうですけど、それ以前に、空巣狙いだったらまず最初にすることがあるはずです」

「あ、そうか」と言ったのは木梨少年だった。自分のような新参者がこの場で発言してもいいものかといった感じで、おどおどとしながら、「空巣だって、むやみに部屋の住人と鉢合わせをしたくはない。だから部屋が無人かどうかを、まずは確認するはず……です……よね？」

「そうそう」と大村が話を引き取って、「しのぶさんの部屋は、チャイムですか？　それともインターホンですか？」

「チャイムです。玄関のすぐ外にあります」

「でも鳴らなかった。といっても壊れていたわけではない」

「ええ。……ということは？」と言う彼女の表情はさらに曇っている。空巣狙いでなかったとしたら何なのか。さらに悪いことを想像しているのだろう。

「その前に、いくつか質問させてください。しのぶさんの住んでいるのはマンションですよね？　何階建ての何階ですか？」

「えーと、五階建ての四階です」

「四階の何号室ですか？」

「四〇三号室です」と答えながら、しのぶは怪訝《けげん》な表情を見せた。部屋番号がどうして必要なのかと思っているのだろう。

「では先に犯人の正体を言ってしまいましょう」大村がそう言ったとき、珈琲の支度をしていたマスターがちらっとこちらを振り返り、一瞬だけ目が合った。何か言いたげな表情だったが、しかし今さら止めようがない。

「犯人は五〇三号室の住人です」

大村がそう言ってから、一瞬の間があって、聞き手の三人が同時に「ああ」と言葉を洩《も》らした。

「つまり、階数を間違えたってことですね」

「そうです。実は俺もついこの間、やっちゃったことがあるんですけど、鍵穴に鍵を挿して回そうとしたんだけど回らない、あれ、おかしいなと思って、ふと違和感を感じて周りを見ると、ああ、五階じゃなくて四階だったって気づいて――俺もマンションの五階に住んでるんですよ。やべえ、他人の家のドアを開けようとしてたって気づくまでに、やっぱり十秒とか十五秒とか、かかったように思います。で、慌てて鍵を抜いてその場から逃げ出しちゃいました。中にその部屋の住人がいたら、しのぶさんと同じように怖い思いをしただろうと思います」

多分自分の推理は合っているだろうと大村は思っていた。しのぶも納得した様子で、

「言われてみれば、多分そういうことだったんだろうと思います。安心しました。あ

りがとうございます」と頭を下げた。そこにマスターが珈琲のカップを出しながら、

「いや、龍《た》っちゃんの言うのは、あくまでも可能性のひとつに過ぎませんし、そうじゃない可能性もまだあります。下手に安心しないほうがいいのではないかと。若い女性の独り暮らしですから、警戒はし過ぎるぐらいでちょうどいいでしょう」

なるほど、先ほどのチラ見はそういうことだったか。大村と同程度の推理はマスターもしていたのである。

3

一件落着の雰囲気になったところに、

「でも龍っちゃん、実は健康を気にしてたってこと?」

マスターが不意にそんなことを言い出した。

「え、どういうこと?」と聞き返すと、

「だって階数を間違えるってことは、エレベーターじゃなくて、階段で五階まで上がってたってことでしょ?　違うの?」

「いや、それがそうじゃなくて――」

普通にエレベーターで上がろうとしたときに、と言いかけて言葉を詰まらせる。そ

ういえば今の自分の話にはおかしな点があった。そのことに改めて気づかされたのである。

大村が住んでいるマンションは八階建てで、各階に部屋は四戸ある。といっても一階は駐車場になっているので、部屋があるのは二階から上で、それが七層あるので全部で二十八戸。

マンション一階の入口は道路から見て左手にある。ガラスのドアがあるがロックはされておらず、誰でも中に入れるようになっている。ドアを入ると左手に各戸の郵便受けが並んでおり、通路の突き当たりにエレベーター、それと向かい合うように階段がある。二階から上の各階の構造はどのフロアも同じで、エレベーターを降りて正面に階段、左手には通路が伸びており、その左右にドアが二つずつある。

八階建てなので、エレベーターの箱に入ると階数指定のボタンは八つある。二列になっていて、左側が下から順に一から四まで、右側が同様に五から八までのボタンが並んでいる。だから大村が五階を押したつもりで間違って四階を押すということは、そのボタンの構造上、あり得ないのである。

大村は確かに五階のボタンを押した。しかしエレベーターは四階で止まった。まさか自分が指定したのと違う階でエレベーターが止まってドアが開くわけがないと思い込んでいたからこそ、大村はそのフロアに降り立って、自分の五〇一号室と間違えて、四〇一号室のドアに鍵を挿し込んだのだった。

なぜ五階のボタンを押したのに四階で止まったのか。大村はその点を深く考えていなかった。会社ではよくある間違いだったからである。しかしそれは、四階のフロアに人がいて、エレベーターの「▲」のボタンを押して待っていた場合である。大村が間違えて四階に降りたとき、ホールには誰もいなかった。

そういったことを他の四人に説明した後、改めて自問する。

「何であのとき、エレベーターは四階で止まったんだろう？」

マスターに言われるまで、そういう疑問すら抱かなかった自分の迂闊《うかつ》さには、もはや呆れるしかない。

「可能性としては、四階で誰かが上に行くのボタンを押したってことだけですよね」

と柴田が常識的な推理をすると、

「ボタンを押して、なおかつその人がそこから消えたってことですよね」としのぶが後に続く。「エレベーターに乗ろうとした四階の人が、忘れ物を取りに自分の部屋に戻ったとか」

「だとしても変なんですよ」と柴田が首をひねる。「そもそもマンションのエレベーターって、一階以外の場所で、上に行くボタンって、普通は押さないものですよね。たまたま同じマンションに知り合いが住んでるとかでない限り」

「つまり今までの話を総合すると」と大村がまとめる。「四階に住んでいる人が五階以上のどこかに住んでいる知り合いに会いに行こうとしていた。でもボタンを押してから不意に忘れ物を思い出して部屋に戻った。そこに一階から上がってきたエレベーターが止まって、たまたま乗っていた俺が階数を間違えて降り立った。そういうことかな」

「納得してないみたいだね」とマスターが言う。「龍っちゃん自身にそういう経験はない？　途中の階で上に行くボタンを押したってことは」

「そういえば一度だけ、四階で降りたことがあって――」

「だからそのときのことは除外して」

「あ、そうじゃなくて。それとはまた別なときに一回だけ。うん。これもつい最近のことなんだけど、郵便物の誤配があってね。ウチの郵便受けに、四階の四〇四号室の人宛の封筒が間違って入ってたことがあって」

「それをわざわざ届けに四階で降りた？」

「ううん。そこまでする必要もないと思って、一階に降りて、四〇四の郵便受けに入れといた。本当はそれだけで済んだんだけど、そのポストに書かれていた名前と、郵便物の宛名が違ってたもんで、あれって思って。ちょっとした好奇心から、じゃあ表札はどうなってんのかなと思って、四階で降りて確認してみたんだけど」

「名前が違ってた？」

「うん。たしかポストのところには『石田《いしだ》』って書かれていて、四階の部屋の表札も同じだった。でも郵便物の宛名は、『涼風《すずかぜ》』っていう苗字《みようじ》で――」

漢字の字面も含めて説明する。

「下の名前は忘れちゃったけど、たしかタクヤとか、そんな感じだったと思う。単身者用のマンションなんで、そういう苗字の二人が同居してるってことはない。実際、二人で暮らすには狭すぎるしね。住人はおそらく一人。でも名前は二つ。これはどういうことだろうって……。それでね、本当はいけないことと思いつつ――その郵便受けの名前を書いた紙、こうやってポケットみたいなところに上から入れるようになってるんだけど、その入っている紙が名刺の裏を使ってるようだったもんで、それを抜き出して、確認してみたんですよ。そうしたら――どうだったと思います？」

気を惹くように質問をしてみたところ、マスターが、

「そのどちらでもない名前が書かれていた、とか？」

と言う。悔しいことに、正解を言われてしまった。

「うん。マサの言うとおりで、名刺には『古畑《ふるはた》』なんとかって第三の名前が書かれていた。だからいったいこの人はいくつ名前を持っているんだろう？　どれが本名なんだろうって」

4

「問題の四〇四号室って、実は半年ぐらい、郵便受けの差し入れ口にテープが貼られていて、空室だったんだけど、新年度の開始とともにそのテープが剝《は》がされていたから、ああ、誰かが越して来たんだなって思って。だからまだ二ヵ月も経《た》ってないんだけど、そういうことがあったんで、いやー、もし困った人だったらどうしようって、実際、気にはなってたんだよね」

三つの名前を持つ転居人の謎。はたして解けるのだろうか。

「第三の名前は、候補から外してもいいと思います」と言ったのはしのぶだった。

「社会人って、よく人から名刺を貰いますよね。で、郵便受けのところに入れる紙に名刺の裏を使うとサイズ的にちょうどいい、でも自分の名刺は裏に何か印刷されていて使えない、あるいは個人情報のことを心配したのかもしれませんが、だったら人から貰った名刺でいらないものを使っちゃおうと。そういう可能性が考えられると思います」

大村自身もその可能性は考えていた。『古畑』某は除外できるとして、しかし『石田』某と『涼風』某の二つは実際、四〇四号室の人間が両方ともそう名乗っているのである。

「その郵便が、前にその部屋に住んでいた人宛のものだったとか？」

「いや、前に住んでたのは田中《たなか》さんって人で、だからそれはない」

「離婚して苗字が変わった可能性は——男の人の場合は、滅多にないと思いますけど」

「離婚して転居したのなら、新しい住所宛に郵便物を出した人が、新しい苗字を知らないってのも変な話で。転居通知を受け取っていればわかりますよね、そういうことって」

柴田少年としのぶがそれぞれアイデアを出してくれたが、どちらもすでに大村によって検討され、否定されたものだった。

「ちなみに龍っちゃん、その郵便物の誤配っていうのは、いつごろの話？」

「えーっと、今月に入ってからかな？　ゴールデンウィーク中だったと思うけど」

「じゃあさっきの、エレベーターが四階で止まって降りちゃったってのは？　どっちが先？」

「そっちのほうが先かな？　四階で間違って人の部屋のドアをガチャガチャさせたのは、たしか四月の終わりぐらいだったと思う。たぶんそれから一週間ぐらいして、『涼風』さん宛の郵便物が誤配されて——あ、まさか、それらが関係してると？」

大村がその発想に驚いて聞き返すと、マスターはいつもとは違って、やけに渋い表情を見せていた。

「ちなみに龍っちゃんは、あのマンションに住み始めて何年になる？」

「えーっと、七年——いや、八年かな？」

マンションに住み始めたのは、離婚したのと同時期なので、実はあまり思い出したくないのである。

「八年間も住んでいて、エレベーターを四階で降りたのが二回だけ。その二回とも、わずか一週間の間の出来事で、四〇四号室に謎の人物が引っ越して来てからのこと。それらの間に関係があると考えても、無理筋じゃないと思うけど。……ちなみに今回は、これが正解だと言えるような推理は、特にないです」とマスターは最初に断ってから話し始めた。

「いちおう思いついた仮説というのが二つあって、そのどちらにしても、以下の点では共通しています。『古畑』という第三の名前については、茅原先生の推理を採用するとして、残りの二つの名前をそれぞれ名乗っている一人の人物がいると。で、郵便物の誤配は、実はその人物が仕組んだものであると」

「え」と思わず声が出てしまった。しかし言われてみれば、それなりに納得できるところがあるのが不思議だった。

「なぜ俺に対してそんなことを？」と聞いてみると、

「龍っちゃんに対してだけではない。同じマンションに住む複数の相手に対して――ことによると全住人に対して、同じように誤配を装って自分宛の郵便物をこっそり入れていたのではないかと、僕は思っています。といっても封筒はひとつだけあれば足ります。龍っちゃんがそうしたように、たいていの人は誤配に気がついたときに四〇四の郵便受けに入れておいてくれますから、使い回しができます。そうやって次々と違う部屋の郵便受けに入れている。だから他の部屋の住人も、龍っちゃんと同じように、四〇四号室の住人が、表札に出ている名前と届いている郵便物の宛名が違うということに気づきます。不審に思って四〇四号室の前まで行った住人もいるでしょう。でもドアの前に立っていても何がわかるわけでもない。だから自分の部屋に戻ろうと思って、エレベーターで上のボタンを押します。八階あたりに停まっていたエレベーターが下りてくる。でも四階で止まらずにそのまま下に行ってしまいます。あ、誰かが帰ってきて一階でボタンを押したんだ、ということは、その人が四階以上の部屋に住んでいたら、ここで鉢合わせをする。上の階に住んでいる自分が四階で何をしてたんだと不審がられるのは嫌だ。というわけでその場を離れます。一方、一階でエレベーターに乗り込んだ住人はどうなるか。他の階で降りるつもりで乗ったのに四階で止まってしまう。箱の階数表示を見ていれば違う階で止まったことに気がつきますし――あるいは八階とかだったら乗っている時間が普段と大きく違うから気づく可能性も高かったでしょうが、五階の住人の場合にはそういうヒントも与えられていない。そのまま四階で降りてしまう。というのが、龍っちゃんの経験したことの説明になってますよね」

なるほど。そうして考えると腑《ふ》に落ちる点が多い。

「あと残っている謎は、四〇四号室に越してきた住人が、何を目的として、郵便物の誤配を装って他の部屋の郵便受けに『涼風』宛の郵便を入れたりしているのかという点ですが、二つの仮説が考えられます。ひとつは自分が『石田』という本名の他に『涼風』某という別名を持っているんだと、近隣の住人に積極的に教えたかったという説。二つの名前を持っていること自体は謎ではありません。本名とは違った名前を持っている人というのは――たとえば芸名ですね。あるいはペンネーム。そういった有名人としての、別の顔を自分は持っているんだぞと、同じマンションの住人たちに気づいてもらいたかった。下の名前がわかれば、インターネットで検索して、そういう名前の芸能人がいるとか作家がいるとか、わかるんですけど。まあ、そうやって人に知られたいと思っているところからして、実際は逆に、ほとんど無名な人なのではないかと思うのですが。でも本人は有名人気取りで、いやー知られちゃいましたか、みたいに困った顔で応対したい気持ちがある。……という想像は、ちょっと意地悪なものなので、第二の仮説のほうを言います。こっちのほうが少しはマシだと思いますので。この場合、郵便物の誤配は一回だけ、本当にあった――少なくとも本人はそう思っていた、というのがミソです。届くはずの郵便物が届いていない。実際、郵便事故というのは意外とあるもので、僕も二度ほどやられているのですが――というのはさておき、四〇四号室の住人にとって、郵便事故で紛失したという説明では納得できなかった。どうしても手に入れたい。他に考えられる可能性として、マンションの入口には郵便受けがずらりと並んでますから、これは誤配の可能性がある、間違って受け取った他の住人がガメてしまったと、そういう可能性を考えたとしても不思議はない。そんな不心得者の住人はいったい何号室にいるんだ。見つけ出してやる。そう考えて一部屋ずつ、自分宛の郵便物を入れて、ちゃんと自分のところに返してくれるかどうかを確認している。たまたま届くはずだった郵便物の宛名が、本名ではなく『涼風』という別名のほうだったので、確認の郵便にもそちらの名前を使っている……。というような仮説も考えてみました。虚栄心を満たしたいという第一の仮説よりは、こっちのほうが、まだマシな気がしますが、どうでしょう」

「すごい。名探偵みたいですね」と、木梨くんが、まるで夢を見ているような表情になっていた。

「ここはそういう店なんだ」と、柴田少年がなぜか得意げに胸を張る。今までカウンターの隅でおとなしくしていた黒猫の京助《きょうすけ》も、同調するように「みゃあ」と小さく鳴いた。

林雅賀のミステリ案内――7

共同住宅が舞台のミステリ

海外から「ウサギ小屋」と貶《けな》されたこともある日本の住宅事情。国内で「館」を舞台にした本格ミステリが人気なのは、現実の貧しい住環境からの逃避心理の表れかもしれない。しかし現実の「ウサギ小屋」を舞台にした国産ミステリにも、それなりの歴史がある。

「ウサギ小屋」の代名詞「団地」が日本に登場した昭和三十年代、横溝正史《よこみぞせいし》はいち早く**『白と黒』**（角川文庫）という団地ミステリを著している。アパートなどの共同住宅は大正時代からあり、江戸川乱歩《えどがわらんぽ》の短編集**『屋根裏の散歩者』**（角川ホラー文庫）の表題作のように、同じ規格の部屋に住んでいるからこそ他の住人の生活を覗《のぞ》きたくなる心理も、ミステリでは常に描かれてきた。女性専用の大規模アパートを舞台にした戸川昌子《とがわまさこ》**『大いなる幻影』**（講談社文庫）を筆頭に、山田風太郎《やまだふうたろう》の**『誰にも出来る殺人』**（光文社文庫『眼中の悪魔』所収）から折原一《おりはらいち》の**『天井裏の散歩者』**（角川文庫）まで、アパートを舞台にしたミステリというのは、国内ですでにひとつの系譜をなしている。

白と黒
横溝正史・著
角川文庫

亜愛一郎の狼狽
泡坂妻夫・著
創元推理文庫

同じ規格の部屋が並んだ共同住宅は、トリックにも利用できそうだ。部屋番号に「4」を使わないなどの定番ネタ以外にも、泡坂妻夫《あわさかつまお》の「**曲った部屋**」（創元推理文庫『亜《あ》愛一郎《あいいちろう》の狼狽《ろうばい》』所収）のようなひねったアイデアの見せ方もある。歌《うた》野晶午《のしょうご》の「**ドア↑↓ドア**」（講談社文庫『放浪探偵と七つの殺人』所収）では、共同住宅が舞台だからこそ成立する犯人の隠蔽工作が特に印象深い。

歌野晶午はデビュー作『**長い家の殺人**』（講談社文庫）でも、「館」という夢舞台に異質な「ウサギ小屋」的発想を持ち込んだ点に妙味があった。推薦者の島田荘司も実はその点にこそ惹《ひ》かれたのではないか。島田は『**北の夕鶴2/3の殺人**』（光文社文庫）や『**眩暈《めまい》**』（講談社文庫）で、普通のマンションを舞台に選びつつ、まるで「館ミステリ」のような詩美性に満ちた謎を提示している。短編集『**展望塔の殺人**』（光文社文庫）の表題作では、公園の観光施設である展望塔（一種の「館」的存在）で起きた単純な殺人の背景に、団地という「ウサギ小屋」の住人たちの屈折した心理を重ね合わせている。両極端のように思われる「館」と「ウサギ小屋」は、島田の意識の中で通底しているのだ。

（「本とも」２００９年７月号掲載）

放浪探偵と七つの殺人
歌野晶午・著
講談社文庫

展望塔の殺人
島田荘司・著
光文社文庫

8　鉄道模型の車庫

1

六月の第四日曜日。梅雨入り宣言から一週間以上が経つが、その間にまとまった雨は一度しか降っていない。かといって晴れの日が多いわけでもなく、空は連日の薄曇り。今日も降雨確率は三〇パーセントと微妙な数字で、大村龍雄《おおむらたつお》は迷った末に、傘を持って外出した。

自宅マンションから徒歩五分。扇《おおぎ》町商店街の中村屋でまずは昼食を取り、後はいつものように蒼林堂《そうりんどう》古書店へと足を運ぶ。

商店街から一本入った脇道沿いにひっそりと店を構えている蒼林堂は、ミステリ専門の古書店である。書棚に囲まれたトンネルのような通路を抜けた先には、L字型のカウンターに回転椅子が四脚だけという、こぢんまりとした喫茶コーナーがある。店で百円以上の売買をした客には、ここで一杯の珈琲《コーヒー》がふるまわれるのである。大村が入店したときには、カウンター席に先客が二人いた。柴田《しばた》くんと木梨《きなし》くん。男子高校生の二人組で、大村とも顔馴染《なじ》みの間柄である。

「あ、大村さん、こんにちはー」「こんにちはー」

「や、どもども。二人とも早いね」

柴田五葉《ごよう》は二年前から蒼林堂に通っている常連客で、一方の木梨潤一《じゅんいち》くんは初来店が先月という、まだ新参の客である。

先客二人と挨拶《あいさつ》を済ませた後、大村が二冊の本をカウンターに置くと、

「いらっしゃいませ」

ノートパソコンに向かっていたマスターが、大村のほうをちらっと見て、作業の手を止めた。

大村は毎週日曜日の昼食後に、この蒼林堂を訪れるのが習わしとなっていた。適当に本を選んで購入し、まずは食後の珈琲をいただく。買った本は、以前はカウンター席で最後まで読み切った後、店に戻して（売って）手ぶらで帰宅するのが常だったが、最近は常連客同士の会話が弾《はず》んで最後まで読み切れないことも多い。そういう場合には、本を家に持ち帰って最後まで読み、翌週の来店時に持参して店に買い取ってもら

う。今回カウンターに出した二冊のうちの一冊がそれであり、もう一冊はもちろん、今週読むために買う本である。

「こっちが売るやつで、こっちが今日買うやつね」

先週も先々週も同じ買い方をしているし、マスターとは二十年来の付き合いである。黙って出してもわかってくれるとは思ったが、いちおう説明の言葉を添えてみる。

マスターの林雅賀《はやしまさよし》は四十歳。もとは文部省で官僚をしていたのだが、当時から書評などの副業をしていたのが問題となり、だったら好きな仕事をやりたいからと言って退職。地元の棗《なつめ》市に帰って来て、潰れた自転車屋の店舗を買い取って改装し、念願の古本屋を開いたのが五年前のこと。大村はマスターとは高校時代の元同級生という間柄であり、だからつい、ぞんざいな口の利き方をしてしまう。それに対して、

「こちらは……二十円で買い取らせていただきます。それを差し引いて、では百八十円のお支払になります」

マスターも本来は、元同級生の大村に対して、くだけた口の利き方をするのだが、何かの折りに、ときどきこんなふうに丁寧な喋り方をすることがある。

大村は会計を済ませた後、柴田少年の隣席に腰を落ち着けたが、手に持っていた傘が邪魔になった。柄の曲った部分をカウンターの端に掛けてみても、自重で滑り落ち

てしまう。

「ああ、傘立ては入口に出してあります」

とマスターに教えられたが、入口まで戻るのが面倒くさい。結局、足元にぽいと放り出してしまった。それを見て、

「大村さんって、意外と横着《おうちゃく》者なんですね」

柴田少年がくすくすと笑う。

「雨が降ってりゃ、傘立てに入れ忘れてここまで持って来ることもなかっただろうに。何だよこの天気は」

「濡《ぬ》れた傘を店内に持ち込むのは、やっぱり本を愛する人間として避けたいという思いが、無意識のうちに働きますからね」

「傘を畳んで傘立てに入れ、ポケットからハンカチを取り出して服の水気を取る。入店するのはそれからだな。雨の日は」

「まさに古本屋のお客さんの鑑《かがみ》ですね。……実際に大村さんがハンカチで服を拭《ふ》いてる姿、ボクは見たことありませんけど」

「ま、ハンカチなんか持って出たためしはないけどな」

そんな無駄話をしている間に珈琲が出される。マスターはパソコンに向かって作業

を再開したため、話には加わってこなかったが、大村たち三人は雑談でしばらく盛り上がった。

「やっぱ見取図があると、わくわくしますね」と関西弁のイントネーションで言うのは木梨少年である。檜山良昭《ひやまよしあき》の『山之内家の惨劇』という本が気になっているのだが、見取図がない。代わりに今日買ったのは水野泰治《みずのたいじ》の『武蔵野殺人$\sqrt{4}$の密室』という本で、こちらはちゃんと見取図がついているという。

「門前典之《もんぜんのりゆき》の『建築屍材』とかは？」と大村が尋ねると、

「はい。もちろん新刊で買うてます。あの最初のトレーシングペーパーの図面、いいですよね。あとミステリじゃなくても、ちくま文庫の『建築探偵の冒険』とか――建築探偵言うても、篠田真由美《しのだまゆみ》さんじゃないですよ。あ、もちろん篠田さんの桜井京介《さくらいきょうすけ》シリーズも、買うてますけど」

　木梨がそう言った途端、店の奥から「にゃおん」と猫の鳴き声が聞こえてきた。

「お前じゃないよ」と柴田少年が笑いながら言う。マスターの飼猫は京助《きょうすけ》という名前である。

「あとちくま文庫で、『二笑亭綺譚《にしょうていきたん》』っていう本も出てて――たしか泡坂《あわさか》さんの『乱れからくり』に、シュヴァルの理想宮と一緒に紹介されてた建物ですよね、二笑亭って。そんな感じでどんどん買う本が増えていって」

「館とか、建築物に興味があるんだ」と大村が聞くと、

「ええ。できれば将来は、そういう関係の仕事に就きたいと思うてます。建築士とか」

「なるほど。ノーウッドの建築士か」自分ではうまい洒落《しゃれ》を思いついたと思ったのだが、少年二人の反応が薄かったので補足説明をする。「木梨だから、木が無い、だからノー・ウッド」

「あ、なるほど」と柴田少年がぽんと手を叩き、木梨も、

「それ、いいですね。じゃあ僕、将来自分の事務所が持てたら《ノーウッド建築事務所》って名前つけます」と嬉しそうだ。

「ノーウッドの建築士」というのは、シャーロック・ホームズの登場する短編の題名である。そういった説明なしで話が通じるところが、趣味を同じくする者同士の良いところだ。

「隠し部屋とか作ったり？」と柴田少年が言うので、

「最低でもワカイ学生服店からは依頼が来るぞ」と大村も悪ノリする。さすがに意味がわからなかったのか、木梨少年はきょとんとした表情を見せた。

2

一時間ほどして、表の戸が開閉する音がした。馴染みのない客が入ってきたときには、常連同士の雑談は自重するよう、マスターに言われていたので、大村が椅子をずらして通路の向こうを確認すると、入ってきたのは茅原《ちはら》しのぶだった。

「しのぶさん」と大村が小声で正体を伝えるまでもなく、彼女はすぐに喫茶コーナーへと姿を現した。

「こんにちは。……雅《まさ》さん、今日はこれ、買取をお願いしたいのですが」

そう言ってしのぶがカウンターに差し出したのは、小峰元《こみねはじめ》の『ディオゲネスは午前三時に笑う』（講談社文庫）だった。

「うわ、懐かしい」と思わず声が出てしまう。小峰元といえば、大村たちが中高生のころに活躍していた作家である。昭和五十年代の新刊ミステリの多くがサラリーマン向けで（いわゆる社会派ブームというやつである）、中高生が読むとかなり抵抗を感じる作風だった中、小峰元の青春ミステリは、すんなりと読める数少ない作品のひとつであった。題名に歴史上の偉人名が入っているのが特徴である。

しかし本を受け取ったマスターは渋い表情で、

「これだと……良くて十円しか付けられませんが……」

しのぶが「十円⁉」と当惑の表情を見せたのに対し、

「当時すごく売れた作家さんですから、今でもそのへんの古本屋さんにけっこうゴロゴロしてるんですよね。うちにも在庫がまだ三冊ぐらいあります。その三冊が売れて、さらにこれが売れてくれないと、うちとしても買い損に終わるだけです。だから高い値段は付けられない。それでもいいですか？」

「ええ。お願いします」と、しのぶは潔かった。「珈琲がいただけないのは残念ですが」と言いつつ笑顔を見せるのは、けなげでさえある。大村の知る限り、しのぶの売買金額が百円に満たなかったのは、これが初めてであった。

「何かお買いになれば……」とマスターが勧めても、笑顔で首を横に振るばかり。すると突然、いちばん奥の席に着いていた木梨少年が立ち上がり、書棚に囲まれた通路に入っていったかと思うと、一冊の本を手にして戻ってきた。檜山良昭の『山之内家の惨劇』である。

「僕、やっぱりこれ、買います。……で、珈琲のサービスを、茅原先生に回していただけませんか？」

「まあ」としのぶは驚いた表情を見せる。「そんな――」

「もともと買おうかどうしようか、迷っていたんです」

「わかりました」とマスターが瞑目《めいもく》して深く頷いた。本当は二冊目を買ったからといって二杯目の珈琲が飲めるわけではないのだが、木梨少年の男気を買ったのだろう。

「どうぞ、お掛けになってください」と、大村の隣席をしのぶに勧めて、さっさと珈琲の準備にかかる。

「あの……ありがとうございます」しのぶがカウンターの反対端に座る木梨少年に向かって、ぺこりと頭を下げると、

「いえいえ、どういたしまして」と言う木梨は、照れた表情で顔を少し赤くしている。

「でも、どうしたんですか。セドリですか？」と大村がしのぶに質問すると、

「いえ。もともと小峰さんの本は、中学生のときに一通り読んでいたんです。読書好きの従姉《いとこ》が近所に住んでいて、そこで借りて読んだんですけど——」

大人になって、改めて小峰作品を集めようと思い立ったが、その過程でついダブらせてしまったのだという。

「タイトルがどれもこれも似たようなものですから、古本屋で見かけたときに、あれ、これって持ってたかしら、持ってなかったかしらって迷って、えーい買っちゃえと思って買ったら、やっぱり持ってたみたいで」

「ああ、わかります」と大村は何度も頷いた。「意外と冊数があるんですよね。初期の『アルキメデス』や『ピタゴラス』ならわかるんですけど、『ディオゲネス』あたりになると、そもそもどういう人かもよく知らないし」

そういえば当時――別に小峰作品とコラボしたわけでもないだろうが、野坂昭如《のさかあきゆき》がウィスキーのCMで、ソクラテス、プラトン、ニーチェ、サルトルなどといった哲人たちの名前を織り込んだ歌を歌っていたのを思い出す。小峰作品に『ソクラテス最期の弁明』と『プラトンは赤いガウンがお好き』の二作があるので、両者の記憶は大村の中で分かち難く結びついている。

しかし大村が勢いで、くだんのCMソングを披露《ひろう》してみても、案の定というか、マスター以外の人間には通じなかった。高校生の二人はもちろんのこと、しのぶにしてもまだ二十四歳……。それもそうか。昭和は遠くなりにけり。

「とにかくソクラテスとプラトンがあって……クレオパトラもありましたよね。あと忘れちゃならないのが、ノベルスの上下巻で出た『ユークリッドの殺人学原論《ストイケイア》』。結局文庫化されなかったんだ」

「まだまだあります」とマスターが話に加わってくる。「名前が挙がってないのは、ヘシオドス、パスカル、イソップ、ヒポクラテス、ポセイドン、ホメロス、ソロン

「……」指を折りながら名前を挙げていくが、どうも何かが足りない様子。

「あれじゃない？　一冊だけ、毛色の違ったのがあったけど」と大村がサジェスチョンするが、

「『親不孝のすすめ』だろ？　それは外してある。それとも文春で出た『ソロン』か？　それはもう入ってるし。えーっと」と言って、アルキメデスから何度も指を折って数え直すのだが、一冊だけどうしても出てこない。

「諦めろマサ。四十歳の記憶力はそんなもんだ」と言うと、

「龍《た》っちゃんだって同い年だろ」

「ははーん。俺はまだ三十九歳」

「そうか。早生まれだったね」と勝手に納得するので、

「早生まれじゃねえって。辰年だから龍雄じゃなくて、親父がドラゴンズファンだったからって、何度も説明しただろ」

これだから四十路《よそじ》の記憶力はあてにならない。

「はい。あちらのお客さんからです」

マスターが木梨のほうを手で示しながら、しのぶの前に珈琲のカップを置いた。

「ありがとうございます」という彼女の返礼は、マスターと木梨少年の二人に向けら

れたものだった。

3

「結局、『ディオゲネス』ってどんな話でしたっけ？」

途中で話が拡散してしまったが、もともと大村はそれを知りたかったのである。小峰作品を全部読んだかどうか、自信はないが、少なくとも『ディオゲネス』はたしかに読んだという記憶がある。問題は、内容がまったく思い出せないことだ。

「主人公の男の子が彼女に誘われて、ラジオの公開録音に行ったら、チンピラふうの浪人生に絡まれて、主人公がチン浪って渾名《あだな》を付けたんですけど、その人がのど自慢に飛び入りで参加したら、すごい人気が出ちゃって、番組のレギュラーになって――」というしのぶの説明では何も思い出さなかったが、

「鉄道事故、ラブホテル」というマスターのたった二言のキーワードには、引っかかるものがあった。

「あ、そうか。たしか主人公のお姉さんが鉄道事故に遭《あ》って、誰だかわからない男の人と抱き合って死んでて、相手の遺族の妹だか何だかっていう女の子が訪ねて来て、それで彼女と二人で仲良く推理をする――鉄道事故で死んだ二人が実際にはどんな関

係だったかを探る、みたいな——」

「うーん、微妙に違ってるけど、まあだいたい、そんなような話ですね」とマスターが言う。「事故で死んじゃうのは主人公のお姉さんじゃなくて、その不倫相手ですが」

「そういえば、高校のころ、片想いをしていた同級生の女の子と仲良くなるためにはどうしたらいいかって考えてて、それでうちの親と彼女の親がたまたま同じ電車に乗り合わせてて、その電車が事故って二人とも親が死んじゃったら、同じ遺族仲間ということで彼女と仲良くなれるんじゃないかって、ひどいこと考えてた時期があった。それが混じってたみたいだな」

「っていうか、龍っちゃんのその妄想の元となったのが、この本ってことなんじゃないのかな。まあそんなこと、滅多に考えるもんじゃないとは思いますけど」とマスターに注意されるまでもなく、不謹慎な妄想だったことは大村も自覚していた。

「いくら想像であっても、そんなひどいこと、考えてほしくないです」と、しのぶも渋い表情で大村を非難する。そこでふと、何かを思い出した様子で、

「そういえば、去年の今ごろだったと思うんですけど——女の人って、ヒールの高い靴とかを履いてて、ただでさえ階段とかを上り下りするのに危険だったりするじゃないですか。雨が降ったりすると、駅の階段とかも滑りやすくなってて、本当に危ない

と思うんですよ。それで去年のことなんですけど、わたしがよく乗り降りするひいらぎ駅で、雨の日に女の人が階段で足を滑らせて、下まで落ちて大怪我をしたっていう事件があったんです。鉄道事故じゃないんですけど、駅のホームで起きた事故ってことで、それで今、ふと思い出したんですけど——」

するとマスターが不意に「知ってます、その話」と言って、しのぶの話に割り込んできた。「実はうちの弟が、そのときたまたま現場に居合わせてまして——」

「そうだったんですか！」と、しのぶは驚きの表情を見せた。「いえ、わたしは別に、その場に居合わせてたわけじゃなくて、後から駅でそんなことがあったって人から聞いて、それでわたしも気をつけなきゃって思っただけなんですけど——」

しのぶのほうは、自分の生活エリア内で起きた事故の現場にマスターの身内が居合わせていたという事実に、ことさら運命的な何かを感じている様子だったが、

「そうですか。本当にお気をつけください」というマスターの言い方はどこか機械的で、二人の間には相変わらず、微妙な温度差があるように見受けられた。

大村は場の雰囲気を変えようと思って、適当に思いついたことを口にする。

「鉄道って、決められたレールの上を走るだけのものだから、何て言うか、他の乗物と比べても自由度がやたらと低いよね。でも、だからこそ、ミステリには向いている

というか――多いよね、鉄道ミステリって。時刻表を使ったアリバイ工作もそうだけど、それ以外にもいろいろと」

「現実にミステリー列車ってのもありますよね」と柴田少年が話に乗ってくる。「行き先がわからないやつ」

「それをさらにミステリ作家は、消してしまったりとかね」

「貨物列車の途中の一両だけが消えちゃうとか」

「あれはすごいよね」と大村は同意する。本当はその手順も含めて、どこがどうすごいのかを話題にしたいのだが、その作品をまだ読んでない人がいたら問題なので、具体的な話ができないのがもどかしい。

　すると木梨少年が突然、こんなことを言い出したのである。

「僕、そういえば最近、実際に列車が消えてしまうって謎に遭遇したばかりなんです」

　毎週日曜日に男四人で雑談をしているときには、特にそういった話題が出ないのに、どういうわけか、月に一度のペースで茅原しのぶが来店したときに限って、誰かが経験した「日常の謎」がこうして話題となる。

「……て言うても、本物の列車じゃなくて、消えたのは鉄道模型の車両なんですけど」

「ああ、Nゲージとか？」と大村が聞くと、

「じゃなくて――プラレールです」と恥ずかしそうに言う。

Nゲージは本物の車両を約一五〇分の一に縮小した、リアルな造形が売りの鉄道模型である。大人の鉄道ファンがジオラマを作って列車を走らせていたりする、アレである。

一方のプラレールは、一般には子供向けの玩具として理解されている（だからこそ木梨くんは先ほど、恥ずかしそうなそぶりを見せたのだろう）。列車は基本的に三両編成で、各車両もやたらと寸詰まりにデフォルメされている。青いプラスチック製のレールを繋《つな》いでレイアウトを作り、そこに電池式の列車を走らせて遊ぶのだが、実はそれ以前の、レールを繋いでどんなレイアウトを作るかというところに、面白さの本質がある。

「うわ、懐かしい」と思わず声が漏れてしまったのは、大村にも幼少時にプラレールで遊んだ記憶があったからだ。

「懐かしいって――そんな昔からあったんですか？」

「あったあった。俺らが子供のころにはすでにあったから、もう三十年とか四十年と

かのロングセラー商品ってことになる。なあマサ。お前も憶えてるだろ。……今もあるんだよね?」

「ええ、おもちゃ売場に行くと、今でも売ってます」

恐るべし、プラレール。男の子なら誰でも一度は遊んだことがあるはずだ。自分では持ってなくても、友達の家に行けば誰かが必ず持っている。それだけ優秀な玩具ということである。

「その列車が……消えた?」と話を元に戻すと、

「ええ。組み立てたレールの上を走らせてたんですが、部屋をちょっと空けた隙に、どこかに消えてしまったんです」

4

木梨少年が、幼少期に遊んだ思い出のあるプラレールに再びはまったのは、高校に入ってからだという。

「基本的には直線とカーブという二種類があって——カーブは八本繋げるとちょうど円になるんですけど、その二種類のレールが基本で、あとはポイントとか高架とかがあって、それらを組み合わせていくとかなり複雑なレイアウトができるんです」

円軌道を作ってただ単純にぐるぐると列車を走らせているだけでは面白くない。分岐ポイントと合流ポイントを組み合わせて、たとえば同じレールを先ほどとは逆方向に走らせてみたり、限られた空間の中でいかに複雑な走路を作れるか——レイアウトの作成には、一種のパズル的な面白さがあるという。

「僕の部屋は六畳ですけど、実際に使える床面積は三畳ぐらいしかない。そこでレイアウトを組むとなると、基本的にはカーブの連続になります。しかも上に上に積み上げていって、結果的に、かなりの高層建築が出来上がったりします」

なるほど。そこで建築好きという部分と繋がるのか。

車両が寸詰まりなので、実際の列車では曲れないようなカーブでも曲れる。だから狭い面積でもレイアウトが作れるのだ。

そこでふと思いついた疑問を口にする。

「あれ、だとすると、Nゲージってどうなってるんだろう。あれは実際の車両をそのまま縮小したみたいな形でしょ。だとすると本物の列車と同じような、ゆるーいカーブしか曲れないはずだけど、それだとかなりな広さが必要になるし」

「龍っちゃんはあれだ、車輪の車軸が全部平行に並んでる、梯子《はしご》みたいなシャーシを想像してるんだろう。たしかにそれだとレールが曲ってたらすぐに脱輪する。でもそうじゃないよ。車両自体は四角い箱で、うーん、ラップの箱を想像してもらえばいいと思うんだけど、あれはたしかに曲らない。でもその下に四輪の台車がいくつか並んでて、それらがけっこうな可動域を持ってたりする。だからプラレールの三両編成のあれの上に、ラップの空き箱を被《かぶ》せてみたようなものを思い描いてみればいい。箱自体は曲らないけど、その内側で、一両目、二両目、三両目がぐねぐねと曲っている。極端に言えばそんなふうにして、Nゲージの車両はカーブを曲ってるんです。……って、それはともかく、今はプラレールの車両消失事件の話だから」と言って、マスターが木梨少年にバトンを戻す。

「はい。レイアウトを組んで500系の新幹線の模型を走らせて、それを見ているうちに、急にトイレに行きたくなったんです」

列車を停めればよかったのだが、高層化した構造の奥のほうに入って行ったところだったので、手が届くような場所に出てくるまで待っていられずにトイレに立った。五分ほどして部屋に戻ると、500系の車両の姿がどこにもない。iPodで聴いていた音楽を停め、イヤホンを耳から外して確認してみたが、列車のモーター音はどこからも聞こえてこない。構造の奥のほうで停止しているのかと最初は思ったのだが、最終的にレイアウトをばらしてみても列車は見つからなかった。

「脱線してどこかへ行ってしまうことは、まま、ないことやないんですけど、でも壁にぶつかってウーウー唸《うな》ってるのが普通です。そういう音すらしないってことは、スイッチが切られてるってことやないですか」

スイッチレバーは三両編成の先頭車両の上部にある。四段階に分かれていて、レバーをいちばん前に倒せば高速走行、二番目が低速走行、三番目がモーターは稼動中だが動力が車輪に伝わっていない状態で、レバーをいちばん後ろに倒すとスイッチがオフになる。

「何かにぶつかれば――たとえば高架の下をくぐるときに高さが足りなかったりすると、レバーがぶつかって後ろに倒れてスイッチが自動的に切れるとかいうことはあるんですけど――」

今回はレール上のどこにも車両の姿がない。脱線したとしても床の上を走るだけなので、捜索範囲は限られている。しかし思いつく限りの場所を探しても、三両編成の500系車両は見つからなかった。

「あの……、木梨くんの家では、何かペットを飼ってたりしません？」と質問したのは茅原しのぶだった。木梨少年は黙って首を振る。自分がペットを飼っていれば、彼にしても、まずはそれを疑っただろう。

「そのとき家にいたのは？」と大村が質問すると、

「僕一人でした。ただ、消えた車両を探しているときに、母親が買物から帰ってきましたけど」

「木梨くんの家は、バリアフリーですか？」と質問したのはマスターだった。木梨が頷くと、

「これはあくまでも可能性のひとつとして考えていただきたいのですが――」と前置きをして、マスターが推理を披露する。

「部屋の中を探しても見つからなかったということは、部屋の外に走って行ってしまったと考えてみるべきでしょう。トイレに行くときに部屋のドアは開けっ放しにしてませんでした？」

「してました」

「脱線した列車はドアを抜けて、どこに向かいます」

「廊下を真っ直ぐ行くと、突き当りは玄関ですけど。え、でも……まさか!? 最終的にはそこも探したんですけど」

「玄関には靴が脱ぎっ放しになっている。上がり框《かまち》に踵《かかと》を向けて揃えてある。そこに列車が飛び込んだらどうなります？　靴は爪先に向けて高さが低くなってますから、

レバーが引っかかって後ろに押し戻されて、モーターは停まりますよね？　そのとき玄関に出ていた靴の中は調べました？」

「いえ。でも玄関に出ていた靴なら、次の日に履くときに――あっ、そうだ！」と、そこで何かを思い出した様子。「あの日は朝から雨やったんで、学校には普段履かないレインブーツを履いて行ったんです。それで帰宅して、プラレールで遊んでたんですけど、そういえば探してるとき玄関にあの靴がなかった。……お母さんが片付けたんや！　下駄箱の中に」

「靴の中に列車が入っていることに気づかないまま」

「あの日からずっと雨の日がなかったもんで、レインブーツはずっと下駄箱の中に入ったままや。うわー、そこかー」

「あくまでも可能性のひとつとして――」とマスターが注意をしようとするが、木梨はすでに聞いていない。

「言うても、それしかないですわ。下駄箱かー。母さんかー。またお前かー」とひとしきり喚《わめ》いた後、「家に帰ったらいの一番に下駄箱開けてみます。絶対、そこに入ってる思います。下駄箱やー。……箱の底には希望が残っていましたとさ」

「あっ」と声を上げたのはマスターだった。「そうか。思い出した。小峰元の思い出せなかったやつ。パンドラだ。『パンドラの恋愛能力共通一次テスト』だよ」と、マスターもスッキリした様子である。

その題名を言われても、大村には自分が読んだことがあるかないかがわからない。しみじみ「年は取りたくないな」と呟《つぶや》くしかないのだった。

鉄道事故とミステリ

世に鉄道ファンは数多く、鉄道ミステリも洋の東西を問わず数多く書かれている。その中でも特に今回は「鉄道事故」を扱ったミステリに対象を絞って紹介したい。

列車を凶器として考える犯人がいる。被害者の身体を鉄路に横たえておけば、決められた時刻に通過する列車がそれを轢《ひ》いてくれるというわけだ。大阪圭吉《おおさかけいきち》の『**とむらい機関車**』（創元推理文庫）の表題作では、人体ではなく豚が轢断《れきだん》の被害に遭《あ》う。犯人はなぜ毎週盗み出した豚を列車に轢かせるのか。高木彬光《たかぎあきみつ》の『**人形はなぜ殺される**』（光文社文庫）で列車に轢かれるのは、人体を模した人形である。一方、島田荘司《しまだそうじ》の『**夜は千の鈴を鳴らす**』（光文社文庫）では過去の事件として、線路から五十メートル以上離れた民家で起きた殺人事件の被害者の遺体を、わざわざ線路まで運び、列車に轢かせるという残虐な事件が語られる。

ミステリ界で島田といえばもう一人——島田一男《かずお》も、鉄道好きとして有名で

とむらい機関車
大阪圭吉・著
創元推理文庫

夜は千の鈴を鳴らす
島田荘司・著
光文社文庫

ある。『犯罪待避線』（徳間文庫。春陽文庫版では『座席番号13』）所収の「首を縮める男」や「顔のある車輪」では、轢断死体を用いたトリッキーな謎解きが展開される。

辻真先《つじまさき》も鉄道ファンとして有名である。『ローカル線に紅い血が散る』（徳間文庫）では、ローカル線が廃線となった直後にその線路上で被害者が轢断死体となって発見される。凶器となる列車自体がすでにないのにもかかわらず。この強烈な不可能興味が秀逸。

泡坂妻夫《あわさかつまお》「黒い霧」（創元推理文庫『亜愛一郎《ああいいちろう》の狼狽《ろうばい》』所収）では始発列車の通過により自動的に発生した黒い霧が街を覆う。転倒した推理が印象的な小品である。

小島正樹《こじままさき》の『十三回忌』（原書房）では、旧家の法要のたびに起こる事件が描かれているが、その一部として列車の不可解な脱線事故も扱われている。夏なのに雪が積もっていたと証言する運転手は何を見たのだろうか。

小峰元の『ディオゲネスは午前三時に笑う』（講談社文庫）では十数人の死者を出した列車の衝突事故が扱われている。姉の不倫相手の男性が事故で亡くなったのだが、姉の行動に不審な点を覚えた主人公は独自の調査を展開する。青春ミステリの「青春」部分に重点を置いたものが多い小峰作品の中では、もっとも「ミステリ」度が高い一冊である。

（「本とも」２００９年８月号掲載）

犯罪待避線
島田一男・著
徳間文庫

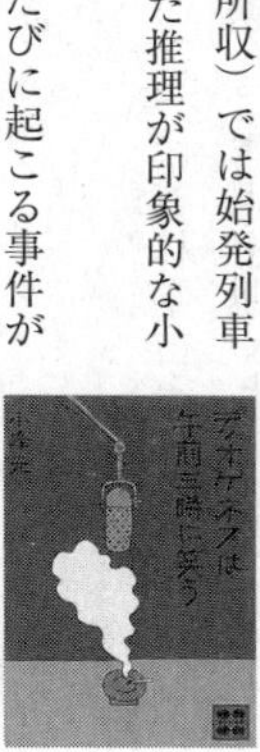

ディオゲネスは午前三時に笑う
小峰元・著
講談社文庫

9 謎の冷蔵庫メモ

1

七月最後の日曜日。

扇町《おおぎ》商店街で昼食を取った大村龍雄《おおむらたつお》は、いつものように蒼林堂《そうりんどう》古書店へと向かった。外の均一棚の前で立ち止まり、ふと引戸のガラス越しに店内を覗くと、通路の途中にいる茅原《ちはら》しのぶと目が合った。彼女もこの店の常連客である。引戸を開けて、

「こんにちは」と彼女に挨拶《あいさつ》をしながら店内に入った。「今日はいつもより少し早いですね」

「ええ」と微笑《ほほえ》むしのぶの顔は、健康的に日焼けをしていた。たしか去年もこの時期には、同じように日焼けをしていた記憶がある。小学校の先生も大変だなと大村は思った。茅原しのぶは、ひいらぎ町小学校で先生をしているのだ。

「あ、大村さん。服に染みが」

「えっ」と言って白いシャツを見下ろすと、胸のところに黄色い染みがついている。

「ああ、しまった。今日はカレーうどんを食べてきたんですよ。跳ねないように気をつけてたのに」

しのぶが一目見て気がついたことからもわかるように、その染みはけっこう目立つものだった。気を取り直して、

「ところで今日は、本を……買いに？」と話を変えると、

「ええ。ちょうど買う本を決めたところです」と言って、文庫の棚から一冊を引き抜いた。最後のページに鉛筆で書かれた売値を確認している。百円以上の売買をした客に対しては、奥の喫茶コーナーで一杯の珈琲《コーヒー》がふるまわれるのだ。大村も今日買う本を棚から適当に一冊引き抜いて、しのぶの後に続いた。

「こんにちは」

「いらっしゃいませ。お揃いで」

四畳半ほどの喫茶コーナーのうち、入口側から見て右手の二畳ほどが厨房になっていて、冷蔵庫や食器棚が右手の壁に沿って並んでいる。厨房の内と外を仕切るのはL字型のカウンターで、そのカウンターの内側に、この店のオーナー兼マスターの林《はやし》

雅賀《まさよし》がいた。大村の高校時代の同級生である。御年四十歳。いい年をしてお互いに独身なのは情けないが――ちなみに大村はバツイチだが、マスターは未婚である。

「大村さん、茅原先生、こんにちは」

カウンターの外側には、回転椅子が四つ並んでいたが、奥の二つはすでに先客で占められていた。二人とも高校二年生で、柴田五葉《しばたごよう》くんと木梨潤一《きなしじゅんいち》くん。柴田は二年前から、木梨は二ヵ月前からの常連で、日曜の午後をほぼ毎週、ここで過ごしている。大村も日曜の午後の常連客なので、高校生二人とはすっかり顔馴染みの間柄であった。茅原しのぶだけは間隔が違って、ほぼ月イチのペースだが、やはり日曜の午後に来店するので、当然、大村たちとも顔馴染みである。

それにしても――夏である。大村は改めて思った。

先ほどは、茅原しのぶがこの一ヵ月間にかなり日焼けしたなと思ったものだが、柴田はそれどころではない。たった一週間会わなかっただけの間に、すっかり真っ黒になっている。対照的に、木梨少年はまったく日に焼けていない。

「オセロだな」と言って笑った途端、二人の顔色が変わった。

「えっ、ど、どうしてわかったんですか!」と驚きの声を上げたのは柴田だったが、思わぬ反応に驚かされたのは、むしろ大村のほうである。何が「わかった」のかと思

っていると、

「違う違う」とマスターが笑顔でカウンターの内側から割って入った。高校生二人に向かって、「龍《た》っちゃんの言っているのは二人の見た目が、柴田くんは黒くて、木梨くんは白いから」

「ああ、そういう意味ですか」と言って柴田が笑顔を見せた。

「どういう意味だと思ったの？」と聞くと、

「実はさっきまで、ウチで二人で、オセロやってたんですよ」

「何で見抜かれたんやろ、思いました」と、その隣で木梨も眼鏡の奥の目を細めた。

彼の言葉には関西の訛りが入っている。

ようやく意味がわかった大村が、

「そんなの見抜けるわけないだろう。千里眼かよ！」

「大村さんはお昼、カレー食べましたね」

柴田から千里眼の仕返しをされてしまった。大村は自分のシャツを見下ろして溜息《ためいき》を吐く。しかしすぐに気を取り直して、

「でも柴田くん、一週間見ない間に、また黒くなったなー」

「プール行きまくりです。何たって、夏休みですからね」と柴田が得意げに言った。

サラリーマンの大村が悔しがるだろうと思って言っているのだろう。たしかに悔しい。

「反対に、木梨くんはぜんぜん焼けてないね」と言うと、

「ああ、木梨は焼いちゃ駄目なんです」という意外な答え。

「僕、皮膚がめっちゃ弱いんですねん」と本人からも説明があった。「腕とか背中とか、日焼けすると肌が真っ赤になって、それだけやのうて熱出して寝込んじゃうんです。子供のときから。だから今日も長袖ですし」と言って自分の格好を見せた。

「医者の診断書があって、プールは全部見学なんだよね」

そんな事情があったのか。大村は「大変だね」と言うことしかできなかった。

「……でも、屋内プールとかやったら、泳ぐことはできます」

「え、泳げるの、木梨」と柴田がびっくりした表情を見せる。

「うん。いちおう」

「だったら今度、一緒に市民プールに行こう。あそこだったら屋内プールもあるし」

と目を輝かせて言うと、

「うん」と木梨も嬉しそうに頷《うなず》いた。

2

「そうそう。とりあえず珈琲をいただかないと」

大村はそう言って、手にしていた本をカウンターに差し出した。マスターに言われた代金を支払って、柴田の隣席に腰を下ろす。続いて茅原しのぶの会計の番である。

「これ、お願いします」と言って、しのぶがカウンターに差し出したのは、森博嗣《もりひろし》の『夏のレプリカ』（講談社文庫）だった。マスターがそれを見て「おっ」という表情を見せる。最終ページの値段を確認しながら、

「これ、シリーズものの途中の作品ですけど――」

「わかってます」としのぶが答える。「犀川《さいかわ》&萌絵《もえ》シリーズもVシリーズも、わたし、いちおう全部読んでます。ただ、大学のときに、同級生でやっぱり森博嗣ファンの子がいて、お互いに本を貸し借りして読んでたんで、今になって改めて本棚を確認してみたら、半分ぐらい抜けてるんです。それで、じゃあ改めて買い揃えようかなと思って」

「わかりました。すみませんでした、差し出がましいことを」

「いえ。わたしのほうこそ、ついムキになってしまって」

カウンターを挟《はさ》んで、二人して頭を下げている。知り合って一年以上が経つのだが、相変わらずこの二人、波長が噛《か》み合っていないようだなと、大村はその様子をぼんやり眺めていた。

「ちなみに、いちおうこうして、栞《しおり》もついていますから」とマスターが表紙をめくり、そこに挟み込んであった栞をしのぶに見せた。帯ではなく、栞のあるなしをここで問題にするということは、出版時に作品独自の栞が挟み込まれていたのだろう。それがまだ残っていますと（そのぶん売値を若干高くつけていますと？）マスターは説明しているのである。

「どんな栞？」と興味を持って大村は覗き込んだ。

京極夏彦《きょうごくなつひこ》の本には『御祓済《おはらい》』の栞がついていたなあと思ったが、あれはノベルス版のときである。京極、森といったところは、大村もノベルス版で買っているので、文庫版でどういう特典がついているのか、彼は知らなかった。

「森博嗣の文庫の栞は――ノベルス版のときに表紙の折り返しのところに、ポエムみたいなのが毎回書いてあったじゃないですか。あれを印刷したものです。で、ほら、実はこの作品のポエムは、かなり意味深なんですよ」と言って、大村だけでなく、高校生二人組にも見える位置に栞を置いた。

繰り返すアルカロイド
登る雲と落ちる霧
生きている透明に包まれて
緑、黒、赤、白の順に
斜面を塗りかえる
組み立てられた春
取りかえられる夏
もう一度出せる秋
まだ見たことのない冬

全員が一通り確認し終えた頃合を見計らって、マスターが説明を始めた。

「これは」と手元の文庫本を指差して、「犀川&萌絵、つまりS&Mシリーズの一冊なんですけど、その後に発表したVシリーズの最終話が、『赤緑黒白《あかみどりくろしろ》』というタイトルなんです」

「このポエムと併せると、つまり、四季ってことか」と大村は唸った。「今の『四季』

シリーズにも繋がっている」

大村はその『赤緑黒白』も、発売時に読んでいたが、タイトルの意味をそこまで深く考えたことはなかったし、『夏のレプリカ』の時点でこんなふうに伏線が張られていたということも、まったく気づいていなかった。

「そうです」とマスターが頷く。「でも順番が、このときとは入れ替わっている。ここに書いてあるとおり、緑、黒、赤、白の順に春夏秋冬を意味してるなら、『赤緑黒白』は秋、春、夏、冬の順になります」

「ちなみに中国の陰陽五行思想でも、この四色は四季を表している」と大村がプチ雑学を披露する。「正確には赤青黒白だけど、日本では昔から、信号機とか植物とかの『緑』を『青』って言ったりするから、その二つをあえて同一視すれば、この四色は、やっぱり順番は違うんだけど、いちおう色的には陰陽五行とも一致する。陰陽五行だと、春夏秋冬の順に、青、赤、白、黒だよね。青い春、赤い夏ってね。だから日本でも『青春』という言葉がある。あと北原《きたはら》『白秋《はくしゅう》』とかね」

「でも『赤夏』？　とか『黒冬』とかって言いませんよね」と柴田が疑問を挟むが、それに対しては、

「赤じゃなくて朱色じゃないのかな？　『朱夏《しゅか》』ならあるじゃん。今野敏《こんのびん》の小説で。

朱雀《すざく》の朱。四神の。高松塚古墳の四方の壁に書かれている、守り神の」陰陽五行道で四方を守る神は東から時計回りにそれぞれ、青龍《せいりゆう》、朱雀、白虎《びやつこ》、玄武《げんぶ》となっている。高松塚古墳の四方の壁に描かれていたので一般的には知られているが、大村が四神を覚えたのは諸星大二郎《もろほしだいじろう》のマンガ『孔子暗黒伝』によってである。

「『朱夏』っていうのは、たしか宮尾登美子《みやおとみこ》の小説にもありましたね」とマスターが指摘した。書評家としても活躍しているだけあって、大村の知らない文学的知識もさらりと言ってのけるのは、さすがである。

「だとすると——冬は北で、玄武だから、玄冬？　ああ、幻冬舎の」と大村が脊髄《せきずい》反射的に言うと、

「それは字が違う」とマスターが苦笑した。

「そうか……。ところで、しのぶさん」と大村は茅原しのぶに質問をした。「その本を選ばれたのには、何か深い意図のようなものがあるんじゃないですか？」

「え……」としのぶは困惑顔を見せる。「意図って……？」

「だってその本って、あれでしょ？　ちょっと貸してもらえません？」と断って本を手元に寄せ、目次を確認する。「やっぱりそうだ。ほら、目次が偶数章しかない。奇数章はもう一冊の——何だっけ、えーっと、手品師のやつ」

『幻惑の死と使途』」とすぐにマスターが題名を言う。

「そうそう。そっちが奇数章ばかりで、要するにあっちとこっちが同時並行で、話が進んでいたっていう趣向の、二冊セットの本の片方ですよね、これ。偶数と奇数。一回おき。そうやって考えたときに、ふと思ったんです。しのぶさん、去年の暮あたりから、毎月一冊ずつ本を買ったり売ったりしている。それがどうも、交互だったような気がして。先月は小峰元《こみねはじめ》を売りに来ましたよね？　それで今月は森博嗣を購入。偶数月は本を売る月で、奇数月は本を買う月って、そこに何か法則性があるような気がして。それがたまたまじゃなくて、何か狙いがあってそうしてるんですよって、俺らに気づいてほしくて――俺らって言うか、マスターに気づいてほしくて、今回はこの本を選んだ。ヒントのようなつもりで。――そうじゃないですか？」

大村の話を聞いている間中、眼を丸くしていたしのぶが、

「そんなこと、まったく考えていませんでした」と言って苦笑した。どうやら大村の勘違いだったようだ。

3

大村としのぶのためにマスターが珈琲の支度を始めて、不意に訪れた沈黙を破るよ

うに、柴田少年がぽつりと呟いた。

「赤、緑、黒白か。……赤がなければ、オセロだよな」

なるほど、オセロの駒《こま》は片面が黒で片面が白。盤は緑色と相場が決まっている。赤を加えればまさに『赤緑黒白』である。

「結果はどうだったの？　二人の」と何気なく聞いてみると、

「ボクの完敗です。木梨に勝てないんですよ。どうしても」

「木梨くんは強いんだ、オセロ」

「そうですね。たいていの相手には勝ち越してますね」

「だから悔しくて、午前中ずーっとやってたんですけど——あ、そういえば、ウチのオセロって、駒に磁石が入ってて、鉄板でできてる盤に張り付くようになってるんですけど」

「あー、わかるわかる。マグネット式のね」

大村が子供のころにプレイしたのも、同じ形式の盤だった。

「だけど、今日久々に遊んでみたら、その磁石が中に入ってない駒がいくつかあったんですよ。全部で十個ぐらいかな？」

「ではその磁石を、誰が抜いたんか。何が目的なんか」と木梨が言い募る。「——てゆうのが問題です」

「木梨くんが出題してるってことは、木梨くんもその理由を知ってるってわけだ。柴田くんも当然知ってる」と確認すると、

「さいですわ」と柴田が怪しげな関西弁で答える。

「磁石が入ってない駒はどうなってるの？　あれって中に磁石を入れるようにして、白と黒のプラスチックを貼り合わせてあるわけじゃん。それをいったん剝がして、中の磁石を取り出してから、もう一回貼り合わせてあったってこと？」

「そういうことです」と柴田少年が頷く。

「だったら――」誰かが中に入っている磁石を欲しがった、ということではないのか。たとえば――。

「たとえば柴田くんのお母さんが、ああいう――」と、そこでマスターの後ろにある冷蔵庫を指差す。カバーのついた磁石で、何枚かのメモが留めてある。「メモを留める磁石として使うために、

「ちぇっ」と柴田が悔しそうに言った。どうやらいきなり正解を出してしまったらしい。

「息子ももう大きくなって、オセロもやらなくなったし、でも駒をそのまま磁石とし

て使うと磁力が弱いから、中身だけ取り出して使おうと。外側のプラスチックはもう一回貼り直しておけば、もし息子がまたゲームをやりたくなったときにも、とりあえず駒として使うことはできるし」

「んもー、そのとおりです」と言って、膨《ふく》れっ面をしていたのが、一瞬にして笑顔に変わる。「――って言うのは本番前の準備運動みたいなもんで、ここからが本番です」

そう言って、ポケットから紙片を取り出すと、カウンターの上に広げた。文庫本ぐらいのサイズの紙で、何やら汚い字でメモ書きされている。

「これが本題です。実はウチの母さん、急に実家のほうで用事ができて、今日は朝から出掛けてるんです。それで、木梨とオセロやってるときに電話が掛かってきて、今夜帰りが遅くなるって。だから昼と夜は自分で何か買って食べてって言ってたんだけど、できたらついでにスーパーで買物もしといてくれたら助かるって。買う予定の食材は昨日メモして冷蔵庫に貼ってあるからって言って、ボクは『わかった』って言ったんだけど、実際にメモを見てみたら、一部こんなふうに、自分だけわかればいいみたいな書き方になってて。……実は母さん、お祖父《じい》さんのお見舞いで病院に行ってて、だから携帯電話の電源も切られてて、今後も通じないと思うし、そこまでして買っておかなくても別に大丈夫っぽい感じだったから、わかったものだけ買っておくだけでもいいとは思うんだけど」

柴田少年がカウンターに置いたメモには、横書きで、次のように読める文字が書かれていた。

牛乳　食パン。
L玉　バラ肉。きゃべつ。
KP　うっつ。

「なるほど。L玉っていうのはLサイズの卵だろうね」

「そうそう。そんなふうにわかるものは、こっちに書き出しておいたんだけど」と言って、もう一枚のメモを取り出す。


牛乳1リットル。

食パン8枚切り。

玉子Lサイズ1パック。

豚バラ肉1パック。

キャベツ1玉。

「残っているのは、『KP』と『うっつ』の二つか」

「スーパーで売っているもので、母さんが『KP』とか『うっつ』って省略して書くようなものって、何があるかなって」

考えても解けるという保証はないし、別に解けないなら解けないままでもいい。今夜遅くに帰宅して、明日の朝食を作る際に、家にあれば助かるが、なければないで何とかなる――柴田の母親にとっては、きっとその程度のことであろう。

「結局、ここまで考えたところで諦めて、木梨とオセロの続きをやってたんだけど――これはさすがに師匠でも無理かなあ」

柴田が『師匠』と言うのは、マスターのことである。この店ではどういうわけか、常連が集まったときに限って、誰かが日常の謎を披露して、そこから推理合戦が始まるのである。それも大村と柴田と木梨の三人だけでは駄目で、必ずしのぶが来店したときに限られる。そんなとき、大村やしのぶや、あるいは高校生二人にしても、謎を解こうとそれなりに知恵は絞るのだが、最終的に謎を解くのは、結局はマスターであることが多い。

「はい。お待たせしました。珈琲です」

マスターが大村としのぶの前に、淹《い》れたての珈琲のカップを置いた。タイミングもばっちりである。いよいよ謎解きが始まるかと思いきや、マスターは「ちょっと探し物をしてきます」と言い置いて、厨房の端にあるくぐりを抜けて居住スペースのほうへと消えてしまった。不在の間は五分ほどであったか。

「あったー」と奥のほうから、マスターにしては珍しい大声が響いてきた。やがて姿を現したマスターの手には、古びたノートが一冊と、そしてもう一方の手には、半分に折り畳まれたオセロの盤が握られていたのである。

4

マスターがオセロ盤を開いてカウンターに置く。中から出てきたマグネット式の駒もバラバラと広げる。半分は白い面を上にしているが、その多くには、ひらがながそれぞれ一字、マジックで書かれている。

「さて問題です。この文字は誰が――というのは僕しかいないから別として、では僕が、何のために書いたのでしょう」

白い面に書かれたひらがな一字は、それぞれ違っているように見える。オセロの駒は全部で六十四、プラス予備が二個で、たぶん六十六個あるのだろう。中には文字が書かれてないものもある。文字が書かれているのは、おそらく五十個前後か。

「わかった」と大村は声を上げた。「文字が書かれているのは四十八個。いろは四十八文字。すべてのひらがなが重複なく書かれている。だとしたら、いろは歌を作るときに便利」

「そのとおり」とマスターが満面の笑みを浮かべる。「実は一時期、いろは歌を自分で作るという趣味に凝ったことがあってね。重複なく全部使い切るという条件を満たすためには、こういう駒があると便利だと思って、つい油性マジックで書いてしまったんだ。これを使って、たとえばこんな歌ができた」

そう言って、ノートの中ほどのページを開いてみせる。

あさやけむかへ　ひとりふせ
おそねをすれば　いぬのこゑ
ゆめにみてゐる　らうろまん
きよわなほくも　えつちした

「こんなふうに色々と作って遊んでたんだけど、このオセロ盤って八かける八で、下のほうが余るわけですよ、いつも。もちろん駒も余っている。そこでふと、この盤を使ってクロスワードパズルが作れるんじゃないかと思ってね。いろは四十八文字のクロスワード。すべての文字を一回だけ使うという条件のクロスワードって、けっこう難しいだろうと思ってね。ただ旧かなの『ゐ』とか『ゑ』とかは、クロスワードには使えないから、それを引いて四十六文字。文字数をできるだけ増やしたいから長音記号を入れて四十七文字にした。それでできたのが——おっと、これは実際にやってもらおうか」

そう言って、完成図の部分を隠して当該ページを開いた。

タテの鍵

1　不祥事などを公にしないこと。〇〇〇〇工作。
2　イタリア語。シリーズ。〇〇〇A。
3　〇〇〇もなく。気後れせず。ふてぶてしく。
4　爆発しないこと。
8　ヨコ13の本名。

10　やれ打つな、蠅が○○○○足をする。
12　鮎の稚魚。
14　攻撃の激しい部分。○○○○をかわす。
17　いきなり。○○○に。
21　風が○○とも吹かない。

ヨコの鍵

2　探偵小説家。翻訳家。○○○アキ夫。
4　水上を移動するための乗り物。
5　外見。服装。
6　クレラップなどを製造している会社。
7　みかんで有名な四国の県。
9　人脈。
11　物品をお金に換える担保。またはその商売。
13　江戸川○○○。
15　ルーパート・ペニー『○○○毒』。

16　進路。エリート○○。
17　からかうこと。
18　三角形の面積は、底辺かける○○○割る二。
19　マグロの美味しい部分。
20　検察庁が被告を○○する。
22　ラスト・クリスマスやフリーダムがヒット。
23　お前。「○○惚れ」の場合は自分。
24　殺人事件だ。警察を○○。

大村たちは、予備も入れて六十六個の駒を整理し、タテヨコの鍵に従って、パズルを作り上げていった。普通のクロスワードとは違って、黒マスが最初から用意されているわけではない。単語の終わった次のマスなどに適宜、白面に何も書かれていない駒を、黒を上にして置いてゆく。

やがて『いろはクロスワード』が完成した。

ね●てをする●へ
ふはつ●ー●そよ
●れ●ほこさき●
おくめん●か●ぬ
の●ひらいたろう
せりえ●ま●と●
●な●ちあゆ●む
もみけし●やにわ

「すごいな、これ」と大村はマスターを讃《たた》えた。クロスワードは解くよりも作るほうが大変だが、そのぶん楽しいと聞く。こんなしち面倒くさいパズルを、おそらくマスターは楽しんで作り上げたのだろう。

「ちょっと自慢したくてね。でも何の意味もなく、みんなに見せたんじゃないよ。オセロの話で思い出したんだ。このクロスワードを作っているときに、ここだけはどうにかならないかなって思ってた部分があって――固有名詞が――しかも『乱歩』とかじゃなくて――会社名って、美しくないでしょ。それがずっと記憶に残ってて」

「『くれは』のところだよね。それは俺も思った」と大村が応じるが、マスターは柴田少年のほうを向いて、

「呉羽《くれは》化学工業のクレラップか、あるいは旭化成《あさひかせい》のサランラップか――柴田くんの家ではどっちを使ってるのかな？」

「え……？　あ、まさか！」と柴田が声を上げる。大村も同時に理解していた。『うっつ』というのは『ラップ』だったのだ。柴田くんには悪いが、彼の母親の字は決して綺麗だとは言えないし、何より促音『っ』をひらがなで書いてあるのが悪い（あるいはそれも『ッ』と書いたのが『っ』に見えてしまっているだけなのかもしれないが）。そのせいで『ラ』と『フ』がそれぞれ『う』と『つ』に見えてしまったのであり、横書きでその一行上にある『バラ肉。』の句点のように見えていたのが、実は『プ』の半濁点であったのだ。

「その『ラップ』と、並べて書かれているところから考えて、この『ＫＰ』もそういった感じのものだと仮定すれば、あるいは『キッチンペーパー』じゃないかと思うのですが」

「それです、きっと」と柴田が目を輝かせている。大村もマスターのその仮説には充分な説得力を感じていた。

さて、一件落着とあいなったところで、大村が先ほどから感じていたことを、みんなに告げた。

「話は変わるんだけど——今日は俺だけ仲間外れだ。木梨くんと柴田くんは白と黒だし、マサは蒼林堂のマスターだから青あるいは緑。しのぶさんが紅一点の赤。俺を除いた四人で『赤緑黒白』が完成してる」

するとマスターが、

「いやいや、陰陽五行で考えると、四方に青赤白黒があって、あと一色、中央に黄色っていうのがある。で、龍っちゃんは今日、しっかりとその中央の黄色に位置してんじゃん」

そう言って大村のシャツを指差す。すっかり忘れていたが、大村の着ている白いシャツの胸元には、カレーうどんの汁が跳ねてできた黄色い染みが、点々とついているのだった。

大村たちの足元で寝ていた黒猫の京助《きようすけ》が、そのとき「にゃおん」と一声鳴いて自己主張をした。柴田がそれを聞いて「わかった、黒はお前に譲るよ」と笑顔で答えた。

名探偵と犯人の対局室

完全情報二人零和ゲーム。ゲーム理論の専門用語でそう呼ばれるタイプのゲームがある。二人で対戦するゲームで、ただしポーカーのように相手に伏せた手札があるようなものは除く。運の要素が除かれて、対局は完全な知恵比べになる。該当するのは将棋、囲碁、オセロ、チェスなど。ミステリにおける探偵と犯人の知恵比べが、そういったゲームになぞらえられることも多い。

将棋ミステリを得意としていた作家には、たとえば『**王将殺人**』（光文社文庫）などを書いた斎藤栄《さいとうさかえ》や、『**飛車角歩殺人事件**』（講談社ノベルス）などを書いた本岡類《もとおかるい》がいるが、山沢晴雄《やまざわはるお》の短編「**銀知恵の輪**」（日本評論社『離れた家』所収）では、たった一つ現場に残っていた駒が、犯人のトリックを暴く。精緻《せいち》に作られたロジックが見ものの傑作短編である。

竹本健治《たけもとけんじ》の創造した名探偵・牧場智久《まきばともひさ》は囲碁のプロ棋士である。牧場シリーズの中でも彼の初登場作『**囲碁殺人事件**』（創元推理文庫）は本格的な囲碁ミステリで、作者オリジナルの珍瓏《ちんろう》（大規模な詰碁）も作品に華を添えている。

離れた家
山沢晴雄・著
日本評論社

囲碁殺人事件
竹本健治・著
創元推理文庫

囲碁・将棋と比べてオセロはまだ歴史が浅く、ミステリでも扱った作例は少ない。恩田陸《おんだりく》『光の帝国　常野物語』（集英社文庫）に収録の「**オセロ・ゲーム**」は、人間を「裏返す」特殊な能力を持った敵と戦う超能力者の親子の物語。短編ではさわりだけだったが、後に『**エンド・ゲーム**』（集英社文庫）で物語の全貌が明らかになる。

恩田作品と同様に、ゲームが敵味方の対決の比喩として用いられた例は他にもある。エラリイ・クイーン『**盤面の敵**』（ハヤカワ・ミステリ文庫）やキャサリン・ネヴィルの『**8**《エイト》』（文春文庫。上下巻）、北村薫《きたむらかおる》の『**盤上の敵**』（講談社文庫）は、敵味方の対決がチェスの対局になぞらえられている。北村薫には「**六月の花嫁**」（創元推理文庫、双葉文庫『夜の蝉』所収）という短編もあるが、そちらでは実際にチェスの駒が登場。消えた駒に関する謎が鮮やかに解かれる。

森博嗣『**夏のレプリカ**』（講談社文庫）は、西之園《にしのその》萌絵の元同級生でチェス友達という女子学生が登場。『**幻惑の死と使途**』（同）のマジシャン殺人事件と並行して事件に関わることになった萌絵は、チェス盤を前にして、元同級生を巻き込んだ奇妙な誘拐殺人事件の謎を解き明かす。

（「本とも」２００９年９月号掲載）

エンド・ゲーム
恩田陸・著
集英社文庫

夏のレプリカ
森博嗣・著
講談社文庫

10 亡き者を偲ぶ日

1

サラリーマンにだって夏休みはあるのだ。ただし九日間だけ。

大村龍雄《おおむらたつお》はその貴重な夏休みの前半を、ひたすら怠惰に過ごしてしまった。いちおうお盆の当日には実家まで行き、長兄の家族とともに両親の墓参も済ませたが、あとはクーラーの効いたマンションの自室から一歩も出ないまま、気がつけば休みの日々はあっという間に過ぎていた。

そうして迎えた九連休の最終日。大村はいつもの日曜日と同様、蒼林堂《そうりんどう》古書店にいた。ただしいつもとは違って、午前十時の開店時から店にいるし、今日は喫茶コーナーのカウンターの内側に陣取っている。

実は前日の夜、店のオーナーである林 雅賀《はやしまさよし》から電話があり、

「龍《た》っちゃん、ちょっとお願いがあるんだけど。実は明日、出張買取の依頼が入ってさあ。正確に言うと、その見積りを出してほしいって依頼なんだけど。六畳間の壁のほとんどが本棚で埋もれてて、そこにぎっしりと詰め込まれた蔵書のほとんどがミステリだっていうから、それが本当なら三千冊ぐらいあるってことで、そうなると他の店は二の足を踏むだろうし、ぜひウチで買い取らせていただきたいって話になったんだけど――」

蒼林堂はミステリ専門の古書店である。ニッチな商売をしているため、《ミステリ専門、絶版本歓迎、出張買取ＯＫ。見積無料》といった広告を、県内の他の地区のタウンページにも載せている。それを見て電話が掛かってきたらしい。相手は片道一時間はかかる南部地区に住んでおり、見積りに一時間かかるとして、往復の時間も入れると全部で三時間。

「だけど日程の調整がつかなくて、向こうの都合でどうしても明日の昼間、来てほしいんだって。日曜のその時間帯は、龍っちゃんを始めとして、常連さんが来てくれる時間帯でしょ。それでどうしようかって思ってたんだけど、そうだ、もし龍っちゃんが明日、いつもどおりに来るんなら、ちょっと早めに来てもらって、僕の代わりに店番をしてもらえないかなあと。急な用件で悪いんだけど、もし都合がつくんだったら

――」

大村は林とは高校時代の同級生という間柄である。だからこその依頼であった。今週も日曜の昼食後にはいつものように蒼林堂に顔を出すつもりだった大村に、断る理由はなかった。

というわけで日曜日。家を出る時刻を二時間ほど早めて、午前十時前に店に着くと、すでにマスターはシャッターを開けて待っていた。許可を得て、初めてカウンターの内側に入る。いつもとは見える光景が一八〇度違うのが新鮮な感じに映る。黒猫の京助《きょうすけ》が咎《とが》めるように大村を見て「にゃおん」と一声鳴いたが、マスターが「今日はいいの。店番を頼んだんだから」と言い聞かせると、勝手にしろとでもいった感じでそっぽを向き、カウンターの隅で丸くなる。

「日曜のお客さんは、龍っちゃんも知ってる常連さんがほとんどだから、たぶん問題ないだろうとは思ってるけど、もしかすると、龍っちゃんの知らないお客さんが来るかもしれない。本を買いに来たお客さんだった場合には、本のここを見て――」

と言って手近な棚の本を何冊か引き抜いて裏表紙をめくる。文庫の最終ページの右上には鉛筆で値段が書いてあり、単行本の場合には短冊状の値札シートが貼《は》り付けてある。

「ここを見て値段を計算して、会計をしてほしいのと、あともう一点。この値札のシートが付いている本の場合には、それを剝《は》がして、ここにあるこの籠《かご》に入れといてほしいんだけど、値段が鉛筆書きされてる、こういう文庫本の場合には、そのままだと何を売ったか、記録が残らないんで――龍っちゃん、いまケータイ持ってる？　それって写メの機能ついてる？　ああ良かった。じゃあそれで、お客さんに売る前に本をこうやって写しといてもらえると、ありがたいんだけど」

在庫管理のためにそうしてほしいのだという。蒼林堂古書店の売り上げのほとんどは通販（インターネット販売）によるものであり、店舗で直《じか》に本が売れた場合でも、その結果を後日ネット上で公開しているカタログに反映させておく（品切れになった本を削っておく）必要がある。店舗で売り上げた本の記録を残しておかないと、その作業が不可能になってしまうのだ。

「あ、あと、もし本を売りに来たお客さんがいたら、そのときも写メで本を写してもらって、その画像を僕のケータイ宛てにメールしてほしい。そうしたら、それを見てこっちで値段を決めて返信するから」

「本を売りに来るって――茅原《ちはら》先生ぐらいかな？」

茅原しのぶは月に一度ほど来店する常連客である。ひいらぎ町小学校で教員をしているので『先生』と呼んでいるが、実際には大村たちよりも十五歳ほど若く——たしか八月生まれだという話を聞いた記憶があるから、すでに二十五歳になっているか、まだなっていないか、微妙なところだ。

「ああ、あと、柴田《しばた》くんもいるか」

日曜日の常連客には他に、柴田五葉《ごよう》と木梨《きなし》潤一《じゅんいち》という高校生の二人組がいて、彼らはほぼ毎週、顔を見せている。二人のうち柴田のほうは、大村と同様、蒼林堂で購入して読み終わった本を、翌週には店に売り戻すのを常としているので、彼がもし今日も来るようなら、その時点で買取が発生することになる。

「どっちみち、店を空けているのは今から三時間ほどで——午後一時ごろには僕も戻って来るつもりでいるから」

茅原しのぶも高校生の二人組も、たいてい顔を見せるのは昼過ぎなので、もし彼らが本を売りたいと言ったら、しばらくここで待たせておいて、マスターが店に戻ってから会計を済ませればいいだけの話だ。

「それじゃ、行ってきます。向こうで用事が済んだら、とりあえずその時点で電話するから」

「おう。任せとけってんだ」

大村はキッチンのくぐり戸を抜けて、マスターを玄関口まで見送った。鰻《うなぎ》の寝床のように細長い建物の、店舗部分の入口とは反対側の端に、住居部分の玄関がある。キッチンから玄関までの間はコンクリート張りの土間のような造りで、土足のまま行き来できるようになっていた。土間部分には他に、梱包《こんぽう》などの作業をするためのスペースがあり、一段高くなった床張りの部分にはトイレと風呂と階段があったが、玄関を入れても全部で八畳程度しかなく、「一階の奥」は意外と狭かった。実際の住居部分(居間や寝室など)はどうやら二階にあるようだ。

店舗の入口は扇町《おおぎ》商店街の脇道に接しているが、住居部分の玄関が接しているのはさらに細い、完全に「裏路地」と呼ぶしかない道であった。マスターが乗り込んだ白い軽トラックは、車幅とほとんど変わらない狭い道を、ブロック塀すれすれに通り抜けて行った。

2

午後十二時半に初めての客が来た。柴田と木梨の高校生二人組である。カウンターの内側にいる大村を見て、

「あれ？　どうしたんですか」

と目を丸くしている。期待どおりの反応に、大村としては苦労が報われた思いだった。別に常連客を驚かすために店番をしていたわけでもないのだが、いっこうに訪れない客を待ち続ける時間はあまりにも長く、大村はただひたすら、柴田たちが現れたときのことを想像して、無聊《ぶりょう》を慰めていたのである。

「マサはちょいと外出中。あと三十分ほどで戻るそうだ。とりあえずどうぞどうぞ」

とカウンター席を勧める。

「いいなー。僕もそっちに入りたいなー。……いいですか？」

柴田少年がそう言って、カウンターの端のくぐりに身を屈《かが》ませると、それまで眠っていた京助が不意に目を開き、牙を剝《む》いて「んにゃー」と威嚇《いかく》する。

「残念だね、柴田くん。京助が『ダメだ』ってさ」

「ちぇっ」

「あー、でも腹減った。俺も柴田くんたちに店番を頼んで、飯食いに行きたいのはやまやまなんだけど。まあ、いずれにしてもあと少し、マサが戻るまでの辛抱だ」

マスターからは、午前十一時ちょうどに「いま着いた」という連絡があり、その五十分後には「こっちの仕事は済んだ。これから戻る」という連絡が入っていた。

三人で十分ほど雑談をしていると、茅原しのぶが姿を見せた。

「こんにち……あら、雅《まさ》さんは？」

やはりカウンター内の大村の姿を見て目を丸くしている。

「いや、実は出張買取の見積りをしに出掛けてまして。しのぶさんは今日は買取ですか？」

「ええ、本を一冊、買い取っていただきたくてお伺いしたのですが……」

「マサが戻るまで、あと二十分ほどだと思いますが、待っていていただけます？　あ、どうぞ。そちらの空いてる席へ」

結局、日曜の常連客四人が顔を揃《そろ》えて、マスターの帰還を待つ形となった。

「しのぶさんは、ご実家に帰られました？」

大村としては、雑談で場を繫《つな》ぐより他はない。

「ええ。月曜日から昨日まで。わたしの場合は、他のみなさんとは逆に、お盆休みに東京に行って、帰りはこっち向きですから、帰省ラッシュというのには引っかからずに済んだんですが」

茅原しのぶは東京の出身である。

「もっとのんびりしてくれればいいのに。サラリーマンの俺らとは違って、学校の先生は、夏休みもどーんとあるわけですし」

「そんなにどーんと、あるわけじゃないです。子供は六週間まるまる休めますけど、教員はその間も仕事がありますし」

　そういえば去年もこの時期に、研修が多くて大変だという愚痴を聞いたような覚えがある。日焼けの色が前月に見たときよりもさらに濃くなっているように見えるのは、夏休み中にプールの監視員の仕事もしているのかもしれない。

「帰省はゴールデンウィーク以来ですか？　久々にご家族に会われて、のんびりできたんじゃないですか？」

「のんびりというか……。うちは一昨年、姉が婿《むこ》養子をもらって、それでわたしも小姑《こじゅうと》みたいになるのもアレですから家を出て、こちらで就職させていただいたんですけど、そうなると今はもう姉夫婦の家って感じじゃないですか。だから帰省しても、そんなに落ち着かないというか」

　大村は大いに共感した。彼の場合はすでに両親が亡くなっていて、実家は父親の違う長兄が継いでいる。異父兄弟といってもそんなに複雑な事情があるわけではないが、それでも母が亡くなってから、実家に大村の居場所はもう無いと思っている。

「それよりも、親戚の集まりで従姉妹《いとこ》たちと久しぶりに会ったのが楽しかったです。わたしって、お盆の八月十五日が誕生日なんですよ。だから子供のときから、お誕生会は学校のお友達じゃなくて、家族とか親戚とかにお祝いしてもらうのが毎年恒例だったんですね。だから今回も、家族や親戚のみんなにお祝いしてもらって。もう誕生日が嬉しいって歳《とし》でもないんですけど」

「あ、そうなんですか」と大村は応じながら、カウンターの陰でケータイを開き、こっそりとメールを打ち始める。

「母方の従姉妹で、わたしより一回り上のお姉さんがいるんですけど——優《ゆう》ちゃんっていって、母方の実家は鎌倉なんですけど、優ちゃんは大学が東京で、うちの近くのマンションで一人暮らしをしてたんですね。で、就職も東京だったから卒業後もずっとそこに住んでて、わたしは小学校の高学年ぐらいから中学三年までずっと、優ちゃんっていう、そのお姉さんの部屋によく遊びに行ってて、で、優ちゃんのほうもよくうちに食事に呼ばれたりして、すごい親しくさせてもらってたんですけど——わたしがミステリに嵌《はま》ったのも、その優ちゃんの影響だったりするんですけどね。で、わたしが高校に入った年に結婚されて、それからはなかなか会う機会がなかったんですけど、今回は優ちゃんも旦那さんとお子さんを連れて鎌倉の実家のほうに顔を出されて、すごい久しぶりで——」

大村はしのぶの話を聞いてるふうを装いながら、神経はメールを打つ右手に集中させていた。出来上がったメールは《柴田木梨茅原が来店。茅原誕生日は8・15。ケーキ買って来るように》というものであった。――送信。

マスターは真面目だから、運転中はケータイを電源オフにしているだろう。だから勝負は裏の駐車場に車を停めてから。そこでケータイを確認してくれれば――もし扇町商店街のマルシェがお盆休みだったとしても、とにかくどこかでケーキを買ってきてくれるだろう。

大村がメールを送信して十分後、裏の住居部分の玄関が開くのと同時に、「ただいま」というマスターの声が響いた。黒猫の京助が真っ先に「にゃーん」と可愛らしい声を上げて、カウンターから飛び降り、たたたっと主のもとへ走り寄って行く。

「お帰り」と言いながら大村は破顔する。マスターの手にはしっかりと、マルシェのケーキ箱が提げられていたのである。

自分の役割を果たした大村は、カウンターの端のくぐりを出て、四つあるカウンター席の最後のひとつに腰を下ろした。入れ替わりにマスターがカウンター内に姿を現す。

「すいません。みなさん、お待たせしました。とりあえず茅原先生――お誕生日おめでとうございます」

マスターがそう言ってカウンターの上にケーキ箱を置くと、茅原しのぶは両手で鼻と口を覆い、信じられないという顔をした。大きく開いた目が見る見る潤んでくる。

「ありがとうございます。……ホントに、嬉しいです」

その場で立ち上がり、マスターに何度も礼をした後、隣の大村にも頭を下げた。誕生日の件をマスターに伝えたのが大村であるということは、彼女も承知していたのである。

ナイス自分。大村は自分のファインプレーを自画自賛した。

3

その後のマスターは大忙しである。ケーキ皿とフォークを人数分用意し、珈琲《コーヒー》の支度をする一方で、大村を除いた三人の客の会計も、並行して済ませなければならないのだ。

「ケーキもあることですし、今日の珈琲はサービスしますよ」

と言っても、柴田は先週買った本はもう読み終えてしまったので、それを店に売るのと、今週読むための本はそれはそれで買わなければならないし、木梨もマスターを待っている間に、気になる館ミステリを発見してしまったので、これを今日どうしても買って帰りたいという。

その二人の会計が済んだ後、しのぶがバッグから四六判の本を一冊取り出してカウンターに載せた。

「今日はこの本を買い取っていただきたいんですけど」

大村が横目で確認すると、それは樋口有介《ひぐちゆうすけ》『夏の口紅』(角川書店)だった。書名を確認したマスターが「ほう」と、声には出さずに唇だけを動かす。

「どうでしょう?」

「いいですねー。樋口有介。僕の中では、森雅裕《もりまさひろ》と並んで、古本屋にあんまり出回らない作家っていう位置づけで、それは買った人が手放さない率が高いからじゃないかと思うんですよ。それだけ好きな人は好きというか、嵌《はま》る人は嵌るというか」

マスターは三百円という買値をつけた。『夏の口紅』は四六判の後に角川文庫版も出ているが、今ではそれも絶版状態で、最近になって樋口有介の魅力に嵌った読者が探しても、なかなか見つからない本だという。八百円ぐらいの高値をつけても、すぐに売れるだろうという読みがあるらしい。

「どうされたんですか?」とマスターがしのぶに聞くと、

「お盆休みに実家に帰ったときに、従姉妹が——わたしにミステリを読む愉しみを教えてくれた従姉妹というのが母方にいるんですけど、その人が独身時代に買った本を全部実家に置いてて、しのぶちゃん、好きな本を持って行っていいよって言ってくれたんです。それで今回、何十冊って欲張ってこっちに持って帰ってきたんですけど、本棚を見たらこの本がダブってて」

「なるほど」と大村はそこでつい、二人の会話に口を挟《はさ》んでしまった。「結果的に、しのぶさんの実家で死蔵されてた本が、こうしてここに来て、やがて本当に欲しがっている人の手に渡るというわけだ」

「そういった意味で、この商売にも価値があると」とマスターが微笑《ほほえ》む。「いいこと言うじゃん、龍っちゃん」

「いちおう三時間だけだけど、店番をしたんで、店主の気持ちが少しわかったのさ。……ところで仕事はどうだった?」

「うん。いちおうそれなりの見積りを出して、相手にも納得してもらった。ちゃんと数えたわけじゃないけど、ぱっと見で四千冊はあったかな。最初は一冊五十円で考えて、二十万円って値を内心でつけてたんだけど――」

古書店が買い取った本のうち、すぐに売れるのは十冊中一冊がいいところ。だから買値は売値の十分の一が相場だと、大村は以前、マスターから聞いたことがあった。

要するに今日行った家の本棚には、平均して五百円の売値がつけられる本が並んでいたということだ。

「だけど品揃えもけっこう良いし——まあ要するに、僕の好みの本が並んでたってことなんだけど——まるで自分の本棚を見ているようだなって思って。自分が一生かかって買って読んだ四千冊の本が、値段をつけたときに二十万か、って思っちゃったら、ちょっと安すぎるかな、せめて倍の四十万はつけてほしいだろうなって、相手の気持ちになって思っちゃって、だったらキリの良いところで五十万、って。——今になってみると、高くつけすぎちゃったかなと思わないでもないけど、まあ言っちゃったもんは仕方がないっていうか」

口ではそう言っているものの、実際のところ、マスターに後悔の念はないようで、晴れ晴れとした表情を見せていた。

珈琲の支度ができたところでケーキが配られる。箱の中には八個のケーキが入っており、各々が好きなケーキを一個ずつ順に選んでゆく。余った三個は、お誕生日の茅原しのぶがあと二個、店番を頑張った大村があと一個という形で分配された。

しばらくは店内にケーキと珈琲の甘い時間が流れたが、

「四千冊で五十万円かー」と言って、柴田少年が話を戻した。高校二年生にとって五十万円はかなりの大金だろう。大村からすれば出して出せない金額でもない。品揃えの良いミステリが四千冊なら、そう高い買物でもないと思える金額だ。ただしその値段で買えるのは、古本屋の仕入れだからで、実際に市場に出る際には、その値段は数倍に跳ね上がるのだが。

「でも……そんだけたくさん集めた本を売ってしまう、ゆうのんは、もしかして——」と、木梨少年が暗い声で言葉を濁《にご》す。

「そうです」とマスターはひとつ頷《うなず》いて言った。「その蔵書の持主は、先々月に亡くなられたそうです」

「あー、そうかー。そうだよなー」と柴田少年が呟《つぶや》いた。

「五十一歳、今年で五十二歳になるはずだったたって言ってましたから、僕たちよりもちょうど一回り上ってことになります。だから龍っちゃん、僕らもそういう話、いつまでも他人事《ひとごと》だと思ってられないよ」

「五十一歳か……」と大村は唸《うな》る。

「でもまあ、その人はもともと、子供のころからずっと身体が弱くて、病気がちだったって話でしたから」

いくら本をたくさん集めて読んだとしても、人はいつかは必ず死ぬ。死んだ後で遺《のこ》された本は、家族で受け継ぎたいと思う人がいる場合は別だが、そうでなければ古本屋にでも売るしかない。そうして死蔵されていた本は、次の持主の手に渡る。

「でもね、今日話をしたのは、その亡くなった方のお姉さんにあたる人だったんだけど――亡くなった当人はずっと独身で、お姉さんが婿養子を取って家を継いでたんだけど、その実家の一室にずっと病弱な弟を置いていて、病気のときには世話もして――立派な方だと思いましたよ。彼女自身も含めて、残された家族は誰もミステリなんて読まないから、売ることにしたって言ってましたけど、それも詳しく聞いてみると、お盆で親戚連中が集まったときにそうするように勧められたみたいで――だから昨日ウチに電話が掛かってきたっていう流れだったみたいなんだけど、ま、それはともかく。そのお姉さん、弟の形見に一冊だけ、手元に本を残しておきたいけど、どの本がいいでしょうかって、僕に聞いてきましたよ」

「それで何を薦《すす》めた？」と大村が聞くと、

「講談社文庫の白背の『虚無《きょむ》』があったから、やっぱりこれかなって。本棚の一番上の、大事な文庫本を集めてあるっぽいところの、一番端に入ってましたから」

中井英夫《なかいひでお》の『虚無への供物《くもつ》』がそれだけの価値ある作品だというのは、大村も納得するところである。マスターはしかし、自分の価値観を単に押し付けたのではなく、故人の価値観をその本棚から読み取って『虚無』を選択したのである。

見積りの作業自体は、十五分程度で済んだという。本はすべて本棚に背が見える状態で収まっていたし、何冊か試しに抜いて書き込みなどがないことを確認した後は、冊数を概算すればすぐに値段をつけられる。後の時間は、故人がどのような人生を送ったかという話を聞くのに費やされたとのこと。

「いちおうお仏壇に、線香も手向《たむ》けてきました」

故人の蔵書を買い取るに際しては、そうした精神的な面での手続きも、いろいろと必要とされるのだろう。大変なことだ。

4

「本棚の写真もいろいろと撮ってきました。といっても興味本位じゃなくて、これも仕事の一環ということで。ほら、五十万って値段を今日つけてきて、後日、本を運び出しに行ったときに、高値の本ばかり抜かれてたりしたら困るじゃないですか」

デジカメをノートパソコンに繋いで、何だかんだした後、そのパソコンを一八〇度回転させる。大村たちのほうを向いたパソコンの画面上では、スライドショーというのが始まっていた。

「これが入口から見て右側の本棚の全景。これが正面。次のこれが左側。こっちはデスクがあって、本棚はこの三面。ここからは二段ずつの接写が続きます。ほら、ここが乱歩賞の棚。ここは高橋克彦《たかはしかつひこ》で、次が井沢元彦《いざわもとひこ》と栗本薫《くりもとかおる》。……」

パソコン画面上に表示された故人の本棚は、非常に整理が行き届いていた。四六判の本が多く、本の綺麗さからして、新刊時に一般書店で購入した本がほとんどではないかと思う。

「あ、ちょっと待って」と言って、柴田少年がスライドショーを止めさせた。「今、一箇所だけ、妙に気になる本があったんですけど」

「おっ、気がつきましたか」とマスターが微笑んでキーボードを操作する。「この写真でしょ?」

画面に表示されたのは、東京創元社の《クライム・クラブ》という叢書《そうしょ》が並んだ本棚である。同じデザインの本が並んだ中に一冊だけ、毛色の違う本が入っていた。鈴《す》木光司《きこうじ》の『リング』(角川書店)である。

「背表紙が違う……」というのは、見たままを言ったのだが、

「龍っちゃんが言ってるのは、横尾忠則《よこおただのり》がデザインしたやつだよね。それは『らせん』が出たときにデザインを揃えて再版されたもので、初版のときはこういうデザイ

ンだったんだ。じゃあ『リング』があるべきところに何があるかというと――」

マスターが写真を次々と早送りして行く。

「ありました。ここです」

鈴木光司の『らせん』『ループ』と並んでいるのは、天藤真《てんどうしん》の『遠きに目ありて』（大和書房）だった。

「じゃあ大和書房の本があるべきところには――」

また写真が早送りされる。『あたしと真夏とスパイ』『アリスの国の殺人』など大和書房の本が並んでいる棚には、一冊だけ毛色の違う高柳芳夫《たかやなぎよしお》の『「禿鷹城《ガイエルスブルク》」の惨劇』（講談社）が収められていた。

「これは何かの叢書ではなく単発の本なので、もともとどこにあるべきかを決めるのは難しいかもしれません。それよりも最初の、創元の《クライム・クラブ》の隙間《すきま》が、何を抜いたことによってできたのか、という観点でチェックすると――」

また写真が何枚か早送りされて、画面に表示されたのは、一見バラバラの本が収められた棚である。麗羅《れいら》や属十三《さつかじゆうぞう》、鷹羽十九哉《たかはとくや》などの四六判と並んで、東京創元社《クライム・クラブ》のデザインの本が一冊収められている。それは剣持鷹士《けんもちたかし》『あきらめのよい相談者』という本だった。

「さて、これはどういうことでしょう？」

いささか唐突に、マスターが謎解きモードの宣言をした。

「これ、本を戻したの、本人じゃない、ゆうことですよね」と木梨少年が指摘する。

「お姉さんに確認したところ、心臓の発作を起こして弟さんが亡くなられているのを発見した、そのときに、たぶんこの四冊だと思うけど、床にまとめて落ちていた——弟が亡くなったときに手にしてたんだろうって。それをそのままにしておけないので、テキトーに空いてるところに入れたって言ってました」

「あ、まさか！」と悲鳴に近い声を上げたのはしのぶだった。「これって、メッセージじゃないんですか？　その亡くなられた方が、手元に筆記用具がなくて、咄嗟《とっさ》に何か短い言葉を伝えようとしたときに、本の著者名を文字の代わりにした。鈴木光司、天藤真、高柳芳夫、剣持鷹士。一文字目を続けて読むと、す・て・た・け。入れ替えれば『助けて』になります」

要するにそれは、ダイイング・メッセージだったのだ。ということは、心臓発作も実は誰かの悪意によるもので——という大村の妄想を止めたのは、マスターの次の発言である。

「そういう場合、著者名よりも本の題名のほうが、パッと目に入りませんか？　個々の題名を見ていくと、『リング』『「禿鷹城」の惨劇』——」

「あ、ハゲタカ城じゃないんですか?」としのぶが言う。

「ガイエルスブルクです。それから『遠きに目ありて』『あきらめのよい相談者』ですから、り・が・と・あ——並び替えれば『ありがと』となります。抜き取られているのはすべて、本棚の床から一段目と二段目の本です。発作で倒れて、手の届く範囲にあった本で、今までの人生で自分を支えてくれた人たちに対して——特にお姉さんに対して——感謝の言葉を残したい。そう思った弟さんが、必死に本棚から抜いて手元に集めたのがその四冊だったと。僕はそんなふうに思っています。著者名で『助けて』というメッセージができたのは単なる偶然で」

本棚から抜かれた四冊の本——遺族がその本を雑に、本来の位置とは違う場所に入れ直した、そのおかげで、意外なところから故人の想いが明らかになったのだ。

「マサは今の話を、そのお姉さんに?」と聞いてみると、

「ええ、伝えてみました。最初は『まさか!』って、信じられないといった感じだったんですが、そのうちに『きっとそうだったんだわ』って言って、涙を流されてました」

マスターが今回介在したことで、故人の想いは伝わるべき人にようやく伝わったの

である。

「そういえば、茅原先生の名前って、もしかしてお盆の生まれだから『しのぶ』だったりするんですか?」と、柴田少年が唐突に質問を発した。「終戦記念日でもあるし」

「死者を『偲《しの》ぶ』ってこと? ううん。残念でした。人を思うって書いて『偲ぶ』っていう字も、素敵だと思うんですけど、わたしの場合は単純に耐え忍ぶの『忍ぶ』っていう字をイメージしてつけられたんです。忍者の忍でもありますけど」と言って、柴田に向かって手裏剣を飛ばす仕草をしてみせる。しのぶにしてはお茶目な行動で、まるで何かを誤魔化しているようだと、大村は感じたのであった。

林雅賀のミステリ案内——10

故人の想いを探る

樋口有介の『**夏の口紅**』は、十五年間音信不通だった父の訃報《ふほう》から物語が始まる。基本的には青春（恋愛）小説なのだが、死者の想いを探るという意味ではミステリの趣もある一品。最近ようやく文春文庫で復刊されたので、この機会に読んでみてはいかが。

さて、『夏の口紅』で主人公の父が遺したのは蝶の標本だったが、遺すといえば通常は遺言であろう。横溝正史《よこみぞせいし》『**犬神家の一族**』（角川文庫ほか）では、死者が遺した奇妙な遺言状のせいで、遺産相続を動機とした連続殺人事件が起きてしまう。他にも島田一男《しまだかずお》『**夜の指揮者**』（光文社文庫）など、遺言状が連続殺人事件の火種となるミステリは数多い。奇妙な内容の遺言状は残さないのが吉と言えよう。

三雲岳斗《みくもがくと》「**二つの鍵**」（光文社文庫『旧宮殿にて』所収）は、遺言状を仕舞う箱が問題。金と銀の二種類の鍵があるのだ。遺言状の中身を盗み見るために必要な二つの鍵の組み合わせから殺人犯をあぶり出すロジックは圧巻の一言。

夏の口紅
樋口有介・著
文春文庫

旧宮殿にて
15世紀、ミラノ、レオナルドの愉悦
三雲岳斗・著
光文社文庫

故人が洒落《しやれ》っ気で暗号やパズル仕立ての遺言状を遺したというパターンもある。安達征一郎《あだちせいいちろう》『**暗号がいっぱい**』（偕成社）は「少年探偵ハヤトとケン」シリーズの第五弾。宝石商の故人が隠した財宝のありかは、暗号文を解かないとわからない。門井慶喜《かどいよしのぶ》「**遺言の色**」（文藝春秋『天才たちの値段』所収）では、三種のガラス工芸品と少ないヒントから、緑・赤・青の三色のうち正しい色を選んだ者にのみ遺産を与えるという話。

最後に〝蔵書〟が絡んだ遺言ミステリを三つ。光原百合《みつはらゆり》『**遠い約束**』（創元推理文庫）で遺言を残したのは、ミステリ好きの大叔父さん。大学ミス研に在籍する主人公にとっては、遺産の行方よりも、死者の想いを読み解くことのほうが重要である。濱岡稔《はまおかみのる》『**ひまわり探偵局**』（文芸社）の第一話「**伝言――さよなら、風雲児**」の死者もミステリの蔵書を持つ資産家。名探偵・陽向万象《ひなたまんぞう》の活躍する同書では、他の二編も死者の想いを探る話で統一されている。日本児童文学者協会編『きみも名探偵3　探偵クラブにようこそ！』（偕成社）所収の山本悦子《やまもとえつこ》「**おばあちゃんのメッセージ**」では、祖母の遺した暗号を解いた小学生が、最終的に詩集の並ぶ本棚へと行き着く。探偵行為をここまで肯定的に扱ったミステリも珍しい。短いが強く心に残る一編である。

（「本とも」２００９年10月号掲載）

遠い約束
光原百合・著
創元推理文庫

きみも名探偵3 探偵クラブにようこそ！
日本児童文学者協会・編
偕成社

11　楽天的な愛猫家

1

おだやかな初秋の陽射しが降り注ぐ、九月の第四日曜日。扇《おおぎ》町商店街の招福《しょうふく》亭で昼食を取った大村龍雄《おおむらたつお》は、いつものように蒼林堂《そうりんどう》古書店へと足を運んでいた。

商店街から角を一本折れた脇道沿いにある蒼林堂は、ミステリ専門の古書店である。マスターの林雅賀《はやしまさよし》は高校時代の同級生で、その当時、大村もミステリはそこそこ読んでいたが（それが由縁で二人は仲良くなったのだが）、林の読書量は半端なものではなかった。大学時代にはミス研に所属していたという。卒業後は国家公務員になり、文部省で十数年間勤めたのだが、ミス研人脈で趣味的に引き受けた書評や文庫解説の仕事が副業禁止の規定に引っかかり、庁内で問題視されたのを機に退職したらしい。地元の棗《なつめ》市に帰ってきたのが六年前のこと。廃業した元自転車屋の店舗を買い取り、半年間の改修を経てオープンしたのが、この蒼林堂古書店なのである。

店の経営自体はインターネット上の取引で成り立っているが、店舗営業もこのとおり、ちゃんと行っている。地元のミステリファンの交流の場になればということで、店舗の奥には四畳半ほどの喫茶コーナーが用意されていた。百円以上の売買をしたお客さんには、そこで一杯の珈琲《コーヒー》がサービスされるのである。大村は毎週、昼食後の珈琲はここでいただくことにしている。

その日も通路の途中で適当に本を一冊選んで、奥の喫茶コーナーに行くと、四つあるカウンター席の二つはすでに埋まっていた。先客は柴田《しばた》五葉《ごよう》と木梨《きなし》潤一《じゅんいち》という高校生の二人組で、大村と同様、日曜の午後の常連客である。

「いらっしゃいませー」

カウンターの内側でノートPCを操作していたマスターが作業の手を止める。「本日の本」の会計を済ませたところで、大村は家から持ってきたビニール袋をマスターに渡した。

「これ、冷蔵庫で冷やしておいて。……いやー、いい店だね、いつ来ても」

大村が取ってつけたようにそう言うと、袋を冷蔵庫にしまう前に、マスターが中を覗《のぞ》き込んで、くすっと笑った。

「岩手に行ってきたの？　龍《た》っちゃん」

「ああ。といっても出張で。サラリーマンはつらいよ」

地元の大学を出た大村は、就職先も地元の会社（大企業の支社である）を選んだのだが、何年間かは東京本社勤務の経験もしていた。そのときの業務の関係でいまだに東京や、他の支社に出張することがあるのだ。

「それでいちおう、お土産《みやげ》を買ってきたんだけど——今月って、まだしのぶさん、来てないよな？」

茅原《ちはら》しのぶは月に一度のペースで来店する常連客である。

「あー、今日は来そうですよね」と柴田少年が嬉しそうに言う。「何となく、ですけど」

「食べ物がある日に限ってなぜか来る人って、たまにいてますよね」と木梨が笑いながら応じる。彼の言葉には関西の訛《なま》りが入っている。「別に本人がいやしいからとか、そんなんとちゃうんですけど、どういうわけか、巡り合わせで」

「だからそのお土産は、しのぶさんが来たときに出してもらおうかなと。あるいは、今日はもう来ないなと思ったら、その段階で出すことにして。……で、今はとりあえず、本を買ったぶんの珈琲を」

「なるほど。そうすれば確実に二杯飲めるんだ」と柴田少年が目を輝かす。「あったまいいー」

しかし大村のその作戦は不発に終わった。マスターがお湯を沸《わ》かしている最中に、しのぶが来店してしまったのである。

戸口の開閉する音がして、大村が回転椅子の上で背を反《そ》らし、本棚に囲まれた通路のほうを確認すると、本を選んでいる彼女の姿があった。柴田と木梨がたまらないといった感じでくすくす笑い出す。やがて喫茶コーナーに姿を見せたしのぶが、その様子に戸惑《とまど》った様子で、

「こんにちは。……あら、何かおかしいですか？」

茅原しのぶは現在、ひいらぎ町小学校で先生をしている。年齢も二十五歳と（今年四十歳になる大村から見れば）まだ若く、顔もスタイルもモデル並みの、超のつく美人である。外見だけから判断すれば、とてもミステリ専門の古書店などに足を運びそうにない。しかし事実は、この道二十数年の大村でも敵《かな》わないほどのミステリマニアであり、マスターの書く解説や書評のファンだというから、世の中はわからない。

「悪いことはできないですね」と柴田が小声で言うので、

「悪いことじゃないだろう」と大村はむきになって反論する。

「今日は大村さんが、会社の出張のお土産というのを持って来てくれはったんです。食べ物があると先生が来るんやないかって言ってたら、実際に来られたんで」と木梨が説明をすると、しのぶがようやく、そういうことかと納得の表情を見せる。

「で、大村さん、どちらへ行かれたんですか？」

「岩手です」と端的に答え、「マサ、冷蔵庫から出してやって」と指示を出してから、しのぶに向かって「……しのぶさん、いつもお綺麗ですよね」とお世辞を言う。

「……どうしたんですか、突然」しのぶはポカーンとしている。

お湯の量を五人分に増やして沸かし直していたマスターが、大村の指示を受けて、冷蔵庫からお土産を袋のまま取り出す。その袋をマスターが取り払うと、高校生二人が「あ、そういうことか」と言って笑い出す。

大村が買ってきたのは、岩手の銘菓「ごますり団子」だった。

2

狙《ねら》いどおりに笑いが取れて満足した大村が、「さ、どうぞどうぞ」としのぶに言いながら、残った最後の回転椅子の埃《ほこり》を払う仕草をして誤魔化《ごまか》すと、

「あ、すみません。……今日はこれ、お願いします」

しのぶが四六判の本をマスターに差し出した。大村が本を横目で確認すると、加納《かのう》朋子《ともこ》の『螺旋《らせん》階段のアリス』（文藝春秋）である。マスターが事務的な表情で本の値段を確認し、値札をはがして会計をする。会話が弾《はず》まない様子なので、

「珍しいですね。文庫じゃないなんて」と大村が言うと、

「文庫はまだ出てない――ですよね？」としのぶがマスターに確認した。

「ええ。もうじき出るはずですけど」とマスターは素《そ》っ気《け》なく答える。会話を膨《ふく》らませようという気はさらさらないらしい。

「あ、じゃあまだ新しい本なんだ。ここで新しめの本を買うってのも、しのぶさんにしては、珍しいですよね？」

大村ががんばって話の接《つ》ぎ穂《ほ》を探すと、

「ええ。先月、実家から樋口有介《ひぐちゆうすけ》の本をたくさん持って来たって話、しましたよね？その中に『木野塚探偵事務所だ』って本があって、それも改めて読み返してみたんですけど、ああ、これって加納さんのアレに設定が似てるなって思って。それでこの本も読み返したくなったんですけど、手元になくて。そういえば大学時代に友達から借りて読んだんだって思い出して。だからこの機会に買っておこうかなって」

大村は加納朋子のその本は読んでいなかったが、樋口有介の『木野塚探偵事務所

だ』のほうは、たまたま読んでいた。

「どんなふうに似てるんですか？」と聞いてみると、

「どちらも中年男性がそれまでの安定した仕事を辞めて、少年時代からの夢だった探偵事務所を開く、というところから始まるんです。そうしたら見ず知らずの若い女性が強引に、自分を助手にしてくださいって押しかけて来て、困ったなあって思ってるんですけど、実はその女の子のほうが名探偵で、所長がおろおろしている間に事件を毎回解決しちゃう。そんな短編集なんです、どちらも。あと終わり方っていうか、最後の短編で、その助手の女の子の話にも決着をつけているところとか。……ちなみに書かれた順で言うと、樋口さんのほうがぜんぜん先で、加納さんのこの本のほうがかなり後なんですけど」

「安定した仕事を辞めて、少年時代からの夢だった自分の店を持つって、言われてみると、まるで六年前のマサみたいだな」

マスターが蒼林堂古書店を興《おこ》した際の決意を想像しながらそう言うと、

「いえいえ。僕はそんな、少年時代の夢を追うような気持ちでこの店を始めたわけでもなくて」

「でも高校んときは、ミステリ作家になりたいってずっと言ってたじゃん。今は――

作家じゃないにしても、ミステリ関係の文筆業をしているのは事実だし、兼業が駄目だって言われて、どちらを辞めるか決断を迫られたときに、ミステリのほうを優先した結果、役所の仕事のほうを辞めたわけだろ?」

「うーん、それも実は正確じゃなくて……文庫解説とかの兼業が問題になったのは事実、そのとおりなんだけど、公務員で作家をしている人とかもいるんで、そのへんはまだ駄目っていうんじゃなくて、グレーゾーンだったんですよ、実は。上司の判断次第っていうか、まだどちらに転がるかはわからない、みたいな感じで。でもそれと前後して、僕が親しくさせていただいていた大学ミス研時代の先輩が、突然、亡くなるということがあって。彼は僕に蔵書を遺《のこ》してくれたんです。お互いに、先に亡くなったほうの蔵書を後に遺されたほうが継ごうねって。前からそんな話はしてたんですけど、その先輩はちゃんと家族にも話してたみたいで、主人の遺言ですから、ぜひ引き取ってほしいって言われて。僕が持ってない本もたくさんあったんで、その申し出は、ありがたくはあったんですけど、でも二千冊近い本をいきなり譲るって言われても、なかなか、ね。それで兼業のことでも上司にいろいろ言われてるし――この二千冊を引き取ったらそのうちの千八百冊ぐらいがダブってるし、じゃあこれをベースに本を集めて、この機会に仕事は辞めちゃって、地元に帰って古本屋でも始めるかって。先輩の本は手元に残しておくにしても、それとダブってる自分の本を売るぶんには、先輩も文句は言わないだろうと」

そんな経緯《いきさつ》があったのか。大村が初めて聞く蒼林堂開店の裏話に感心していると、

「そうそう。京助《きょうすけ》ももともとは、その先輩の飼っていた猫だったんです。蔵書と一緒に引き取ることになって。京助って名前も、だからその先輩が名づけたんです」

自分の名前を耳聡《みみざと》く聞きつけたのか、黒猫の京助が店の奥から姿を現した。マスターの足元で「にゃあにゃあ」とさかんに甘えている。

「さ、じゃあ、ティータイムにしますか」

準備が整ったところで、改めて全員に珈琲のカップが配られた。「ごますり団子」の箱も開封される。十二個入りをまずは一人二個ずつ配り、残りの二個を早い者勝ちにしたところ、男性陣が誰も手を出さないのを見て、

「じゃあ、わたし、いいかしら?」としのぶがまず一個を取り、

「じゃあ残りはマサ、お店に持ってきたものだから」と大村がマスターに勧めた。

「京助は——さすがに団子は食べないか」と柴田がマスターに確認すると、

「うーん、この食いしん坊が、今日は特に欲しがる様子も見せてないから、もしかしたらこのゴマの匂いが苦手なのかも」

というわけで、残念ながら今回、京助には「ごますり団子」を食べてもらえなかったのだった。

3

大村の岩手土産が五人の腹に消え、珈琲も飲み終えて、気分が落ち着いたところで、

「さっき、樋口有介の『木野塚探偵事務所だ』と加納朋子のこの本が似てるって言いましたけど――」としのぶが話を戻す。「どちらも続編が出てるんですよね。樋口さんのは『木野塚佐平の挑戦』ってタイトルで、加納さんのは『虹の家のアリス』。そんなところも似てるなって思って。でも作風はそれぞれ違いますし、あと加納さんのこの本は、タイトルにもあるとおり、ルイス・キャロルの『不思議の国のアリス』を題材にしているんですけど、その点が樋口作品とは大きく違ってます。助手の女の子が――作中ではアリスって呼ばれてるんですけど、その子が猫を抱いて登場するんですね。ダイナって名前で」

購入したばかりの『螺旋階段のアリス』のページを実際にめくって確認しながら、しのぶが説明をする。

「そのダイナって、たしか本家の『アリス』では、彼女が不思議の国に行く前に、抱

いてた飼猫の名前ですよね」

「そうです。結局、現実世界のアリスは、その猫ちゃんを抱いたまま眠っちゃうんですよね。それで不思議の国でいろんな冒険をして、最後にハッと目が覚める」

「要するに——夢オチですよね。現代のミステリ作家がそれをやったら、まず間違いなく非難される」と大村が言うと、

「ただ『アリス』を題材にした場合には——元がそういう構造だったわけですから、うまくやれば夢オチもアリだと判断されそうな気もします。あくまでも、うまくやれば、ですけど」と、しのぶはもう少し寛容《かんよう》な姿勢を見せた。「伏線があると納得させられる場合ってありますよね。本家のほうでも、たとえばダイナが夢の中では、チェシャ猫になって登場してたりとか。そういう納得のさせ方もあるのかなって」

「ああ、そういう部分が、意外と『アリス』ってしっかりしてるって言うか——ルイス・キャロルって、もともとは数学者なんですよね。なんとかドジスン」

「チャールズ・ラトウィッジ・ドジスン」とマスター。どうしてルイス・キャロルの本名のフルネームを言えるのだろう。

「とにかく、数学的な発想もありつつの、言語遊戯の側面もあって——だからミステリ作家にファンが多いってのもわかりますよね」

「チェシャ猫って面白いですよね。《猫のないにやにや笑い》っていう言葉遊びから、透明人間――透明猫みたいな扱いになってて」としのぶが言うと、

「そうそう。《キャット・ウイズアウト・グリン》ならわかるけど、《グリン・ウイズアウト・キャット》は見たことがないって言うんですよね」と、マスターもそこでようやく会話に参加し始めた。「山口雅也《やまぐちまさや》の『生ける屍《しかばね》の死』の主人公の名前がグリンというのも、たしかそこから取られてたはずです。チェシャ猫の《にやにや笑い》から」

「チェシャ猫っていうのも、何かの慣用句から取られたんでしたよね」としのぶが指摘して、

「あと三月うさぎっていうのも、慣用句だったと思います。日本語だと何かあるかな?」と、大村が考え込むと、

「《五月蠅《うるさ》い》を《五月の蠅《はえ》》って書くとか?」と柴田。

「《なめ猫》とか?」と木梨が後に続く。こういうときに十代は頭の回転が速いなと実感する。

「そういうネーミングの感覚で言うと、日本では宮沢賢治《みやざわけんじ》がわりと近いかもしれませんね。《かま猫》とか《アンデルセンの猫》だとか」とマスターが指摘した。しのぶ

には通じているようだったが、大村は原典がわからなかったので質問をせざるを得なかった。マスターはPCで検索を掛けた後、画面を大村たちのほうに向けて言う。

「《かま猫》っていうのは賢治の『猫の事務所』っていう童話に出てくる──台所の窯《かま》で寝る習性を持つからそう名づけられたっていう架空の猫だし、《アンデルセンの猫》っていうのは、そのものズバリ『猫』ってタイトルの短い文章に出てくる、これも架空の猫の種類です。短文のほうは世の中的にはエッセイだと言われていて、その中で賢治が《私は猫は大嫌ひです》と書いているので、宮沢賢治は猫嫌いだったというのが通説になっていますが──」

「え、だって」と大村は意外の念に打たれた。「イメージ的には宮沢賢治作品って、猫がたくさん出てくるような気がするけど。『銀河鉄道の夜』だってそうでしょ？」

「いやいや。龍っちゃんが言ってるのは、劇場版アニメのことだと思うけど──たしかにあれは、登場人物がみんな猫に変えられてたはずだけど、原作の小説のほうは、カムパネルラもジョバンニもみんな普通の少年だし」

どうやら恥ずかしい間違いをしてしまったらしい。

「でも本当に宮沢賢治が猫嫌いだったかどうかは、僕はわからないと思っていて、その『猫』って文章がいまそのPCの画面に出てるんだけど──それで全部なんだけど

「──短いでしょ。それ読んで、普通のエッセイだと思う?」

「……思わない」

作中には《アンデルセンの猫を知ってゐますか。暗闇で毛を逆立ててパチパチ火花を出すアンデルセンの猫を》とか《見てゐるとつめたいそして底知れない変なものが猫の毛皮を網になって覆ひ、猫はその網糸を延ばして毛皮一面に張ってゐるのだ》などという文章が出てくる。火花を散らす奇妙な網に毛皮全体が覆われた不思議な《アンデルセンの猫》という生き物を賢治が創造して、それをごく短い小説に仕立てたものだとしか思えない。その(大村の理解では、エッセイならぬ)小説に出てくる文章を根拠に、賢治は猫嫌いだったと決め付ける国文学者がいたとしたら、笑止千万としか言いようがない。

「あ……ルイス・キャロルの『アリス』からいつの間にか、宮沢賢治に話が飛んじゃったけど、ちょうど龍っちゃんが出張で岩手に行ってきたって話だったから」

「ああ、そうか。宮沢賢治は岩手だったね、そういえば」

「あと石川啄木《いしかわたくぼく》も──野村胡堂《のむらこどう》も、高橋克彦《たかはしかつひこ》も岩手です」と、しのぶがややミステリに偏《かたよ》った知識を披露する。

そこで大村はふと、出張時に経験したあの妙な一幕を話してみる気になったのである。

「実は、みんなに聞いてもらいたい話があるんだけど――」

4

「今回の出張で岩手まで、新幹線で行ったんだけど、けっこう混んでて――三人掛けの席の、俺が通路側に座ってたんだけど、窓側にもう一人いて、さらに途中の駅で外国人の客が――たぶんアメリカ人だと思うんだけど、その人が三人掛けの真ん中に入ってきてね。で、駅を出て五分ほどして――俺は目を閉じて眠ろうとしてたんだけど、不意にその隣の外国人が、『オー、スーパーマン』って言って、ゲラゲラ大笑いを始めたもんだから、何だと思って見てみると、窓側の――そっちは日本人だったんだけど、その人も笑顔で外国人と目を見合わせている。いったい何が見えたんだろうと思って――でもそれを直接聞くのは何か恥ずかしくて。岩手に着いて仕事をして、帰りは俺も窓側の席に座れたもんで――二人が何かを見たはずの側の席だよ、もちろん。それでたしかここらへんだったって思った場所で、外の風景を確認したんだけど――たとえばスーパーマンの絵を描いた看板があったり、何かそんなことがあるんじゃないかって思って、前だけじゃなく後ろのほうも――とにかく見落としはしてなかったと思うんだけど、それらしいものはまったく何もなくて、ただの田園風景が広がってるだけで、じゃあの外国人はいったい何を見て『オー、スーパーマン』って言って笑い出したんだろうって」

いまさらこんな話をしても、謎が解けるわけがないとは思いつつ、話してみたのだった。

「それで今思ったんだけど、岩手って、宮沢賢治の天体趣味とか、高橋克彦のUFO好きとか、空を飛ぶ何か不思議なものと縁がある土地なのかなって」と大村が言うと、

「岩手には『遠野《とおの》物語』もあるから、不思議な現象と縁のある土地だっていうイメージは、あながち的外《まとはず》れでもないと思うけどね」とマスターが同調する。

「あと、こじつければ――」と大村は高校時代の話を思い出していた。「石川啄木もUFOと深い関係があるじゃん。『未知との遭遇』と。マサの説によればさ」

するとマスターは苦笑いの表情を浮かべて、

「よく覚えてるよなあ」

「そりゃあ忘れないさ。あんな凄い仮説」とマスターを褒《ほ》めてから、他の三人にその仮説を説明する。

「『未知との遭遇』って映画があったの、知ってます？　スピルバーグ監督の。その

中で、謎の飛行物体が人類とのコミュニケーションを、音楽を通して行うんだけど、それが《レ・ミ・ド・ド・ソ》というメロディなんですよ。これが実は暗号なのではないかって、高校時代のマサは思ったわけだ。どうにか意味を汲《く》み取れないか。それでいろいろ試してみたところ、日本式の《ハニホヘトイロ》で表記すると《ニ・ホ・ハ・ハ・ト》になる。《二歩母と》。そこで連想するのが石川啄木だって、マサが言うわけです」

「ああ」としのぶが理解を示した。「《たはむれに母を背負ひて／そのあまり軽きに泣きて／三歩あゆまず》ですね」

「そう。母を背負って三歩も歩けなかった。母と二歩しか歩けなかった。母と二歩。ニホハハト……レミドドソ」

「二十数年ぶりにこうやって改めて聞くと恥ずかしいな」とマスターが小声で言った後、「啄木と『未知との遭遇』の関係はともかくとして、空を飛ぶ話と岩手という土地柄には、何か関係性があるかもしれない。岩手に向かう新幹線の中で、その外国人が、本当に空を飛んでいるスーパーマンらしきものを目撃したという可能性もある。実際に人が飛んでいたとは僕も思わないけど、たとえば人の形をした熱気球だとか、何かそういったものを見て、その外国人が『オー、スーパーマン』と叫んだ可能性はある。ただ、他にも考えられる可能性はあるかなと。たとえば龍っちゃん、龍っちゃんがそのとき座ってたのは、禁煙車だった？　喫煙車だった？」

「喫煙車だった。禁煙のほうは混んでたんで」

「なるほど。で、喫煙車両に乗っていたのなら、隣の二人が喫煙者だったと考えてもおかしくないし、その場合、前の座席の背もたれについているテーブルをこう、手前に倒して、その上に煙草とライターを置いたりするイメージがあるんだけど。そのときもそうじゃなかった？」

　ハッキリとは覚えてないが、そんな感じだったと思う。大村がそう言うと、

「そこで、窓側に最初から座っていた日本人が吸っていた煙草がKENTで、後から来た外国人の煙草が、たとえばLARKだったとしたら。自分の前のテーブルにはLARK、隣のテーブルにはKENT」

「あ、まさか！」と大村は思わず声に出してしまった。「ラーク、ケント」

「そう。あとCの文字があれば英語の綴《つづ》りもまさしくCLARK KENTになる。スーパーマンが電話ボックスで変身する前の、地球人の名前だよね。その偶然に気づいた外国人が面白がって、『オー、スーパーマン』と言って笑ったというのは、けっこうありそうな話なんじゃないかって思ったんだけど」

実は大村が話していないデータがある。大村もそのときには、テーブルを手前に倒していた。外国人が通る際には一度それを起こし、彼が座席に落ち着いたところで再び手前に倒して、飲みかけのジュースをそこに置き直した。そのジュースはデカビタCというもので、瓶《びん》にはCの文字が大きくデザインされていた。外国人は三つのテーブルの上を見て、「C」「LARK」「KENT」と繋《つな》げて読んだのだ……。

間違いない。

謎解きを終えたマスターは、岩手出身作家にまつわる話を続けていた。

「宮沢賢治と石川啄木は同じ盛岡中学校を卒業しています。賢治のほうが十年後輩で、直接の親交はなかったようだけど、啄木の『一握《いちあく》の砂』を賢治は学生時代に読んでいたらしい。その二人のさらに先輩に、野村胡堂がいて、その野村と同学年だったのが、国語辞典の編纂《へんさん》で有名な、あの《国語の神様》金《きん》田《だ》一京助《いちきょうすけ》です。啄木が借金しまくりで迷惑をかけた相手が金田一京助だったといいます。横溝正史《よこみぞせいし》が生み出した名探偵・金田一耕助《こうすけ》の名前も、それにちなんだものだし、ウチの京助も、実は《国語の神様》金田一先生にちなんで名づけられたという話を聞いています。……意外なところで話が繋がったね」

「へー、京助、お前、そんな名前の由来があったんだね」と言って、柴田が回転椅子から下り、床にしゃがんで黒猫の顎《あご》を撫《な》で始める。京助は気持ちよさそうに喉《のど》をごろごろと鳴らした。

林雅賀のミステリ案内――11

猫と童話とミステリ

猫という動物は、美しく気高く気ままなところが実に良い。犬と並んで人間のベストパートナーであり、小説に登場する回数もそのぶん多くなる。赤川次郎《あかがわじろう》の三毛猫ホームズシリーズや、柴田《しばた》よしきの正太郎《しょうたろう》シリーズなど、作品を挙げ出すときりがないので、ここではさらに「童話」というテーマで絞り込んでみたいと思う。

加納朋子《かのうともこ》『螺旋《らせん》階段のアリス』は現在、文春文庫版が出ている。主人公が興した探偵事務所に持ち込まれる依頼はどこか奇妙なものばかりで、調査の過程で関係者の意外な素顔が浮き彫りになる展開の上手さには毎回唸《うな》らされる。長年の夢だった探偵事務所を開設した主人公は仁木《にき》という苗字で、ミステリ読者ならば仁木悦子《えつこ》をまずは連想するところだろう。

その仁木悦子で「猫」といえば江戸川乱歩《えどがわらんぽ》賞受賞作『猫は知っていた』（講談社文庫）をまず挙げる必要があるだろう。事件のたびに猫が不穏な動きをする物語は、おどろおどろしく書こうと思えばいくらでも書けるところを、実に

螺旋階段のアリス
加納朋子・著
文春文庫

猫は知っていた
仁木悦子・著
講談社文庫

明朗に書いている。童話作家の顔も併せ持つ、この著者ならではの筆運びと言えよう。

ルイス・キャロルの『**不思議の国のアリス**』（新潮文庫ほか）で最も印象的なのが、神出鬼没のチェシャ猫の存在である。同作を題材にした辻真先《つじまさき》『**アリスの国の殺人**』（双葉文庫ほか）では、チェシャ猫が被害者となる事件が発生。透明化しているので手では触れるけど目で見えない被害者の身体が、密室で発見されるのだ。漫画大国日本にふさわしく、赤塚不二夫《あかつかふじお》の漫画キャラであるニャロメなども登場する「不思議の国」の舞台設定は、アニメ脚本家としても活躍する辻真先ならではのもの。

服部《はっとり》まゆみも猫好きな作家であり『**黒猫遁走曲**』（角川文庫）などを遺《のこ》しているが、ここでは横溝正史《よこみぞせいし》賞を受賞したデビュー作『**時のアラベスク**』（角川文庫）に注目したい。何者かに命を狙われているのは、主人公の友人である新進気鋭のファンタジー作家という設定であり、新作の映画化に向けてスタッフが訪れるのはロンドンやブリュージュなどの古都。したがって殺人事件のサスペンスとともに、海外童話を読んでいるような雰囲気が作中に横溢《おういつ》する。主人公が猫を飼っているという設定が、ストーリー展開に妙味を添えている点に作者の計算が見られる。

（「本とも」2009年11月号掲載）

アリスの国の殺人
辻真先・著
双葉文庫

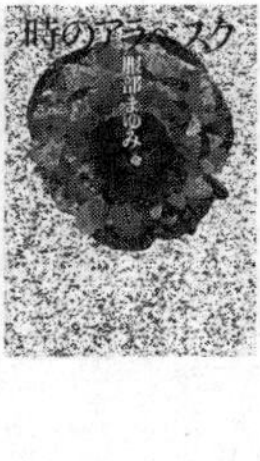

時のアラベスク
服部まゆみ・著
角川文庫

12　塔に住む魔術師

1

三倉山の麓《ふもと》に八角形の塔のような建物がある。木梨潤一《きなしじゅんいち》は以前から、その建物に興味を抱いていた。門には「海音寺《かいおんじ》」と表札が出ており、どうやら個人の住宅のようだったが、煉瓦《れんが》とコンクリートを組み合わせた外壁も、窓のデザインも、木梨の好みに適《かな》っていた。将来はこんな館に住んでみたいと思いつつ、門扉《もんぴ》越しに建物を見上げたことも、一度や二度ではない。

その海音寺家が、柴田五葉《しばたごよう》の親戚だと知ったのは、つい最近のことだ。柴田は高校の同級生である。木梨が「一度あの塔の中を見てみたい」と言うと、柴田は十月下旬のその週末、ともに海音寺家に一泊できるように取り計らってくれたのだった。

門をくぐり、枯葉の散る敷地を進んで、間近から塔を見上げる。時刻は午後五時過ぎ。秋空はすでに夕暮れ色に染まり、葉を落とした木々に囲まれた館は、木梨の目の前に黒々と聳《そび》え立っている。

建物は一辺が約三メートルの正八角形をしていた。頭の中で暗算をする。ワンフロアあたりの床面積はおよそ四十四平米。それが四階層あり、その上にペントハウスのような建屋が載っていて、それも含めれば全部で五階建てということになる。

「いらっしゃい。五葉くん、大きくなったね」

玄関で出迎えてくれたのは海音寺貞行《さだゆき》氏。柴田の伯父にあたる人物である。年齢は五十歳前後。口髭《くちひげ》を生やし、黒髪をオールバックでまとめているのは、旧《ふる》い映画の登場人物のようであり、この館の主に相応《ふさわ》しいと木梨は思った。ただし押し出しが弱いというか、身長は一七〇センチほどあるのだが、身体が骸骨《がいこつ》のように痩《や》せている。

「それで、えーと、君がこの建物を見てみたいという……？」

「はい。木梨といいます。柴田くんの同級生です。この度はお招きいただきまして、ありがとうございます」

「とりあえず、お上がりください」

南向きの玄関を入ると、スリッパが用意されていたので履き替える。一階のフロアは広々としたリビングダイニングになっていた。左手にはシステムキッチンがあり、右手には応接セットがある。奥に見えるドアはおそらくトイレのものだろう。

そしてフロアの中央に螺旋《らせん》階段があった。直径二十センチほどの鉄柱を中心にして、鉄板でできたステップが左回りに階上へと繋《つな》がっている。蹴上《けあ》げ部分にも縦に鉄板が張られているので、フロアのどこにいても必ず、三角関数のサインカーブを縦にしたような形で視界が遮《さえぎ》られている。

「まずは建物の中を案内しましょう。ついてきてください」

螺旋階段は九十センチほどの横幅があったが、左の鉄柱に近いほうはステップの踏み幅が狭いので、必然的に右に寄って上がることになる。手すりも右側だけにしかついていない。階段は鉄製だが赤いカーペットが張られていたので足音は響かない。木梨は段数を数えながら階段を上がった。十三段目で二階に着く。十三段目は他のステップの三倍の広さがあって、それがそのまま二階の床面に繋がっている。一段あたりの段差は二十センチ。十三段ということは、一階と二階の床面の差が二六〇センチ。二階の床の厚みが三十五センチあるので、一階の天井の高さは二二五センチということになる。螺旋階段は十三段でちょうど一周しているが、十三段目が他の三倍の広さなので、それ以外のステップは円を十五等分した形になる。中心角は二十四度。鉄柱も入れれば螺旋階段は直径が二メートルなので、外周は約六メートル。十五等分して、各ステップのいちばん外側の奥行きは四十センチほどあるということになる。

手すりは各ステップから一本ずつ上に伸びた鉄棒に支えられている。二階のフロアに着いたところで、手すりは急カーブを描いて逆方向に向かう。直径二メートルの階段ホールの穴を囲んだ柵《さく》の手すりに繋がっているのだ。階段の周囲をぐるっと一周した手すりは、高さ一メートル。廊下を時計回りにほぼ一周したところで再び向きを変え、上階へ向かう螺旋階段の手すりへと繋がっている。階段を囲う柵が途切れている開口部の幅は一二〇センチほど（十五分の三、つまり五分の一がフロアの床面と繋がったステップであり、外周六メートルの五分の一は一二〇センチ。その幅のぶんだけ柵が途切れているのだ）。

階段ホールを囲う通路は幅六十センチほど。正八角形の中心に小さな円を描き、その外側にもうひとつ円を描くと、フロアの見取図ができる。内側の円が螺旋階段、外側の円は建物の内壁で、八角形の外壁との間が部屋になっている。そこに、右上四十五度、右下四十五度、左上四十五度、左下四十五度の部分に斜めに線を引いた形で、部屋が四つに分かれている。方角で言うと東と西、南のブロックはそれぞれ個室になっているが、北の一角はバスとトイレ、洗面所などのスペースで、洗面所には洗濯乾燥機も置かれている。洋館に洗濯物が干されているのは似合わないから、乾燥機があるのは正しいと木梨は思った。

三階も四階も間取りは同じだった。海音寺氏はさらに螺旋階段を上がる。八角形の内側にひと回り小さい八角形を描いて、その中心に円を描くと、最上階の見取図になる。内側の八角形がペントハウスの外壁で、八本の柱以外の壁は全部ガラス窓。サンルームといったところか。階段を囲む柵に背を向けるようにして椅子が三つ置かれている。スタンド式の灰皿があり、天体望遠鏡がある。窓の外側はルーフバルコニーになっていて、一メートルほどの高さのコンクリート塀に囲まれている。バルコニーは幅が一メートルほど。サンルームも柵からガラス窓までが一メートル半ほどで、小ぢんまりとしている。天井はなく、とんがり屋根の裏側が見えている。螺旋階段の中心の鉄柱は、その屋根の中心部まで達している。

「住人を紹介しよう」

海音寺氏が四階に下りて東のドアをノックすると、出てきたのは身長二メートルはあろうかという大男だった。男は東野《ひがしの》詩郎《しろう》と名乗った。年は三十歳前後。詩人だという。

「私は独身だが、一人で暮らすのは淋しいので、芸術家を住まわせておる。東野くん以外にもあと二人いての」

三階に下りると今度は西の部屋をノックした。出てきたのは小柄な三十男で、ギプスを嵌《は》めた左腕を三角巾で肩から吊っている。男は自ら名乗った。

「僕は三条仁志《さんじようひとし》と言います。フィギュア作りを専門にしていますが、ご覧のとおり、先週車で事故って、左腕をポッキリと。今は仕事もできない穀潰《ごくつぶ》し状態です」

「三条くんはウチでただ一人、免許を持ってるんで、買物に行ってもらったりしてたんですが……。あと庭の掃除とかもしてもらってます。腕を骨折しても庭掃除はできますから」

「庭の落葉ですね。はい。後で掃《は》いときます」

「あ、それやったら僕が――」怪我人に代わって自分がやると木梨が申し出たのだが、海音寺氏と三条の両方に断られてしまった。家事の分担に関しては、何らかの取り決めがあるらしい。

さらに二階に下りた海音寺氏は、南のドアをノックした。出てきたのは二十代前半と思《おぼ》しき女性。

「二階堂美波《にかいどうみなみ》さんだ。絵画の才能を見込んでここに住まわせている。そろそろ夕食の準備を」

「わかりました」

海音寺氏は二階の西の部屋を居室として使っているという。

「君たちも今晩泊まるのに好きな部屋を選んでくれたまえ」

柴田と話し合った結果、木梨が四階の西の部屋、柴田は四階の南の部屋を使うことになった。

七時には一階のダイニングに六人全員が集まって夕食を取った。二階堂美波が料理と後片付けを担当しているらしい。

木梨は夕食後に館のあちこちをもう一度見て回った。十月の下旬にしては暖かい夜で、ルーフバルコニーに出て風に当たるのが心地よく感じられるほどだった。

テレビを見ながら柴田とお喋りをしているうちに午後十一時を過ぎ、自室に戻ってベッドに入ったのは深夜零時過ぎ。

そして事件はその夜、起こった。

2

「あ、茅原《ちはら》先生も来た。先生、こんにちは」

「こんにちは」

そんな会話が耳に入って、大村《おおむら》は現実に引き戻された。

蒼林堂《そうりんどう》古書店の奥にある喫茶スペース。カウンターの内側には店のマスターの林《はやし》雅賀《まさよし》がいて、四つある回転椅子には奥から順に柴田と木梨、ひとつ置いて自分が座っている。

十月下旬の日曜日。大村はいつものように、扇《おおぎ》町商店街で昼食を取った後の時間を、蒼林堂古書店で過ごしていた。百円以上の売買をした客に振舞われる珈琲《コーヒー》を片手に、いつもは買ったばかりの本を読んだり、柴田や木梨といった常連客同士で会話をしたりするのだが、今日は木梨が自分で書いたという推理小説を印刷したプリントを持って来ていたので、さっそく読ませてもらっていたところだった。柴田とマスターはすでに読み終わっている。印刷されているのは問題編のみで、大村が読み終わったところで推理合戦が始まる予定だった。

茅原しのぶも常連客の一人である。ひいらぎ町小学校の先生をしている二十五歳の美人教師。デートの相手も引く手あまたではないかと思うのだが、何の因果か、月に一回のペースでこの店にやってくる。蒼林堂はミステリ専門の古書店である。やれ殺人事件だ、バラバラ死体だ、というような物騒《ぶっそう》な話が好きで好きでたまらない、困った人種が集まる店である。木梨などは趣味が高じて、自分でこうして創作まで始めてしまう始末。そしてしのぶも結局は、大村たちと同類なのである。

「雅《まさ》さん。今日は買取をお願いします」

彼女がそう言ってバッグから取り出したのは、ノベルス判の本が一冊で、大村が横目で窺《うかが》うと、白峰良介《しらみねりょうすけ》の『飛ぶ男、墜《お》ちる女』（講談社ノベルス）だった。

「百円いきます？　たしか文庫化されてなかったと思うので、希少価値はあるかなと思ったんですが」

「そうですね。百円ジャスト。どうでしょう？」

「お願いします」

会計を終えたところで、ようやく大村が手にしているプリント用紙に気がついた様子。それは何かという質問に答えたのは木梨だった。

「僕が書いたミステリです。問題編だけですんで、みんなで回し読みして、後で推理合戦やろう、ゆう話になってます。茅原先生にも参加していただきたいんですけど」

「木梨くんが書いたの？　すごい。読ませていただきます」

「大村さん、早く読んで先生に回してあげて」

せっつかれてしまった。大村は慌てて続きを読み始める。

3

海音寺家の個室はどれも同じサイズである。内装は時代がかって魅力的だが、いささか狭い。数字的には四畳半ほどの広さがあるはずなのだが、形が歪《いびつ》でどうしても狭く感じてしまう。

外に向かって三メートル幅の外壁があり、一三五度の角度で接する左右の壁が一五〇センチ。合計すれば六メートルの外壁があるが、一方で、背後で円弧（円の四分の一）を描く内壁は約三メートル。両者を繋ぐ壁は一間幅（約一八〇センチ）で、縦に狭くて横に長い扇形の、外側がカクカクしているような、何とも住み難《にく》そうな部屋なのである。

三メートル幅の壁の中央には、一八〇センチ幅の窓が設けられている。床からの高さは七十センチほど。その外壁にぴったり接するようにベッドが設置されている。ベッドの高さが床から四十センチほどで、だからベッドに寝たまま首をもたげた姿勢になり、カーテンを捲《めく》れば、外の様子が何とか窺える。

いったんは寝付いた木梨が何かの物音で目を覚ましたのは、夜中の一時過ぎだった。出窓状になった部分に、寝る前に携帯電話を置いたのを覚えていたので、カーテンを捲って携帯電話を手に取って時刻を確認した、そのついでに、今の物音は何だったのだろうと、カーテンの隙間《すきま》から外を覗《のぞ》いてはみたが、星空の他には闇に沈んだ周囲の家並みや木立が見えるばかり。

思い切って上体を起こし、サッシ窓を開いて下を覗いたのは、何かの予感に駆られてのことだったのか。

玄関の常夜灯も建物の西側までは届かない。星明かりだけしかない闇の中、眼下に、それでもぼんやりと、人の形をした何かが落ちているのが見て取れた。服を着ている。他と比べて白っぽく見えているのは、三角巾だろうか。

「大変や」一気に目が覚めた。寝巻き代わりに着ていたスウェットのポケットに携帯電話を突っ込み、スリッパを履いて廊下に出て、とりあえず柴田の部屋をノックした。二十秒ほどノックを続けていると、ようやくドアが開いて、目をしょぼしょぼさせた柴田が顔を見せた。

「どうしたんだ、木梨、こんな夜中に」

「窓の外を見たら、人が落ちてた。たぶん三条さんやと思う」

言葉で説明するより実際に見せたほうが早い。木梨は柴田を連れて自室に戻った。ベッドの上に膝立ちになり、窓の下を二人で覗くと——。

ちょうど玄関のほうで扉の開閉する物音がして、南西の方角から人影が現れた。先ほどと同じ姿勢で地面の上に仰向《あおむ》けに横たわっているものの上に屈《かが》み込むのが見えた。

「大丈夫ですか？　それ、三条さんですか？」

思わずそんなふうに声を掛けると、黒い人影は固まったように動きを止めた。しばらくして立ち上がると、人の形をしたものをずるずると引きずって、来た方向と反対に向かう。やがて北西の角を曲がって見えなくなってしまった。

「行こう、柴田。普通じゃない」

木梨が先に部屋を飛び出し、柴田がその後に続く。螺旋階段を二段飛ばしで駆け下りて、まずは三階に出る。西の部屋を乱暴にノックしてドアを開けるが、中には誰もいない。サッシ窓は大きく開けられていて、カーテンが風にそよいでいる。

「やっぱり三条さんや。行こう」

踵《きびす》を返すとちょうど、螺旋階段を上から下りてくる人影が見えた。二メートルの長身は、詩人の東野詩郎である。

「東野さん！」

「ああ、君らはここか。で、三条が落ちたって？」

同じフロアの木梨と柴田が騒いでいたので目が覚めたという。木梨、柴田、東野の順でさらに螺旋階段を下りてゆこうとする。しかし木梨はすぐに足を止めた。後ろから柴田が、さらに東野がぶつかってきて、思わずたたらを踏んだが、二人をその場に押しとどめる。

「どうした、木梨」

「……海音寺さんが」

木梨のいるステップから三段ほど下に、海音寺貞行氏の頭部が見えていた。首にはやたらと長いロープが巻かれている。身体は螺旋階段の外寄りに、足を下にして倒れている様子。目をかっと見開いて、半開きの口からは舌が出ていた。

「首を絞められて、殺されている……」

ここに海音寺氏の絞殺死体があり、館の外にも三条氏の墜死体らしきものがあって、それを運び去った怪人物の姿が目撃されている。あの人影が犯人なのか……？

「とにかく外に出ましょう。東野さんも来てください」

高校生の自分たちだけでは心許《こころもと》ない。身長二メートルの巨漢にも来てもらおう。

玄関扉は閉まっていたが、施錠はされていなかった。スリッパのまま外に出て、館の西へと向かう。さらに怪人物の消えた北側に回り込むと、そこに三条仁志が仰向けに倒れていた。夕食のときに着ていたスタジアムジャンパー姿である。右腕は袖を通しているが、左腕は通さずに肩に羽織った状態である。辺りは依然として暗かったが、木梨が携帯電話を開いて顔のそばに近付けると、バックライトの明かりで三条の顔が見えた。

「おお、こっちは生きてはる。大丈夫ですか」

揺すっていいのかわからなかったので、とりあえず頬をぺちぺちと叩いてみると、三条は不意にかっと目を開いた。

「ああ。ここは？」と言って辺りを見回す。

「屋敷の外です。三条さんは部屋の窓から落ちたみたいです」

三条の部屋は三階だった。三階の西の部屋。二階の床が螺旋階段十三段で二六〇センチだったので、三階は五二〇センチ。窓の高さも計算に入れれば、およそ六メートルの高さから落ちたことになる。

しかし三条はむっくりと上体を起こした。左腕は元から骨折していてギプスで固められているが、その他に怪我はない様子。自分の足で立って、身体のあちこちを確認していたが、

「背中から落ちたんだな。今日は暖かかったから窓を開けて寝てたんだけど、自然と落ちることはないから、誰かに落とされたんだ。俺は殺されかけたんだ。でもちょう

ど、俺の部屋の窓の下あたりに今日はたまたま落葉を掃き集めてあったから、それがクッションになったんだと思う。あれ、だけどここは？」と言って館を見上げたので、

「三条さんが落ちた後、誰かが玄関から出てきて、ここまで引きずって来たんです。ここは建物の北側です」

木梨は説明をしたが、今はそれどころではない。屋敷の中では海音寺氏が絞殺されていたのだ。その旨を三条に告げると、びっくりした様子で、

「とにかく中に入りましょう」

木梨は、柴田、東野、三条とともに館内に戻った。螺旋階段の二階と三階の中間あたりに、先ほどと同じ姿勢で横たわっている海音寺氏の死体。木梨は携帯電話で警察に通報した。先が詰まってしまって、階段を現場まで上って来られなかった東野が二階のフロアに出て、南の部屋をノックし始める。螺旋階段の隙間からそのまま見ていると、やがてドアが開いてスウェット姿の二階堂美波が現れた。

「どうしたのよ、こんな夜中に」

「大変だ。海音寺さんが死んでいる」

死体の首を一周して、左右に伸びるロープは、それぞれ三から四メートルほどの長さがあった。犯人はどうしてこんなに長いロープを凶器に用いたのだろう……。

「そうか。わかったぞ、犯人が」

木梨は思わずそう口にしていた。

4

大村が読み終わったプリントを、しのぶも続いて読んだ。マスターは珈琲を淹《い》れて彼女の前に差し出す。

「これって実在するの？」としのぶが木梨に聞く。

「建物ですか？　空想です。あともちろん、柴田の親戚に海音寺さんなんていてませんし。……だろ？」

「いないいない」と手を振った柴田は、「それにしても木梨、趣味丸出しだよね。床面積が何平米だとか、螺旋階段が二十四度だとか、そんな細かい数字、誰も気にしないっつーの」

「図面は描いたんだろ？」と大村も聞く。「それを付けてくれればよかったのに」

「わかり難かったですか？　図面はもちろん最初に描いたんですけど、手描きやったから、それをパソコンで描くの、どうやったらいいんかわからなくて、とりあえず今回は文章で説明するように心掛けたんですけど」

「手描きの図面でもいいのに」と大村は言ったが、木梨はそれではダメらしい。

「じゃあ、とりあえず犯人を当ててもらいましょう。順番に聞いてきます。柴田は？」

「あれ。腕を骨折してる人。……三条？」

大村も同意見だった。しのぶも「わたしも一緒」と手を挙げる。

「マサは？」と大村が聞くと、

「うーん。みんな一緒だとつまらないから、じゃあ僕は、二階堂美波にしとこう」

「問題は絞殺トリックだよね」と柴田が言う。「片腕を骨折している人が実は絞殺した犯人だったって、アレとかアレとかで使われてる古典的な手だよね。まあ、素人が初めて書いた小説なんだから、オリジナリティはこの際、問わないとして、要するにアレでしょ？　片方の端をどこかに結び付けておいて、もう片方を持って、被害者の首にぐるっと巻き付けて、思い切り体重をかけて引っ張るっていう」

「現場が螺旋階段の途中だったってことも、見落としてはならないポイントだよね」と大村も割って入る。柴田に全部言われてしまってはなるものか。

「わざわざ死体を移動したとは考えられないから、そこが現場で、なぜそんな現場を選んだのかっていうと、螺旋階段って、下りるときに右半分が見えてないわけでしょ。

その死角になるような、だから三階の廊下の、踊り場とは逆の方で犯人が待ち構えていて、上から海音寺氏が下りて来る、その足音の調子で、今何段目を下りているかがわかるから、ロープを持ってタイミングを見計らっている。手すりの高さが床から一メートルだったから、その高さでロープを螺旋階段の中心の柱に縛り付けておく。海音寺氏が下りて来る。三階の踊り場を越えて、一段、二段目のあたりで、海音寺氏の首の高さが、階段を囲む手すりと同じ高さになる。そこでロープを右手に持った犯人が、隠れていた向こう側からダダダッと廊下を半周して、相手の首にロープを引っ掛けて、自分も手すりの途切れたところから螺旋階段に入る。そうすると自分の目の前に、段数で言うと二段下に海音寺氏がいるから、ロープをもう一周、後ろからこうやって相手の首に回して、ぐっと引っ張る。あるいは被害者を内側から追い越して自分が下に行ったた。そのほうが体重を掛けれるからいいかも。どっちにしろ首のまわりを一周しているからロープはもう外れない」

「でもみんなが犯人や言うてる三条は、三階の自分の部屋の窓から外に落とされてますよね」

「それは――」と三人の声が被ったので、大村と柴田は、まだ発言していないしのぶに譲った。

「人形か何かだったと思うんです。フィギュアの仕事をしていたという話ですから、何かそういう人形みたいなものも、集めてたかもしれないですし。それに自分の服を着せて、まず窓から落とした。何のためかというと、海音寺氏を、罠《わな》を仕掛けた螺旋階段におびき寄せるため。最上階に天体望遠鏡があったのは、海音寺氏が星空を眺める趣味があったから。天気の良い夜は毎晩そこで星を眺めていた。二階に部屋があったけど、事件が起きたときには最上階にいたんですね。西の窓から何かが落ちた音がする。南と東にいる人は確認できない。最上階の海音寺氏は確認できる。慌てて階段を駆け下りてきて、三階で待ち伏せしていた犯人の罠にかかる。海音寺氏を殺した後、犯人は慌てて階段を駆け下りて、玄関から外に出て、人形に着せていた服を自分で着直す。そうするつもりだったのが、四階の西の部屋にその晩たまたま泊まっていた木梨くんに見られたので、そこでは着替えられずに、とりあえず人形を北側へと引きずって行った」

「その人形をどうしたかというと」と大村は再び割って入った。「たとえば何とかワイフとか、空気で膨《ふく》らます人形のようなものがある。それだと重さが足りないから、中に砂などを詰めて用意しておく。落とした後はナイフか何かで素早く切って中の砂を出す。潰した人形は服の中でもいいし、三角巾の中でもいい、とにかく潰して身につけておく。そうすれば警察が来て調べられても発見されない」

するとき木梨は、ぼりぼりと頭を掻いて、

「参りました。ほぼ全部言い当てられてしまいました。細かいことを言うと、ロープの端は手に持ってるんやのうて、自分の身体に縛り付けときます。もう片方も鉄柱やのうて、そこは引っ掛けておくだけで、端っこは下の階の手すりに結び付けておきます。そうすれば、後で解きに戻る必要がないっていうのと、結び目はこっちを引けば簡単に解ける、つまり片手でも解ける結び方にしとく、ゆうのんがありましたけど。でもそんな細かいところはどうでもようて、ほぼ正解ゆうことです」

「そういえばマサは、女の子が犯人だと言ってたな」

大村がマスターに水を向けると、

「ええ。三条犯人説はダミーだと思ってました。まずひとつはロープの件。鉄柱に結んだり、そこに引っ掛けたりしたという話でしたが、たしか『蹴上げの部分にも鉄板が張られていた』とか何とか書いてありませんでしたっけ？　だとすると、鉄柱にロープを結ぶことも、引っ掛けることもできないでしょう」

「あ、そうか。しもうた」と木梨が呟く。

「あともう一点。三階と二階の間で絞殺した犯人は、その後急いで階段を駆け下りて、外に落としたダミーの人形を回収しないといけない。実際、物音を聞いて木梨くんが目を覚まして、窓から人形を見た、そのときにはまだ海音寺氏が階段を駆け下りている最中か、あるいは罠に掛かって首を絞められているころだと思います。それから木梨くんが柴田くんを起こしに行って、二人で窓から見下ろしたときには、怪人が早くも登場しています。首を絞めて息の根を止めるのには、それなりの時間がかかります。それからロープの端を解いて、二人の眼下に登場するまでの時間を考えると、螺旋階段を下りるのにそうそう時間をかけてもいられない。そこは駆け下りたと考えるべきでしょう。でも考えてください。左腕を骨折して肩から吊っている人が、手すりが左側にしかない螺旋階段を駆け下りるのは、不可能ではないにせよ、本能的にブレーキが掛かるんじゃないでしょうか」

「あっ」と木梨が声を上げる。そういった部分までは、作者も考えてはいなかったらしい。

「もし三条が犯人ではなかったら。三条が言っていたことは本当だった。彼は本当に窓から突き落とされた。だとしたら体格的に身長二メートルの東野が怪しい。でも四階にいた三人には犯行が不可能だったような感じがする」

「そら、そういう前提やったから。でも、まさか――」

「か弱い女性でも絞殺は可能です。片腕を骨折している人間でも可能なわけですから。いくらでもトリックは考えられます。たとえば手すりの隙間から輪っかにしたロープを垂《た》らして、被害者の首にかけて、抵抗されないようにするとか。問題は三条の突き落としの件です。ベッドの高さが四十センチ。窓の高さは七十センチ。これを同じ高さにすれば、何とか突き落とすこともできるのではないかと。絵描きの人はエアブラシというのを使うことがあります。エアコンプレッサーで圧縮した空気でインクを飛ばす機械ですね。たとえばそのコンプレッサーで、ベッドの下に入れたエアマットを膨らませて、三十センチ持ち上げることができれば。それからベッドの上の身体を向こう側に押しやって、開いた窓から突き落とす。……どうです？」

「参りました」と木梨が言う。「もちろん僕の考えた解答とは違うてますけど、自分の答えに検討不足な点があったと指摘された上に、これだけの別解を示されたら、作者としてももう、そう言うしかないですよって」

あらゆる意味で今回の推理合戦に敗れた木梨は、しかし清々《すがすが》しい顔をしていた。黒猫の京助《きょうすけ》が鳴きながら近づいてきたのを見て席を立ち、しゃがみ込むと、

「やっぱこの店のみんなは凄いよ。京助。実はお前も、もっと凄い推理をしてたとか言うんちゃうやろな」

などと言いながら、顎《あご》の下を撫《な》でている。京助はまるで「そのとおり」とでも言わんばかりに、目を細めて微笑《ほほえ》んでいた。

謎の墜落死

高所恐怖症は動物的本能に由来する。臆病だと恥じることはない。かくいう私も高い所は苦手である。

殺人者にとってはその《高さ》が武器となる。充分な高さがあれば被害者を確実に死に至らしめる。証拠も残りにくいし、目撃者さえいなければ自殺や事故死として処理されてしまう可能性だってある。

北村薫《きたむらかおる》の『秋の花』（創元推理文庫）で描かれているのも謎の墜落死事件だった。校舎から墜死した女子高生――彼女の死ははたして自殺だったのか。再読してみると意外な伏線があり、作者のたくらみに感心すること必至。

《密室の巨匠》ジョン・ディクスン・カー（別名カーター・ディクスン）は『時計の中の骸骨』（ハヤカワ・ミステリ文庫）や『雷鳴の中でも』（同）などで、謎の墜死事件を扱っている。どちらも目撃者がいて、被害者を突き落とした者は誰もいないと証言するところがミソ。『連続殺人事件』（創元推理文庫）ではさらに、被害者が墜落した部屋のドアが内側から施錠されていたという形

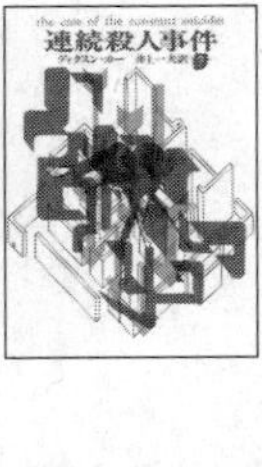

連続殺人事件
ジョン・ディクスン・カー・著
井上一夫・訳
創元推理文庫

密室・殺人
小林泰三・著
角川ホラー文庫

で密室状況を演出している。

被害者が落ちた部屋のドアが密室状況だった、という謎の見せ方は、たとえば森村誠一《もりむらせいいち》の『超高層ホテル殺人事件』（光文社文庫）などでも踏襲されているが、小林泰三《こばやしやすみ》『密室・殺人』（角川ホラー文庫）では、被害者が落ちたはずの窓も内側から施錠されていたという不可解な謎が読者を悩ませる。

E・D・ホックの短編「長い墜落」（創元推理文庫『サム・ホーソーンの事件簿I』所収）では、さらに不可解な墜死事件が扱われている。高層ビルの窓から飛び降りたはずの自殺者が地面と激突するまでに要した時間は、何と三時間四十五分。まさに長い墜落である。辻真先《つじまさき》の『改訂・受験殺人事件』（創元推理文庫）は連続見立て殺人ものなのだが、第一の事件でやはり同種の謎を扱っている。

白峰良介『飛ぶ男、墜ちる女』（講談社ノベルス）で描かれているのは、墜落中に性転換したとしか思えない不可解な墜死事件である。飛び降りたシルエットはたしかに男性のものだったのに、地面で発見された墜死体は女性のものだった。講談社ノベルスの新本格初期作には、文庫化されていないために見逃されがちな作品がいくつかあるが、本作もそのひとつ。スマートな謎と解決が印象深い佳作である。

（「本とも」２００９年12月号掲載）

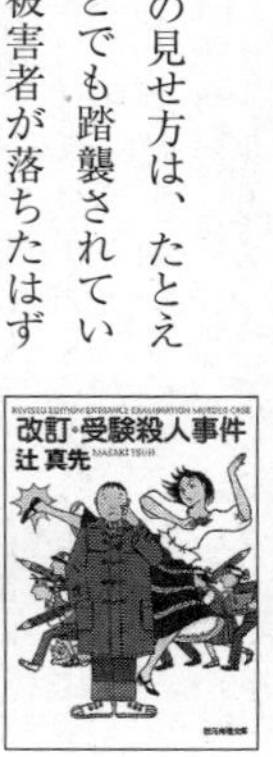

改訂・受験殺人事件
辻真先・著
創元推理文庫

飛ぶ男、墜ちる女
白峰良介・著
講談社ノベルス

13　転送メールの罠

1

月日は百代《はくたい》の過客《かかく》にして、光陰《こういん》は矢の如し。時は金《かね》なり。沈黙は金《きん》――というのは関係ないか。とにかく月日はあっという間に過ぎてゆく。

ほんの二ヵ月前までは半袖姿で平気だったのに、今ではコートが手放せない。そんな寒さが常態となった十一月も、気がつけばもう晦《つごもり》である。

扇町《おおぎ》商店街の中村屋で昼食を取った後、大村龍雄《おおむらたつお》は例によって、脇道沿いに店を構える蒼林堂《そうりんどう》古書店へと足を運んだ。表の均一棚のラインナップはいっこうに変わらず、ここだけは時の流れに抗《あらが》っているかのようだったが、引戸のガラスに貼《は》られた《蒼林堂古書店　ミステリ専門　買取も致します》のポスターはすっかり色褪《いろあ》せている。

店内に入ると、ふわっとした暖気に身体が包まれた。暖房が入っているのだ。ありがたい。鰻《うなぎ》の寝床のように奥に長い形の店内は、背中合わせになった中央の本棚の列で、左右に大きく二分されている。今日は右側のトンネルを選び、いつもと同様、棚からテキトーに本を一冊抜き取った大村は、奥の喫茶スペースへと向かった。

ジャンルを限定した専門店なので、来客はミステリファンと相場が決まっている。ならば店主と客、あるいは常連客同士で、親交を深めるためのサービスがあっても良いのではないか。そんな考えの下、この喫茶コーナーは設けられたのであった。L字型のカウンターに回転椅子四脚を配した四畳半ほどのスペース。百円以上の売買をした客には、そこで一杯の珈琲《コーヒー》が供されるのである。

「ちわーっす」

大村が顔を覗かせると、カウンター席にはすでに二人の先客の姿があった。

「あ、大村さん、こんにちはー」「こんにちはー」

輪唱で出迎えてくれたのは、柴田五葉《しばたごよう》と木梨潤一《きなしじゅんいち》の二人。ともに県立東高校の二年生で、この店の常連客である。先月ついに四十歳の誕生日を迎えた大村にとって、高校時代は、はるか記憶の彼方だ。同じクラスに誰がいたかも、今となってはあやふやなのだが、

「いらっしゃいませ」

とカウンターの内側で笑顔を浮かべるこの店のマスター、林雅賀《はやしまさよし》が同級生だったことだけは、もちろん忘れてはいない。今の柴田&木梨と同様、同級生だった大村&林はミステリを共通の趣味として親交を結び、二十数年後の今もこうして、週に一度は顔を合わせている。親友と言うよりは、もはや腐れ縁と言ったほうがいいかもしれないが。

会計を済ませた大村は、コートを脱ぐと、いちばん手前の椅子に着いた。マスターは珈琲の支度を始めている。

「ねえねえ、大村さん」と木梨が話し掛けてきた。「聞いてください。実は五葉に彼女ができましてん」

「だから木梨。違うって」と柴田があわてて否定する。「あいつはただの――」

「幼馴染《おさななじみ》やて言うんやろ。でもそれって設定的には最強やん」

幼馴染というキーワードでひらめいた。

「それってあの、モンブランの彼女？」と大村が聞くと、

「……そうです」柴田は不承不承といった感じで認める。

「西高のバレー部だっけ？」

「よく憶えてますね」

「え、何や、大村さんは先刻ご承知やったってこと？」

「だからー。彼女とは別にそんな関係じゃないんだってば。ただこの間、道で偶然バッタリ出会ったんで、そこでちょっと立ち話をしただけで。で、そんときに試合を見に来てほしいって言われたから」

「そうやってすぐムキんなって否定すんのがおかしいねんて」

「じゃあいいよ。そう思っててくれれば」と言ってむくれる。

子供じみた二人のやりとりに、大村もつい頬を緩めてしまう。そういえば自分も十代のころには、恋愛ネタで友人を冷やかしたり、逆にからかわれてムキになったりしたものだ。いつからそういったことと無縁になったのだろう。大村が離婚したのは八年前。以来浮いた話はとんとご無沙汰だ。

浮いた話といえば——。

「そう言えば今月はまだ、しのぶさん、来てないよな。月イチペースを守るために、今日は必ず来ると見た」

大村がそう言っても、マスターは反応せず、黙々と珈琲の支度を続けている。沈黙は金、か。

茅原《ちはら》しのぶもこの店の常連客の一人である。ほぼ毎週こうして蒼林堂に入り浸っている大村たちとは違って、彼女は律儀に月イチペースを守っている。月に必ず一度は来る。しかし二度は来ない。毎度ひいらぎ町から電車代を遣って来ているはずなのに、来店時に買ったり売ったりするのは本一冊だけ。本の売買はお義理でしているだけで、彼女のお目当ては他にあるとしか思えない。大村はそれがマスターだと踏んでいる。小学校の先生をしていて二十五歳とまだ若く、しかもすこぶるつきの美人。条件的にはまったく問題ないと思うのだが、マスターはどういうわけか、彼女につれない態度を取り続けている。

「はい、お待たせ」

飴《あめ》色のカウンターに湯気の立つ珈琲のカップが置かれる。本棚に囲まれた喫茶コーナー。そばにいるのは気心の知れた仲間たち。珈琲の薫りが鼻をくすぐり、手元には一冊のミステリがある。

今は、週に一度のこの時間を楽しみに、自分は生きている。

蒼林堂が開店したのは五年前の四月だった。もし八年前の時点でこの店が存在していたら——こうして息抜きの時間が持てていれば——自分は今も彼女と暮らしていたかもしれない。

大村の結婚生活は七年で終わった。離婚した当初は「女なんてもう懲《こ》り懲《ご》りだ」と言いつつ、内心では「冬来たりなば春遠からじ」などと思っていた。なのに気づいてみれば、結婚していた期間よりも、その後の独身生活のほうが長くなっている。

寒い季節には自然と人恋しくなるのだろうか。

「高校生はいいよなあ。出会いのチャンスが山ほどあって」

親子ほども年の離れた柴田たちに向かって、ついそんな愚痴を垂れてしまう大村であった。

2

それから二十分ほどして、大村の予想どおり、茅原しのぶが来店した。棚のチェックに時間がかかっているので、今日は本を買いに来たのだろう。

しのぶは月に一度来店して、偶数月には本を一冊店に売り、奇数月には逆に本を一冊買って帰る。大村はそこに何か隠された意味があるのではないかと勘繰っていた。実はマスターとしのぶがそういう形で、こっそり手紙のやりとりをしているのではないか。なぜそんな手間をかけるのか——普通に郵便で出せばいいし、携帯メールのやりとりならもっと簡単に通信ができる——という疑問は残るが、それはさておき。彼女がマスターに手渡す本に何かメッセージを書いた紙が挟まれていたり、マスターが返信を忍ばせた本を彼女が選んで買っているという想像は、なかなかにロマンチックである。

紙を挟むのではなく、本に直接鉛筆か何かで書き込みをしている可能性もある。誰かに読まれてもわからないように、鉛筆で印をつけた文字を抜き出してゆくとメッセージが解読できるとか、何かそういった暗号のようなものが使われているかもしれない。もしそうなら、しのぶが店に売った本をチェックすれば何か痕跡が残っているのではないか。そう思って、彼女が先月店に売った白峰良介《しらみねりようすけ》の『飛ぶ男、墜《お》ちる女』が棚に並ぶのを待っていたのだが、今のところは出ていない。『飛ぶ男、墜ちる女』はすでに一冊棚に並んでいるが、犬マークのオレンジ色が褪色《たいしよく》しているので、これはしのぶが売った本ではない。それ以前から並んでいた本だ。まずはあれが売れないと、棚には出て来ないのか。

二人が本の売買を通して秘密の通信をしているという想像には、ひとつ大きな難点があった。しのぶからマスターへの伝言は特に問題なく行えるが、逆にマスターからの返信はどうしているのか。棚に並んでいる二万冊の本のうち、マスターが伝言を忍ばせたのがどの本なのか、しのぶは知っていなければならない。そこで電話などを使っては興醒めだ。しのぶが自分の伝言の中で「返信はこの本にしてください」とタイトルを指定している可能性はあるが、それよりも、売った本と次に買う本がそれぞれ何らかの形で対応しており、無言のうちに通じ合っているというほうが、形としては美しい。

実際、七月にしのぶが森博嗣《もりひろし》の『夏のレプリカ』を買い、翌八月には樋口有介《ひぐちゆうすけ》の『夏の口紅』を売りに来たというケースがあった。『夏の——』という題名の対応がそこには見られる。さらに九月には加納朋子《かのうともこ》の『螺旋階段のアリス』を買っていったが、その際にしのぶは、樋口作品と加納朋子との関連性について、ひとくさり語っていたではないか。

そんなことを考えていると、本を選び終えたしのぶがようやく喫茶コーナーに顔を出した。

「みなさんこんにちは。……雅《まさ》さん。これ、お願いします」

カウンターに差し出された本を、大村は横目で確認した。夏樹静子《なつきしずこ》の『天使が消えていく』（講談社文庫）だった。しのぶが代金二百円也を支払い、マスターは珈琲の支度を始める。

「すいません。しのぶさん。ちょっといいですか？」

大村は半ば強引に、しのぶの手から問題の本を奪い取った。

「読んだ記憶はあるんですけど、内容が思い出せなくて」

という言い訳はいちおう事実だったが、目的はマスターからのメッセージがないかどうかの確認である。中をぺらぺらと捲る。とりあえずメモ用紙の類は挟み込まれていない。本文にも書き込みはないようだ。最後に裏表紙のあらすじを確認して、「あそうだ」と、これも演技ではなく、いちおう本音の発言である。《重症心臓疾患児ゆみ子の母、神崎志保》という部分でその内容を、朧《おぼろ》にではあるが思い出したのだった。「ありがとうございます」と言って本をしのぶに返却する。

「大村さんも読まれてるんですか。ちなみに雅さんは?」

「あ、実は、夏樹静子はあまり読めてないんですが、そのへんの代表作はいちおう押さえてあります」とマスターは、視線は手元に落としたまま、声だけで返答する。

「オススメのポイントとか、教えていただけます?」

しのぶが聞いているのは、あくまでもマスターに対してである。大村も読んでいると言っているのに完全に無視。実にわかりやすい。まあ実際に聞かれたとしても「面白かったという印象があるけど、どこがどう面白かったかはあんまり憶えていない」としか言えないのだが。

「夏樹静子は女性作家にしては男性的——というと語弊がありますが、女性作家というとイメージ的には、わりと家庭的なサスペンスとかが得意で、一方で社会的な部分――警察の捜査だとか、先端医療だとか、そういった取材しないとなかなか書けないようなことは、おざなりにして済ましちゃうような、そんなイメージがあるじゃないですか。でも夏樹静子はそういった男性作家が得意な部分もしっかりしていて、社会派としての水準は男性作家にひけを取らない、なのに女性作家ならではの視点も加わっていて、そういうところが特徴的なんじゃないかなと思うんです。ちょうどその本がいい例で、連続殺人を捜査する刑事が主人公のパートと、女性記者が主人公で親子の愛情をテーマにしたドメスティック・サスペンスのパートが、交互に出てくるような構成になっていたと思うんですけど――」

「ドメスティックって何？」と柴田が小声で質問をし、

「あれ、化粧とかそうゆうんやなかった？」と木梨が小声で答えているのが耳に入った。

「それはコスメティック」と大村はツッコミを入れる。「ドメスティックって、どんな意味だっけ？」

「家庭内の、とか、内輪の、とか、たしかそんな意味です」とマスターが即答する。

「とにかく、女性作家というと基本的に女性読者向け、というイメージがそれまではあったような気がするんですが、夏樹静子の場合には、男性読者が読んでも大丈夫というか、そういう部分を意識的に書いているようなところが感じられて」

「あれだ。少女マンガで言うと、青池保子《あおいけやすこ》みたいな感じじっていうか」と大村は思いついたままを言った。「少女マンガって言うと、車とかヘリとか銃とかがテキトーに描かれているイメージがあったけど、『エロイカより愛をこめて』でそういったメカとか、あとMI6とかKGBとかを出してきて、どうだ、描き手が女性でもこういうのが描けるんだぞと、男性読者の目からウロコを落とさせたというか――」

自分としては適切な例を思いついたつもりだったのだが、誰にも通じていない様子。男性陣は別としても、しのぶには通じるかと思ったのだが――そうか、時代が違うのか。

「吉田秋生《よしだあきみ》とかでもいいけど」とフォローしてみたが、やはり無視される。

「とにかく」とマスターが話を続けた。「作家の性別で買う本を選ぶ人っているじゃないですか。女性作家だから読まない男性読者とか、あるいは逆に女性作家しか読まない女性読者とか。それは女性作家の書くものが基本的に男性作家の書くものと違っている、という思い込みがそういう人たちにはあるってことで、実際、新津《にいつ》きよみなんかはそれに該当するところもあるかもしれないですし、昔だったら南部樹未子《なんぶきみこ》とか新章文子《しんしょうふみこ》とかがまさにそんな感じだったと思います。新本格の館ものにしても、男性作家が書くといい意味での作り物感というか――僕の同業者で円堂都司昭《えんどうとしあき》って人がいるんですけど、その人の書いた評論で、綾辻行人《あやつじゆきと》の館ものをディズニーランドなどのテーマパークと関連付けて論じてるのがあるんですけど――そういった、人が住んでいる場所というよりは、ミステリの舞台として用意された場所としての館っぽさが、綾辻だけでなく、男性作家の場合には目立つように思いますし、一方で女性が館ものを書くと、そこにはおのずと生活臭が漂うというか、そんな違いが出るような気がしてたりもするんです。まあ、そうは言っても、北村薫《きたむらかおる》がデビューしたときには、僕はこれは絶対女性だとばかり思っていましたし、北川歩実《きたがわあゆみ》が男性なのか女性なのか、いまだにわからないですし、そんな僕がここで何を言っても、説得力はないんですけど」

しのぶが大きく頷《うなず》きながら、

「性別を明かしてない作家さんって、そういうふうに、女性だから読まないとか、逆に女性だから読むとかいう人たちに、そういった偏見を持たずに自分の作品を読んでもらいたいっていう気持ちも、たぶんあるんでしょうね」

そのとき、カウンターのいちばん奥の席で、柴田が携帯電話を開くのが見えた。受信したメールを確認しているようで、何が書かれていたのか、ガビーンという表情をする。そんな顔芸を自分がしていることや、それを大村に見られていることは、まるで意識していない様子である。

マスターはまだ話を続けていた。

「性別を判断するにしても、たとえば男性の気持ちがすごくよく描けているからこの作者は男性に違いないとか、そういう考え方は——もし本当にその本の作者が男性だったとしても、そういう考え方は他の女性作家に対して失礼ですよね。女性作家にはこういうことは描けないはずだと言ってるわけですから。プロである以上、どんなことだって自由に描けるのが、作家としては理想的ですよね。それを目指しているプロの作家だっている。男性の気持ちがすごくよく描けていても、女性作家が努力してそういうのが描けるようになったのかもしれない。そういう可能性を排除することは、すべての女性作家をアマチュア扱いしていることと同じなわけですよ。メカが上手に描けるマンガ家は男性だとか、社会的な部分がよく取材されているから男性作家だとか。そういった読者側の思い込みに、実作をもって反論したのが、夏樹静子であり、あるいはさっき龍《た》っちゃんが言ってた——」

「青池保子」と大村がフォローする。「マンガ家の」

「そういうことです。男性と女性で、たしかにそういった傾向の違いが見られることもあるでしょうが、その傾向を個別の事例に当て嵌《は》めて、あれこれ言うべきではないというのがまずひとつ。常に例外的な存在というのは考えられますから。それ以前に、男性と女性で単純に二分するのもどうかという話もあります。肉体的な性別はあくまでもその二つしかないにしても、精神的な部分での性別はそれとはまた別にありますし、その場合でも、完全に男性、完全に女性というのはむしろ少数で、男が九で女が一とか、男が三で女が七とか、そういった両性を併せ持つような人が、世の中にはたくさんいるのではないかと。……というようなことが、最近よく言われてますよね」

「いわゆるジェンダー論ですね」としのぶが応じる。

「まあ、だから要するに、女性は女性らしくとか、男性は男性らしく、みたいなことは、軽々しく言わないほうがいいということです」

3

「あのー、この店って、英和辞典とか、置いてあります？」

不意に、おずおずといった感じで質問をしたのは、柴田だった。まだ携帯電話を開いている。

「英文のメールでも届いたの?」と大村が聞くと、

「ええ、まあ」となぜか言葉を濁《にご》す。

「わからない単語があったら、この人間翻訳機に聞いてもらえれば」と胸を叩くと、

「ドメスティックの意味を知らなかった大村さんに、ですか」とつっこまれてしまった。

「まいいや。これ見てもらえます?」

大村は柴田から見てカウンターの反対の端に座っているので、携帯電話はまず木梨の手に渡った。

「どれどれ」と木梨が画面をチェックする。それがしのぶの手に渡り、彼女がじっくりと文面を確認した後で、ようやく大村の手に渡された。

差出人:kiraran1987319@*****.ne.jp
件名:Fw:Fw:Fw:Fw:Fw:翻訳して

Time is a gas under you and I.
It is a emotion in no-make.

You are taken our agent Ada.
Shut out Onner, use meter a site.
I was eros up pink, imitation nature.
Oh, he is a woman, eros as so cute as I.
I need a lemon, omit a line.

「そうか。キララちゃんは早生まれか」と大村が言うと、

「そういう余計なことは」と柴田がまたむくれる。

件名からすると、もともと翻訳を頼んできたのはくだんの彼女、キララちゃんではなく、もっと別の人間だったらしい。誰も翻訳ができないまま、たらい回しにされて柴田まで届いたのだろう。

あるいはチェーンメールのようなものかもしれない。だとしたらこれは何かネタのようなものなのか。

それにしても《as～as》の構文とか、懐かしすぎる。

マスターも「ちょっと貸して」と言って携帯電話を大村から取り上げた。ＰＣに文面を打ち込んでから返される。

「とりあえず言えるのは」と大村は指摘した。「この英文には明らかなミスがある。まず不定冠詞の使い方がおかしい。gas や emotion は数えられない名詞だから不定冠詞は要らないし、もし付けるにしても a emotion ではなく an emotion とすべきである。そこから言えるのは、これを書いたのが日本人だということ。日本人はおおむね、この不定冠詞というやつを苦手にしてるからね。……何かを直訳したのかな?」

マスターにメモ用紙を要求して、自分なりに訳してみる。直訳ではなく、おそらく元はこんな日本語の文章だったのではないかというのを想像しながらの翻訳作業である。

するとマスターがニヤニヤしながら、

「じゃあみんなで日本語に訳して、それを後でいっせいに見せ合おうか」

というわけで全員に筆記用具が配られ、携帯電話は大村からしのぶに、しのぶから木梨へと渡されて、最後に持主の柴田へと戻される。みんな現段階ではとりあえず、英文をそのまま書き写しているだけのようであった。

「ボクはパス。英語は苦手だから」と柴田が早々に降参した。

「emotion てどんな意味ですか?」という木梨の質問には、

「感情、とか、情動、とか」とマスターが答える。

「エイダとかオナーというのは固有名詞ですよね？」としのぶが確認すると、マスターは無視。仕方なく「だと思いますよ」と大村がフォローする。

「みんな書けたかな？　それでは、答え合わせをしましょう。自信のない人から順に」とマスターが言う。よっぽど自信があるようで、自分は最後と決めている様子が小憎らしい。

「じゃあ僕から」と木梨がメモを表にして出した。

4

「he is a woman、《彼は女性です》っていうのが、かなり引っかかったんですけど、ちょうどさっき、その、ジェンダーでしたっけ？　そんな話も出てたんで、そういうのもアリなんかなと思って。あとはだいたい直訳です」

あなたと私の下で時間は気体です。
それはノーメイクの感情です。
あなたは私たちの代理人エイダを取られました。
1メートルのサイトを使ってオナーを完封しましょう。

私は色気にピンクを増して、偽りの自然となる。

　おお、彼は女性です、私と同じでとても可愛い色気がある。

　私はレモンが欲しい、スジは取ってね。


「あ、なるほど。最後のomit a lineを《スジは取ってね》って訳したんだ」と大村が言うと、木梨は得意げに、

「ええ。レモンだってミカンみたいにスジがあるやろ思て」

「そこはわたし、lineていうのは実はlimeのスペルミスじゃないかって推理したんです」としのぶが言いながら、自分のメモ用紙を表にする。


　君と僕のもとでは時間は気体のようで。

　それが素顔のままの気持ち。

　君は僕たちの代理人エイダを奪われる。

　サイトを計ることによってオナーを締め出そう。

　僕は明るいピンクの色気があった、偽りの自然のような。

　おっと、彼は女性だ、僕と肩を並べるキュートな色気。

僕はレモンが欲しい、ライムは要らないけど。

「ああそうか。レモンとライム。なるほどね」と、大村は彼女の発想力に素直に感心した。

「全体としては、何かポップスの歌詞か何かかなって。音楽は得意だけど英語は苦手っていう人が、無理をして英語の歌詞を書いたらこうなったとか」と説明しつつ、あまり自信はなさそうな感じでしのぶが言う。

次は大村の番である。

「ちなみに俺は、この英文、どこかのエロサイトに書かれてた日本人が書いた英語の文章を、そのまま書き写したものじゃないかってセンで考えたんだけど」と前置きをして、紙を見せる。

時間は溶けて気体になる。君と私の間で。

それが私の本心。

君は機械語エイダを使っているんだね。

だったらサイトを計測してオーナーを締め出そう。

私のエロサイトは自然界に存在しないピンク色で。
ああ、彼はニューハーフ。私と同様に可愛くてエロい。
レモンちゃんが欲しい。目線は外してね。

「エイダっていうのは、コンピュータの言語でそういうのがあって、そこからインターネットを連想したんだけど。……じゃあ最後はマサ。何か自信ありげだったけど」
するとマスターは無言のまま、自分が書いたメモ用紙をおもむろに差し出した。

地名探すんで竜安寺。
位置さえも知恩院の負け。
ようあれ竹野浦源太だ。
首藤トンネル攻めてらして。
言わせろスッピン君たち女釣れ。
横柄さを真似ろさっそく手足。
居ねえ誰も飲み足りね。

一瞬、誰もがその意味を測りかねていたが、

「あ、まさか！」と最初に声を上げたのは柴田だった。大村もほぼ同時に理解していた。……ああ、何てことだ！

「そういうこと！」とやや遅れてしのぶが言う。最後に木梨が、

「これが正解ですね。間違いなく」と言って何度も頷いている。

柴田はマスターのメモ用紙を見ながら、携帯電話のボタンを勢いよくプッシュしている。カウンターの隅で丸くなっていた黒猫の京助《きょうすけ》が、不意に起き上がると、のそのそと柴田の方へと歩いてゆく。自分も解読結果を確認したいと思っていたかのように、メモ用紙を一瞥《いちべつ》すると、それで用は済んだと言わんばかりに俊敏な動きで床に飛び降り、伸びをしながら「にゃあ」と一声鳴いた。

ミステリアスな女性

犯罪の陰に女あり。謎めいた女性が登場するミステリは数多い。そもそも人類の半分を女性が占めているのだから、たいていのミステリは何らかの意味で、女性に絡んだ謎を扱っていると言える。そんな中、ここでは特に印象深い女性たちに登場を願おう。

まずはウイリアム・アイリッシュ『幻の女』（ハヤカワ・ミステリ文庫）。殺人罪で逮捕された男にはアリバイを証明してくれるはずの女性がいた。しかし住所も名前も知らない。彼女と二人で行ったバーの店員は、そんな女は見ていない、お客さんは一人で来られましたと言う。彼女は幻だったのか……。

ジョン・ディクスン・カーは多くの作品にラブロマンスの要素を持ち込んでいる。たいていはラブコメ仕立ての軽い扱いなのだが、『囁く影』（ハヤカワ・ミステリ文庫）では少し様子が異なる。フェイ・シートンという女性は吸血鬼であるとの噂を立てられ、そして村では超常現象としか思えない不可思議な事件が起こる。いつものラブコメ調を想定して読んでいると最後に驚くこと必至。

幻の女
ウィリアム・アイリッシュ・著
稲葉明雄・訳
ハヤカワ・ミステリ文庫

三重露出
都筑道夫・著
光文社文庫

都筑道夫《つづきみちお》『**三重露出**』（光文社文庫）にも謎の女性が登場する。主人公は日本を舞台にした海外アクション小説を翻訳中なのだが、作中に登場する沢之内《さわのうち》より子《こ》という女性が、二年前に殺された自分の知り合いと同姓同名なのだ。作中作の部分が終わり、都筑の書いた小説が終わっても、沢之内より子の謎は依然として読者の胸に残り続ける。不思議な作品である。

夏樹静子『**天使が消えていく**』（光文社文庫）に登場する神崎志保《かんざきしほ》は、難病の乳児を抱えた母親。主人公の雑誌記者は、志保がその子を殺そうとしているのではないかとの疑惑を持つ。もう一人の主人公である刑事が追っている殺人事件の捜査線上にも、志保の名前が挙がる。二つの筋が交錯した後の展開が見もの。女性作家ならではの細やかな伏線が、真相の意外性を保証している。

天使が消えていく
夏樹静子・著
光文社文庫

松尾由美《まつおゆみ》も、女性ならではの着眼と演出に定評のある作家だ。連作短編集『**バルーン・タウンの殺人**』（創元推理文庫）では、妊婦だけが暮らす町で起きる事件を妊婦探偵が解決する、という特異な設定が話題を呼んだ。また『**ジェンダー城の虜《とりこ》**』（ハヤカワ文庫ＪＡ）では、ジェンダー（社会的な役割としての性）の多様性とマイノリティの問題をテーマとして扱っている。ちなみに私は「ジェンダー」という概念を一九九六年刊のこの作品で初めて知った（その紹介文で「女性ならではの」等と書いてちゃダメでしょ＞自分）。

ジェンダー城の虜
松尾由美・著
ハヤカワ文庫ＪＡ

（「本とも」２０１０年1月号掲載）

14 解読された奇跡

1

扇町《おおぎ》商店街にジングルベルが流れている。

年も押し詰まった十二月の二十三日。火曜日だが天皇誕生日で会社は休みである。大村龍雄《おおむらたつお》はいつもの休日と同様、自宅マンションから徒歩五分の距離にある扇町商店街へと、昼食を取りに出ていた。

クリスマス&年末商戦たけなわで、商店街は案外と賑《にぎ》わっている。しかし商店街から一本角を折れた脇道沿いにある蒼林堂《そうりんどう》古書店だけは、いつもと何ら変わりなかった。均一棚の本の値段を下げるといったサービスも行っていない。ミステリ専門の古書店というニッチな商売をしているので、一見《いちげん》の客などは端《はな》からあて込んでいないという態度がありありと見て取れる。利益はインターネットを使った売買で得ているので、店舗への来店者を増やそうという考え自体が経営者の頭にないのだろう。

　それでも足を運んでくれる常連客へのサービスとして、店主の林雅賀《はやしまさよし》は、店舗の奥に四畳半ほどの喫茶スペースを用意していた。百円以上の売買をしてくれたお客さんには、そこで一杯の珈琲《コーヒー》が提供されるのである。L字型のカウンターに回転椅子が四つ。大村が顔を覗《のぞ》かせたときには、そのうちの二つがすでに先客によって占められていた。

「あ、大村さん。今日も来たんだ」「こんにちはー」

　笑顔で出迎えてくれたのは、柴田《しばた》五葉《ごよう》と木梨《きなし》潤一《じゆんいち》の二人だった。ともに高校二年生で、大村と同様、休日の午後はこの喫茶コーナーで過ごすのを常としている。だからつい一昨日も顔を合わせたばかりだった。

「君らこそ、こんなとこにいていいのか？　特に柴田くん。クリスマスは今年も平日だし、彼女と一緒に過ごすのは、今日しかないんじゃないの？」

「またそういうことを」と柴田は頬《ほお》を膨《ふく》らませる。「ちなみにキララは今日も部活です。試合があるんだって」

「だったら応援に行けばいいのに」

「いや、そこまでは……」と柴田が首を振る。さすがに他校の女子バレー部の試合の応援に行くのは、躊躇《ためら》われるのだろう。

「あと、茅原《ちはら》先生、太らすわけにはいかんやろうて」と木梨が横から口を挟《はさ》む。彼の言葉には関西ふうの訛《なま》りがある。

「茅原先生が？　あ、そういうことか」

　茅原しのぶは月に一度のペースで来店する、この店の常連客の一人である。ひいらぎ町小学校の教師をしていて御年二十五歳。かなりの美人である。育ちも良いようで、去年のクリスマス前の日曜日には、来店時にケーキを六つ買って来てくれた。それをマスターと大村と柴田が一つずつ食べ（木梨は当時まだこの店の常連客ではなかった）、残り三つはしのぶ自身が平らげてしまったのである。今月はまだ来店していないので、今日あたり来る可能性が高い。ケーキを人数分プラスアルファ買ってきて、もし勘定に入っていた柴田が不在だったら、そのぶんもしのぶの口に入って、結果彼女が太ってしまうのではないか。高校生二人はそんなことを言っているのである。

「そういうことか。じゃあ彼女が来る前に、とりあえず珈琲を一杯いただいとかないと」

　と言いながら、大村はカウンターの内側にいるマスターに本を差し出した。代金を支払ってカウンター席の端に座る。

「いやー、今年も残すところあと九日か。そうやって考えると、一年が過ぎるのが早いよなあ、マサ」

珈琲の支度を始めたマスターにそう話し掛けると、

「それだけ歳を取ったってことだよ、龍《た》っちゃん」

カウンターの内側でマスターが言う。現在の柴田&木梨と同じく、大村と林雅賀は高校時代には同級生だった間柄である。

「それはお互い様だろう。てゆーか、そっちのほうが俺より半年年上だろう。先に四十路になったくせに」

四十歳になってもお互いに独身なのは変わらない。大村のほうは一度結婚に失敗しており、いわゆるバツイチの身なのだが、マスターのほうは未婚のまま四十歳を迎えている。自分はもういいから、せめてマスターには一度、幸せな結婚生活を味わってもらいたいと願う大村だった。

幸いなことに――といっても、あくまでも大村の見立てによればだが――茅原しのぶがマスターに好意を寄せている。それなのにマスターはどういうわけか、彼女のことを敬して遠ざけているようなところがある。まったく何をしているのか。

そう。今年こそ――クリスマス前のこの時期こそ、そのあたりのことをハッキリさせるチャンスなのではないか。

大村はそう思っていたし、事実、そのあたりのことは、今日のうちにハッキリするのだった。それが今回の話である。

2

三十分後、今回の話のもう一人の主役である、茅原しのぶが喫茶コーナーに姿を見せた。

「こんにちは。みなさん今日もお揃《そろ》いで」

右手には重そうなスポーツバッグを、そして左手には期待どおりにマルシェのケーキ箱を提《さ》げている。

「メリー・クリスマス。いちおう六個、買ってきたんで、みなさん好きなのを一個ずつ選んでください」

「ボク、モンブラン貰っちゃっていい？」

みんながケーキ箱の中身に気を取られている隙《すき》に、しのぶはスポーツバッグのファスナーを開け、中から四六判の本を一冊取り出した。大村はそちらにも注意を向けていたが、バッグの中身はすべて本のようだった。嵩《かさ》と重さからして、他に十数冊は入

っている様子だったが、それは売買とは無関係のようで、

「今日はこの本を買い取っていただきたいのですが」

しのぶがカウンターに差し出したのは、北森鴻《きたもりこう》の『顔のない男』（文藝春秋）一冊だけだった。マスターは一瞬、躊躇《ちゅうちょ》したような表情を見せてから、

「……いいんですね？」

と小声で問い掛けた。しのぶは凜《りん》とした表情で頷《うなず》く。本当に売っていいかと確認するほど希少な本なのかと思ったが、マスターが提示した買取価格はたったの百円だった。だとすると何が「いいんですね？」だったのか……。

しのぶに対する会計が済んだところで、好みのケーキが各人に配られ、マスターは人数分の珈琲を淹《い》れた。

座がようやく落ち着いたところで、おもむろに、しのぶがマスターに話し掛けた。

「……雅《まさ》さんはその本、読まれてますか？」

「これですか？　ええ。北森鴻という作家の上手さがよくわかる、隠れた名品だと思います」

「こんな筋ですよね。まず最初に殺人事件が起きて、被害者の身元が判明するんですけど、それが都内の一戸建てに一人で住んでいて、仕事もしてないし近所付き合いも

していない。どういう人だったか、誰も証言できる人がいない。そんな淋しい人が本当にいるのか。主人公の刑事さんたちが再度被害者の家を調べてみると、はたして一冊のノートが見つかる。そこに書かれたメモのようなものを調べていくうちに、訪ねて行った先々で新たな事件に遭遇してしまう……。全部で七話あるうちの六話目までは、それぞれ独立した短編としても読めますし、実際、雑誌には間を置いてぽつりぽつりと掲載されていますから、雑誌掲載時には読み切り短編としてそれぞれ読まれていたもののようです。でもちゃんと長編としての筋が通っていて、最後には意外な真相が明らかになる……。最初の被害者が残したノートは、だからそんなふうに連作短編として発表された一話一話を、最後に長編としてまとめ上げるのに、非常に重要な役割を果たしていますよね」

「ええ」

「そこでふと思い出したことがあるんです。七つのバラバラな事件を貫く一本の筋ってことで、ちょっと似てるなって思ったんですけど。今から十年ほど前のことになるんですが——わたしがこんなふうにミステリ好きになったのも、一回り上の従姉《いとこ》の影響が大きかったって話、前にしましたよね？　あ、雅さんはいなかったですね。ほら、大村さんが店番をしていたとき」

「ああ、はいはい。憶えています」と大村が応じると、
「その従姉なんですけど、東京の大学を出て、都内で就職をして、ずっと近所で独り暮らしをしていて、よく部屋に遊びに行ったりしたんですけど、わたしが高校に入った年に結婚して、いわゆる寿《ことぶき》退職をしたんですね。で、そのときに――職場にやっぱり同じ趣味の先輩がいて、本の貸し借りなんかもしてたらしいんですけど、その寿退職をするときに、その先輩が餞別《せんべつ》だって言って、七冊の本をプレゼントしてくれたって言うんですね。その七冊をわたしに見せて、どうしてこの七冊なんだろう、しのぶちゃん意味わかる？　って聞かれたんです。何か意味があるんだろうかって。その本を今日は持ってきました」

スポーツバッグのファスナーを開けて、中から七冊の本を取り出し、カウンター上に場所を作って並べる。四六判が一冊、ノベルスが二冊、文庫本が四冊で、以下の七冊だった。

藤村正太《ふじむらしょうた》『特命社員殺人事件』サンケイノベルス
石井敏弘《いしいとしひろ》『ビーナス殺人ライン』トクマ・ノベルズ
中町信《なかまちしん》『天童駒殺人事件』大陸ノベルス

島田一男《しまだかずお》『鉄道公安官』徳間文庫
横溝正史《よこみぞせいし》『憑《つ》かれた女』角川文庫
森下雨村《もりしたうそん》『謎の暗号』講談社少年倶楽部文庫
ジョン・ディクスン・カー『雷鳴の中でも』ハヤカワ・ミステリ文庫

「何か、すごい……渋いラインナップですよね」と柴田が言い、

「うわー、読んだことないのばっかや」と木梨が応じる。

「俺はカーしか読んだことないけど、たとえば全部結婚がテーマになってるとか、そういうことじゃなさそうですよね」

大村もまず思いついたことを言ってみた。七冊中三冊のタイトルに「殺人」という単語が含まれていることからしても、結婚祝いとして贈るのに相応《ふさわ》しい七冊とはとても思えない。

「全部の作品に、その結婚する人と同じ苗字《みようじ》とか、同じ名前の登場人物が出てくるとか?」と柴田が思いつきを言うが、「そんなことはないか。海外の作品が入ってるし」と自分ですぐに否定する。

「まだわからんて。ナオミとかマリアとか、日本人と共通する名前の外国人もおるわ

けやし」

「その……しのぶさんの従姉の名前って、たしか、優《ゆう》さんっていいましたよね？」

大村が記憶力の良いところを見せると、しのぶは驚いた表情を見せて「よく憶えてますね」と言う。

「ユーって、外国人の名前で逆になさそうですよね」

「日本人で言うたら、オマエさんとか、アンタさんとか？」

「御前さんとかなら、何となく、いてもおかしくないかもしれないと思うけど、欧米人でユーさんは、どうだろう？」

七冊の選定基準は、内容でもなく、登場人物の名前でもない。

「何の意味もないように思えたりもするんですけど、この『謎の暗号』っていうのが引っかかるんですよね。この七冊は暗号だから解いてくれって言ってるみたいで」と柴田が言う。

「それで、しのぶさんは解けたんですか、この暗号？」

大村が先回りして尋ねてみると、

「ええ。十年前に」

ということは、やはり何らかのメッセージがこの七冊には隠されているのだ。

いつも鋭いところを見せるマスターは、今回の謎はもう解けたのだろうか——と思って様子を窺ってみると、そこには今まで見せたこともないような表情をしているマスターがいた。

大村はあっと思った。そういうことか。

3

高校生二人はいまだ気づいていない様子だが、大村は気づいてしまった。しのぶとマスターはそれぞれの意味において真剣な表情を見せている。これからいったい何が起こるのだろう。

「茅原先生はその七冊、読んだんですか？」

柴田の問いに、しのぶは頷いてから、

「ええ。でも読んだのは、メッセージを解読した後ですし、別に一冊も読んでなくても、メッセージ自体は解読できます」

「ということは、タイトルと作者名だけわかっていれば？」

「それやったら、お盆のときのあれと同じじゃないですか？」

「作品のタイトルの一文字目を繋げて読む？」

「すんません。マスター、何か書くもの、貸してほしいんですけど――」と言いかけた木梨が言葉に詰まる。彼もマスターの異様な雰囲気にそこで気がついたのだろう。柴田もやや遅れて、三人の大人たちの間に漂う不穏な空気に気づいたようだった。

マスターは無言のまま、二人の前にメモ用紙とシャープペンを置いた。柴田がその紙に七つの文字を書く。

「と・び・て・て・つ・な・ら」

「あと、作品名やなくて、作者名ゆうこともあるかも」

「ふ・い・な・し・よ・も・じょ？　じ？　それとも、か？」

「ジョン・ディクスン・カーはどっちやろ？」

「カーのほうだ」と、そこでマスターがようやく声を発した。カウンター越しに手を伸ばして、しのぶの前に置かれた七冊を並べ替える。

『ビーナス殺人ライン』石井敏弘
『特命社員殺人事件』藤村正太
『憑かれた女』横溝正史
『鉄道公安官』島田一男

『謎の暗号』森下雨村
『雷鳴の中でも』カー
『天童駒殺人事件』中町信

「ひ……と……つ……てならて、いふよしもかな！」

「百人一首の六十三番、左京大夫道雅《さきようのだいぶみちまさ》の歌ですね。――今はただ、思い絶えなんとばかりを、人づてならで言うよしもがな」

「すごい。何で番号とか作者名とか――」と大村が聞くと、

「僕、百人一首フリークなんです」と木梨が自慢げに答える。

「なるほど。あなたが結婚してしまう今は、この気持ちが自分の中から消えることだけを願っている。それを直接伝えるのも憚《はばか》られるんで、間接的に伝える方法がないだろうか。そんな意味だよね。言わば遅すぎた愛の告白。……で、しのぶさんは、その解読結果を、従姉のお姉さんには？」

「伝えられませんよ。そんなこと。だから優ちゃんは今でもこの解読結果を知らないはずです」

それは良かった。本人にとっても、マスターにとっても。

「つまり、その七冊をプレゼントしたのが――」

「ええ。優ちゃんは当時、文部省に勤めていました。その職場の先輩だった、林雅賀さんという方からいただいたそうです」

しのぶはハッキリとマスターの名前を口にしたのだった。ここまで来てしまったら、もう後戻りはできないだろう。

「当時高校一年生だったわたしは、何てロマンチックなことをする人だろうと、その会ったこともない林さんという人に、憧れに似た気持ちを抱きました。で、優ちゃんの結婚披露宴に従妹として出席させていただいたんですけど、職場の先輩という肩書きで、その林さんも招かれてました。一目見て、ああこの人がそうなんだって思ったんですけど、その後、その人はミステリの解説や何かを書いたりして、それも気になって読んだりしているうちに、文部省を辞めて、こっちで古本屋を開いたっていうじゃないですか。とりあえずネットを通じて本を買ったりさせていただいたんですけど、それだけじゃ気持ちの収まりがつかなくて、結局、就職先もこっちにしようって決めましたし――コネのない中で採用試験を受けても厳しくて、一年間就職浪人をすることになったんですけど、去年ようやく採用されて、こっちに来ることができました。それからこの店に通うようになって――わたしも同じように、自分の気持ちを本で伝えようって思ったのが、去年の十一月です。相手は古本屋さんだから、本を売りに来ればいい。でも七冊いっぺんに売るのはかえって普通すぎて気づかれないかもしれない。だから一冊ずつ売っていこうって。合間に一冊ずつ本を買っていって——わたしがこの一年間で買わせていただいたのが、この七冊です」

しのぶがスポーツバッグにまだ残っていた本を取り出し、背を上に向けた状態でカウンターに載せる。

『ヒッチコック殺人事件』石沢英太郎《いしざわえいたろう》
『時をきざむ潮』藤本泉《ふじもとせん》
『月影村《つきかげ》の惨劇』吉村達也《よしむらたつや》
『展望塔の殺人』島田荘司《しまだそうじ》
『夏のレプリカ』森博嗣《もりひろし》
『螺旋《らせん》階段のアリス』加納朋子《かのうともこ》
『天使が消えていく』夏樹静子《なつきしずこ》

「ひとつてならて、いふよしもかな。……一緒だ」と柴田。

「この七冊を買うことによって、雅さんが十年前に優ちゃんに送ったメッセージを、わたしは知ってますよ、同じ方法でメッセージを送ってますよってことを、伝えたかったんです」

「なるほどね」と大村は頷いてから、マスターに質問をする。「マサはいつから気づいてたんだ?」

「……この頃かな」と言って、しのぶが両端を押さえている七冊のうちの一冊、『夏のレプリカ』を指差した。

「それこそ龍っちゃんが、彼女に、この本は偶数章だけで構成されていて、奇数章だけの『幻惑の死と使途』と対になっている、偶数月奇数月で一冊ずつ買ったり売ったりしているのは、何か意味があるんじゃないかって、直接聞いたことがあったでしょ? あれから考えるようになって、それで『まさか!』って思って。いやただの偶然じゃないかとも思ったし、だからお盆休みのときの、大量の本の買取が入ったときには、作品名と作者名でそれぞれ違ったメッセージが出来上がるように本を選んで入れ替えて、それを写真に撮って、いつもの日常の謎として出題してみたりしました」

「え、あれ、マサの創作だったの」

大村は思わず声を上げてしまった。

「うん。だってよく考えてみなよ。《ありがと》ってメッセージを作るのに、『遠きに目ありて』と同じ棚には『あたしと真夏とスパイ』や『アリスの国の殺人』なんかが並んでたんだよ。どうしてそこから《あ》と《と》を選ばない？　『禿鷹城《ガイエルスブルク》』の惨劇』と同じ棚には麗羅《れいら》の『倒産回路』や鷹羽十九哉《たかはとくや》の『土佐四万十川殺人事件』なんかが並んでたんだよ。どうしてそこから《が》と《と》を同時に選ばない？　どうして全部違った棚から本を選ぶ必要があったのかと言えば、作者名で《たすけて》っていうメッセージも仕込む必要があったからに決まってるでしょ。それをしのぶさんが即座に見抜いたら、ああ、偶然なんかじゃなくて、ちゃんと意図的に、本の題名と作者名でメッセージを託してるんだって判断できると思って。でも《たすけて》のほうは見抜いたけど、《ありがと》のほうには気づいてなかったみたいなんで、あれっ？　て思ったら、『ガイエルスブルク』を『ハゲタカ城』と読んでいた」

「ルビが小さくて見えなかったんです」としのぶが応じる。

「高柳《たかやなぎ》芳夫《よしお》の『ガイエルスブルク』ぐらい知っててくれないと。ミステリファンとしては落第ですね」

「おいおい。今はそんなことはどうでもよくて」と大村が止めに入った。結局しのぶは、今日の北森鴻『顔のない男』を含めて、どんな七冊を蒼林堂に売ったのか。どんなメッセージがそこに込められていたか。そしてマスターの返事は何か。今はそれこそが問題なのだ。

4

「最初に売った本は、ちょうど一年前の、去年のクリスマスのときですよね。そしてケーキがなくなった。そう。山荘もの。だから東野圭吾《ひがしのけいご》の『ある閉ざされた雪の山荘で』でしたよね」

「二月は雪で、マネキンの足跡のときじゃなかったっけ？　戸板返しの戸板康二《といたやすじ》。そう。『松風の記憶』だ」

柴田と大村の二人がかりで、しのぶが過去にこの店に売っていった本を思い出してゆく。

「四月は綿貫《わたぬき》さんが池に落ちた子供を助けたって話で、誘拐犯のような扱いを受けた。あれは――」

「野沢尚《のざわひさし》の『リミット』だ。六月は――」

「そこからは僕もここに参加してました。僕自身がプラレールの話をして、小峰元《こみねはじめ》の『パンドラ』じゃなくて――」

じように絶句した。

その一冊は、東野圭吾の『しのぶセンセにサヨナラ』(講談社文庫)だったのである。

しのぶの表情は凍りつき、やがて潤《うる》んだ瞳からぽたぽたと、涙の雫《しずく》がこぼれ落ちる。

「……わかりました。この本はありがたくいただきます」

必死に喉の奥から声を絞り出すと、カウンターの上に並べた十四冊の本とともにスポーツバッグに仕舞い込み、

「それでは、お先に失礼します」

けなげにも最後に笑顔を見せると、四人にぺこりとお辞儀をして、店を出て行ってしまったのである。

「マサの馬鹿っ!」

大村が叫んで、凍りついていた時間がようやく流れ始めた。同時に黒猫の京助《きょうすけ》の鳴き声もした。それまでマスターの足元にいたのが、カウンターに飛び乗って、あろうことか、本の山に身体をぶつけたのである。体当たりを受けた本の山が崩れ、カウンターの外に散らばる。それを見て大村は、

「おい、京助だって怒ってるんだぞ、きっと。こいつが本においたをするのなんて、

俺は初めて見たからな」

　大村も愛書家の端《はし》くれである。床に落ちた本をまずは拾おうとした。落ちていたのは六冊の文庫本である。

『「裏窓」殺人事件　tの密室』今邑彩《いまむらあや》（光文社文庫）
『ジェンダー城の虜《とりこ》』松尾由美《まつおゆみ》（ハヤカワ文庫JA）
『時のアラベスク』服部《はっとり》まゆみ（角川文庫）
『密室・殺人』小林泰三《こばやしやすみ》（角川ホラー文庫）
『夜は千の鈴を鳴らす』島田荘司《しまだそうじ》（光文社文庫）
『空飛ぶ馬』北村薫《きたむらかおる》（創元推理文庫）

　左手にその六冊を重ねたとき、先ほどマスターがこの山から『しのぶセンセにサヨナラ』を抜き出したことを思い出した。抜き出したのは下から三冊目だったような気がする。

「待てよ。う・し・と・み・し・よ・そ……いまはこひしき。憂《う》しと見し世ぞ今は恋しき！」

「百人一首の八十四番。藤原清輔朝臣《ふじわらのきよすけあそん》の歌です」

「藤原の京助？」と聞き違えた大村が言うと、

「京助やなくて、清輔朝臣です。永《なが》らえば、またこの頃《ごろ》や忍ばれん、憂しと見し世ぞ今は恋しき」

「もう二度と恋愛なんてしないと思っていたけど、長く生きていれば、また人を好きになることもある。……この七冊が、お前の用意しておいた本当の回答だったんだな。おい、マサ。どうしてこの七冊を渡さない！」

「彼女はまだ若いから……若くて美人だから、僕のようなオジサンじゃなくて、もっと相応しい相手が——」

「馬鹿。彼女に相応しいのはお前だ。お前しかいないんだよ。彼女自身が時間をかけて——一年以上かけて、自分の気持ちがその間ずっと変わらないのを確認した上で、今日、最後の一冊をお前に手渡したんだぞ。それをお前は——」

「僕は……」とまだ躊躇している様子だったので、

「行け。今からでも追いつける。行って、追いついて、もう二度と彼女を泣かせるな！」

大村が大声で叫んでも、まだ呆然《ぼうぜん》と突っ立っていたマスターが、不意に動いた。カウンターを飛び越えて、通路をばたばたと駆けて行く。

三人の常連客が取り残されたが、大村が目を向けると、柴田も木梨も笑顔を浮かべていた。そして三人は自然と唱和した。

「メリー・クリスマス」

二〇〇三年の年末の出来事である。


（完）

あの人は正体不明

東野圭吾『白夜行《びゃくやこう》』（集英社文庫）では、亮司《りょうじ》と雪穂《ゆきほ》という主役二人の姿を、連作に近い形式で描いている。それぞれの語り手が気づいていない主役二人の悪行が、読者の目には明らかになるところがミソなのだが、心情のほうは謎のまま話が進み、結局あの二人は何だったんだ、という突き放し方が、多くの読者に衝撃を与えた。

白夜行
東野圭吾・著
集英社文庫

宮部《みやべ》みゆきにも似た系統の作品がある。『理由』（新潮文庫）で描かれるのは、マンションの一室で共同生活を送っていた四人が、死体となって発見されたという事件。関係者へのインタビュー録という体裁が、正体不明の被害者たちの姿を、次第に浮き彫りにしてゆく。また『火車《かしゃ》』（新潮文庫）では、休職中の刑事が行方不明の女性を追ううちに、彼女の輪郭が次第にぼやけてゆく様を描いている。どちらの作品でも、読者の興味が向かう「謎の中心部」は空洞のままで、「そこで終わるか」という幕切れも印象的である。

沈黙者
折原一・著
文春文庫

正体不明ということで思い出すのが、平成十三年、微罪で逮捕された男が、警察の取り調べで自分の住所氏名を明らかにしなかったため、実刑判決を受けたという現実の事件。折原一《おりはらいち》『**沈黙者**』（文春文庫）はその事件にヒントを得て書かれている。被告が身元を明かさない理由は何なのか。謎はシンプルだが実に読ませる。

北森鴻『**顔のない男**』（文春文庫）は、身元が判明した公園殺人事件の被害者が、仕事もせず近所付き合いもしておらず、交友関係がまったく辿《たど》れないという事件を扱っている。刑事には被害者の顔が見えてこない——それを「顔のない男」と比喩的に形容しているのである。一方、横溝正史『**犬神家の一族**』（角川文庫）には字義どおり「顔のない男」が出てくる。第二次大戦で顔面を負傷した犬神佐清《すけきよ》は、遺産相続の場にゴムマスクを着けて登場。映像化の際に強く印象に残る人物で、小説の粗筋は知らないのに「スケキヨ」は知っているという人も多いだろう。

さて、不思議な「縁」を感じることというのが、この世にはままあるもので、この文章を書いているのは二〇〇九年十一月二十三日なのだが、たった今、『犬神家の一族』の映画版「犬神家の謎　悪魔は踊る」（一九五四年）で野々宮《ののみや》珠世《たまよ》役を演じた女優・千原しのぶさんの訃報が伝えられたのである。謹んでご冥福を祈ります。ちなみに妻がショックを受けるかと思いきや「わたしはもう茅原じゃないですから」とアッサリ。

（「本とも」2010年2月号掲載）

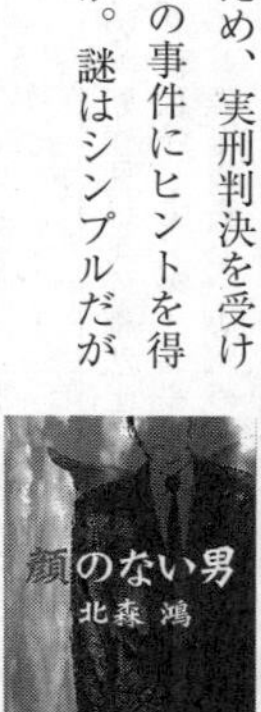

顔のない男
北森鴻・著
文春文庫

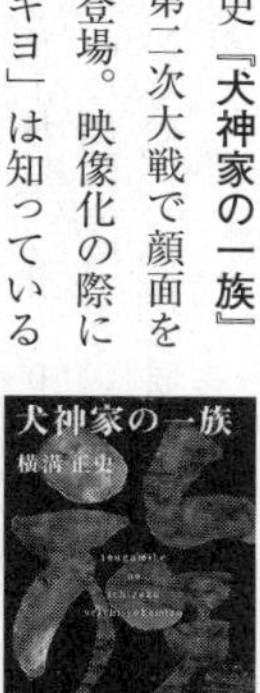

犬神家の一族
横溝正史・著
角川文庫

本書は「本とも」2009年1月号～2010年2月号に掲載された同名作品をまとめた徳間文庫オリジナル版です。

なお、本作品はフィクションであり、実在の個人・団体などとは一切関係がありません。

徳間文庫

蒼林堂古書店《そうりんどうこしょてん》へようこそ

2010年5月15日 初刷
2020年2月5日 11刷

著者 乾《いぬい》くるみ
発行者 平野健一
発行所 株式会社徳間書店
東京都品川区上大崎三―一―一 〒141―8202
目黒セントラルスクエア
電話 編集〇三(五四〇三)四三四九
販売〇四九(二九三)五五二一
振替 〇〇一四〇―〇―四四三九二
印刷 本郷印刷株式会社
製本 ナショナル製本協同組合

ISBN978-4-19-893151-3 (乱丁、落丁本はお取りかえいたします)